D. BENEDITA, CLARA DOS ANJOS E OUTRAS MULHERES

Conheça os títulos da Coleção Biblioteca Diamante:

A arte da guerra e da liderança – Napoleão Bonaparte
A decadência da mentira e outros ensaios – Oscar Wilde
A mão invisível do mercado – Adam Smith
As dez melhores histórias do Decamerão – Giovanni Boccaccio
D. Benedita, Clara dos Anjos e outras mulheres – Machado de Assis e Lima Barreto
Um pecador se confessa – Santo Agostinho

MACHADO DE ASSIS E LIMA BARRETO

D. BENEDITA, CLARA DOS ANJOS E OUTRAS MULHERES

ORGANIZAÇÃO
JANAÍNA SENNA

APRESENTAÇÃO
SÍLVIA BARROS

COLEÇÃO
BIBLIOTECA DIAMANTE

EDITORA
NOVA
FRONTEIRA

Direitos de edição da obra em língua portuguesa no Brasil adquiridos pela EDITORA NOVA FRONTEIRA PARTICIPAÇÕES S.A. Todos os direitos reservados. Nenhuma parte desta obra pode ser apropriada e estocada em sistema de banco de dados ou processo similar, em qualquer forma ou meio, seja eletrônico, de fotocópia, gravação etc., sem a permissão do detentor do copirraite.

EDITORA NOVA FRONTEIRA PARTICIPAÇÕES S.A.
Rua Candelária, 60 — 7.º andar — Centro — 20091-020
Rio de Janeiro — RJ — Brasil
Tel.: (21) 3882-8200

Dados Internacionais de Catalogação na Publicação (CIP)
(Câmara Brasileira do Livro, SP, Brasil)

Assis, Machado de, 1839-1908
  D. Benedita, Clara dos Anjos e outras mulheres / Machado de Assis, Lima Barreto; organização Janaína Senna – 1. ed. – Rio de Janeiro: Nova Fronteira, 2021. – (Coleção Biblioteca Diamante)
  256 p.

  ISBN 978-65-5640-070-9

  1. Ficção brasileira 2. Mulheres na literatura I. Barreto, Lima. II. Senna, Janaína. III. Título IV. Série.

21-67412   CDD-B869.3

Índices para catálogo sistemático:
1. Ficção : Literatura brasileira B869.3
Aline Graziele Benitez - Bibliotecária - CRB-1/3129

SUMÁRIO

NOTA DA ORGANIZADORA 7
APRESENTAÇÃO · SÍLVIA BARROS 9

MACHADO DE ASSIS 15

O ANJO DAS DONZELAS (CONTO FANTÁSTICO) 17
CINCO MULHERES 38
ONDA 58
CONFISSÕES DE UMA VIÚVA MOÇA 78
D. BENEDITA (UM RETRATO) 106
A SENHORA DO GALVÃO 128
D. JUCUNDA 136
POBRE FINOCA! 148
A CARTOMANTE 161
UNS BRAÇOS 171

LIMA BARRETO 181

O FILHO DE GABRIELA 183
UM E OUTRO 196
A CARTOMANTE 207
O TAL NEGÓCIO DE 'PRESTAÇÕES' 209
CLÓ 212
ADÉLIA 225
LÍVIA 229
CLARA DOS ANJOS 234
UMA VAGABUNDA 245
NA JANELA 250

FONTES DOS CONTOS 253

NOTA DA ORGANIZADORA

Toda antologia nasce de uma ideia, da delimitação de um tema e, dentro dele, de um recorte. O que propusemos aqui parte da justaposição de dois dos nossos maiores gênios literários de todos os tempos para observar, em suas narrativas curtas, como cada um enxergou a mulher nos seus modos de ser frente às imposições do meio social. A ideia, diga-se logo, não era sermos exaustivos, mas queríamos que os textos escolhidos fossem bastante representativos do estilo de cada um e das suas fases, dando ao leitor a oportunidade de exercitar conosco sua verve comparativa. Não à toa, fizemos questão de manter duas histórias às quais os autores atribuíram o mesmo título: "A cartomante". Na de Machado, o trágico ganha a moldura do suspense; na de Lima, a pura anedota conduz à ironia.

Vale ainda mencionar que adotamos a ordem cronológica para dispor os vinte contos no livro e que, embora Machado tenha uma obra contística mais volumosa, a divisão foi equânime, o que significa que a decisão do que manter e do que cortar nesta parte da antologia foi mais penosa. Entre os dez contos machadianos, alguns são bem conhecidos, outros nem tanto. Ao fim do volume, temos um "mapa" da origem desses contos, em vários livros que o próprio autor publicou entre as décadas de 1870 e 1890 (*Contos fluminenses*, *Papéis avulsos*, *Histórias sem data* e *Várias histórias*) e em periódicos (jornais, revistas etc.), por vezes sob pseudônimos.

Já os contos de Lima Barreto apareceram originalmente como apêndice da primeira edição do romance *Triste fim de Policarpo Quaresma*, em 1915, e em *Histórias e sonhos*, livro derradeiro do autor, de 1922, com prefácio datado de dezembro do ano anterior. Os demais, como no caso de Machado, foram publicados em periódicos.

Esperamos que sua leitura seja tão prazerosa quanto foi a nossa ao compor esta antologia, e que estes textos possam contribuir para uma reflexão mais aprofundada sobre questões de gênero na sociedade de ontem e de hoje. Afinal, esses não são quaisquer registros ficcionais, são histórias de protagonistas femininas criadas pelos autores responsáveis por dar vida a mulheres tão emblemáticas para a nossa literatura quanto Capitu e Clara dos Anjos.

MACHADO, LIMA E AS MULHERES QUE POVOAM NOSSO IMAGINÁRIO
POR SÍLVIA BARROS

A literatura do século XIX e da virada para o século XX é repleta de famosas personagens femininas que, em muitos casos, protagonizam romances e se configuraram como arquétipos de mulheres. Machado de Assis e Lima Barreto trazem em seu *corpus* literário mulheres emblemáticas, cujas presenças em nossa literatura provocam reflexão e debate sobre cultura brasileira no que diz respeito aos chamados papéis sociais de gênero.

A viúva, a solteira jovem e a "solteirona", a esposa casta e a adúltera, a meretriz e a carola. Como as mulheres que povoam os textos de Machado de Assis e Lima Barreto povoam também nosso imaginário? Neste volume, que inclui contos de ambos os autores, temos uma gama de personagens que encenam, na vida cotidiana, dilemas e atitudes que nos dizem muito sobre o que se pensa sobre "ser mulher", em especial a partir da fabulação de homens.

Acompanhando o costume típico da época, poderemos dar um passeio por cenas do cotidiano de mulheres desde 1864, ano de publicação de "O anjo das donzelas", de Machado de Assis, até 1921, quando sai "Uma vagabunda", conto de Lima Barreto. Pelos títulos citados é possível antever as diferenças entre os dois autores em relação à forma como percebem os costumes e a moralidade que cercam a vida das mulheres. Conseguimos também analisar as mudanças que se deram ao longo desse tempo no campo da tradição literária que, na obra de Lima Barreto, se encaminha para o modernismo.

As mulheres machadianas frequentam os salões das famílias de respeito e os camarotes dos teatros. Elas trocam segredos por cartas, cujo conteúdo o narrador acessa e expõe ao público, e sonham em suas câmaras íntimas, nas quais esse narrador também se infiltra com fingido pudor, como se não fosse o desejo de todos e todas saber o que as mulheres pensam, o que fazem e como se comportam. Usando um procedimento recorrente em sua obra, Machado de Assis se dirige ao leitor:

Cuidado, caro leitor, vamos entrar na alcova de uma donzela. A esta notícia o leitor estremece e hesita. É naturalmente um homem de bons costumes, acata as famílias e preza as leis do decoro público e privado. É também provável que já tenha deparado com alguns escritos, destes que levam aos papéis públicos certas teorias e tendências que melhor fora nunca tivessem saído da cabeça de quem as concebeu e proclamou. Hesita e interroga a consciência se deve ou não continuar a ler as minhas páginas, e talvez resolva não prosseguir. Volta a folha e passa a coisa melhor. (p. 17)

Nesse sentido, a advertência que inicia o primeiro conto serve também para todos os demais que compõem a sequência de dez contos deste volume e tantos outros que fazem parte da obra de Machado. O narrador se projeta em um leitor homem, provavelmente típico leitor de jornais. Porém entrevemos aqui a ficcionalização desse leitor, uma vez que o conto "O anjo das donzelas" saiu no *Jornal das Famílias* assinado com o pseudônimo Max. Esse jornal se destinava ao público feminino crescente no segundo meado do século xix.

A mulher leitora desse tempo está caracterizada no próprio conto, na figura de Cecília, que consome romances. Cecília e outras personagens encenam uma atitude cotidiana das mulheres brancas que receberam educação suficiente para tocar piano, redigir cartas e ler obras em que o amor é central na vida das mulheres – motivo de sua alegria e de sua tragédia – e por meio dos quais essas mulheres também se educam para a vida social. Portanto esses contos e romances que colocam mulheres no centro da narrativa alimentam o ciclo de (re)produção literária de papéis de gênero.

Nas cenas cotidianas, quando as mulheres tomam decisões, organizam recepções ou conversam com parentes e amigos, vemos a naturalidade e a indiferença com que circulam escravos e mucamas para servir as senhoras. Há um pano de fundo político e social sobre o qual pouco se fala – há outros textos de Machado em que tais questões são centrais – porque parece não fazer parte dos temas de interesse dessas senhoras. No entanto, a observação sobre o que não se fala pode ser bastante elucidativa. Os contos de Machado, ainda que tracem uma ponte temporal entre o pré e o pós-abolição, tratam de um grupo social em que a questão da escravatura e da servidão estavam postas como um dado natural, não havia entre as famílias personificadas nos contos, nem entre as leitoras desses textos, aquela que não estivesse habituada à presença invisível de uma pessoa que existia apenas para servir.

Já nos contos de Lima Barreto, todos escritos no século xx, os empregados (e pessoas pertencentes a classes subalternizadas em geral) não fazem parte apenas da paisagem. O primeiro conto da sequência, "O filho de Gabriela", publicado originalmente como apêndice de *Triste fim de Policarpo Quaresma*, trata da presença do filho da empregada na casa dos patrões como um afilhado que nunca encontrará encaixe naquele meio. Esse desencaixe é herdado da própria mãe que, sendo mãe e criada, é colocada na situação limite de escolher entre manter o emprego ou sair a tratar da doença do filho. Esse conto se inicia com uma discussão entre a patroa e a empregada. As duas mulheres colocadas frente a frente são descritas da seguinte forma:

> Em seguida as duas mulheres se puseram caladas durante um instante; a patroa – uma alta senhora, ainda moça, de uma beleza suave e marmórea – com os lábios finos muito descorados e entreabertos, deixando ver os dentes aperolados, muito iguais, cerrados de cólera; a criada agitada, transformada, com faiscações desusadas nos olhos pardos e tristes. (p. 183)

A patroa, embora bastante nervosa com a briga, ainda guarda o ideal de mulher em sua beleza e é nela – a tirana – que reside a cólera. Gabriela, por sua vez, não recebe tantos detalhes sobre sua aparência, porém há uma transformação em seu semblante movida pela impotência diante dos mandos da patroa. Nos olhos dela – a vítima injustiçada – é possível ver a tristeza. Na obra de Lima Barreto, a interação entre patrões e empregados, entre ricos e pobres, brancos e negros se dará de forma mais explícita e conflituosa. A questão racial está presente também no plano da descrição das personagens femininas.

Se Machado busca fazer esse exame da intimidade das mulheres casadas, viúvas e solteiras da sociedade fluminense, menor interesse irá haver em relação às mulheres negras ou de classes subalternas. Lima Barreto, por sua vez, sai às ruas, olha as habitações simples e vai até o subúrbio saber como andam as vidas das pessoas negras, dos trabalhadores, dos desvalidos. O texto que traz uma emblemática análise dessa situação, colocando uma mulher negra no centro, é "Clara dos Anjos", conto homônimo ao romance que será publicado algum tempo depois:

> (...) O carteiro era pardo-claro, mas com cabelo ruim, como se diz; a mulher, porém, apesar de mais escura, tinha o cabelo liso. Na tez, a filha puxava o pai; e no cabelo, à mãe. Na estatura, ficara entre os dois. Joaquim era alto, bem alto, acima da média,

ombros quadrados; a mãe, não sendo muito baixa, não alcançava a média, possuindo uma fisionomia miúda, mas regular, o que não acontecia com o marido, que tinha o nariz grosso, quase chato. A filha, a Clara, tinha ficado em tudo entre os dois; média deles, era bem a filha de ambos. (p. 236)

A descrição da vida e da falta de posses da família bem como a descrição física racializada de seus integrantes é essencial para a elaboração ficcional do drama de Clara dos Anjos e para sua inscrição como personagem feminina de grande importância na literatura brasileira. Diferentemente de Lívia, por exemplo, que é apresentada ironicamente como uma jovem que sonha em sair da prisão da casa e dos afazeres domésticos por meio do casamento, Clara salta do sonho para o abandono por sua dupla condição de subalternidade: é mulher e é negra. Não há dúvidas de que, se Machado de Assis lança olhar irônico sobre as figuras mais altas da sociedade, Lima Barreto expõe pela experiência suburbana o desejo de se parecer um pouco com aquelas mulheres que ostentam um padrão de consumo e de acesso à cultura ainda hoje distante da maior parte da população.

Nesse percurso de vinte contos, encontramos personagens que representam o ideal de mulher, como Cecília, de "O anjo das donzelas" – branca, de educação fina e com boas relações na sociedade. Mas também d. Severina, que desperta o jovem Inácio de sua inocência pela nudez dos braços, além de Rita, cuja beleza anunciada no início do conto e as visitas à misteriosa cartomante seduzem as leitoras e os leitores para o enredamento (imperdível) no clássico "A cartomante".

Esses pontos de aproximação e de distanciamento e, por que não dizer, por vezes até de choque, mostram como dois homens afro-brasileiros, grandes escritores da literatura em língua portuguesa, oferecem diferentes perspectivas sobre a realidade experienciada e fabulada. Machado de Assis e Lima Barreto viveram na mesma cidade e em tempos históricos que se encontram, mas propõem visões diferentes sobre as personagens femininas, o que se torna extremamente enriquecedor para nós que os lemos mais de um século depois, ainda hoje encontrando na ficção e na realidade evidências de uma sociedade que não oferece muitos recursos para que as mulheres – em sua diversidade – possam viver com liberdade suas paixões e suas lutas.

MACHADO DE ASSIS

O ANJO DAS DONZELAS
(CONTO FANTÁSTICO)

Cuidado, caro leitor, vamos entrar na alcova de uma donzela.

A esta notícia o leitor estremece e hesita. É naturalmente um homem de bons costumes, acata as famílias e preza as leis do decoro público e privado. É também provável que já tenha deparado com alguns escritos, destes que levam aos papéis públicos certas teorias e tendências que melhor fora nunca tivessem saído da cabeça de quem as concebeu e proclamou. Hesita e interroga a consciência se deve ou não continuar a ler as minhas páginas, e talvez resolva não prosseguir. Volta a folha e passa a coisa melhor.

Descanse, leitor, não verá neste episódio fantástico nada do que se não pode ver à luz pública. Eu também acato a família e respeito o decoro. Sou incapaz de cometer uma ação má, que tanto importa delinear uma cena ou aplicar uma teoria contra a qual proteste a moralidade.

Tranquilize-se, dê-me o seu braço, e atravessemos, pé ante pé, a soleira da alcova da donzela Cecília.

Há certos nomes que só assentam em certas criaturas, e que quando ouvimos pronunciá-los como pertencentes a pessoas que não conhecemos, logo atribuímos a estas os dons físicos e morais que julgamos inseparáveis daqueles. Este é um desses nomes. Veja o leitor se a moça que ali se acha no leito, com o corpo meio inclinado, um braço nu escapando-se do alvo lençol e tendo na extremidade uma mão fina e comprida, os cabelos negros, esparsos, fazendo contraste com a brancura da fronha, os olhos meio cerrados lendo as últimas páginas de um livro, veja se aquela criatura pode ter outro nome, e se aquele nome pode estar em outra criatura.

Lê, como disse, um livro, um romance, e apesar da hora adiantada, onze e meia, ela parece estar disposta a não dormir sem saber quem casou e quem morreu.

Ao pé do leito, sobre a palhinha que forra o soalho, estende-se um pequeno tapete, cuja estampa representa duas rolas, de asas abertas, afagando-se com os biquinhos. Sobre esse tapete estão duas chinelinhas, de forma turca, forradas de seda cor-de-rosa, que o leitor jurará serem de um despojo de *Cendrillon*. São as chinelas de Cecília. Avalia-se já que o pé de Cecília deve ser um pé fantástico, imperceptível, impossível; e examinando bem pode-se até descobrir, entre duas pontas do lençol mal estendido, a ponta de um pé capaz de entusiasmar o meu amigo Ernesto C..., o maior admirador dos pés pequenos, depois de mim... e do leitor.

Cecília lê um romance. É o centésimo que lê depois que saiu do colégio, e não saiu há muito tempo. Tem quinze anos. Quinze anos! é a idade das primeiras palpitações, a idade dos sonhos, a idade das ilusões amorosas, a idade de Julieta; é a flor, é a vida, e a esperança, o céu azul, o campo verde, o lago tranquilo, a aurora que rompe, a calhandra que canta, Romeu que desce a escada de seda, o último beijo que as brisas da manhã ouvem e levam, como um eco, ao céu.

Que lê ela? Daqui depende o presente e o futuro. Pode ser uma página da lição, pode ser uma gota de veneno. Quem sabe? Não há ali à porta um index onde se indiquem os livros defesos e os lícitos. Tudo entra, bom ou mau, edificante ou corruptor, *Paulo e Virgínia* ou *Fanny*. Que lê ela neste momento? Não sei. Todavia deve ser interessante o enredo, vivas as paixões, porque a fisionomia traduz de minuto a minuto as impressões aflitivas ou alegres que a leitura lhe vai produzindo.

Cecília corre as páginas com verdadeira ânsia, os olhos voam de uma ponta da linha à outra; não lê; devora; faltam só duas folhas, falta uma, falta uma lauda, faltam dez linhas, cinco, uma... acabou.

Chegando ao fim do livro, fechou-o e pô-lo em cima da pequena mesa que está ao pé da cama. Depois, mudando de posição, fitou os olhos no teto e refletiu.

Passou em revista na memória todos os sucessos contidos no livro, reproduziu episódio por episódio, cena por cena, lance por lance. Deu forma, vida, alma, aos heróis do romance, viveu com eles, conversou com eles, sentiu com eles. E enquanto ela pensava assim, o gênio que nos fecha as pálpebras à noite hesitou, à porta do quarto, se devia entrar ou esperar.

Mas, entre as muitas reflexões que fazia, entre os muitos sentimentos que a dominavam, alguns havia que não eram de agora, que já eram velhos hóspedes no espírito e no coração de Cecília.

Assim que, quando a moça acabou de reproduzir e saciar os olhos da alma na ação e nos episódios que acabara de ler, voltou-lhe o espírito naturalmente para as ideias antigas e o coração palpitou sob a ação dos antigos sentimentos.

Que sentimentos, que ideias seriam essas? Eis a singularidade do caso. De há muito tempo que as tragédias do amor a que Cecília assistia nos livros causavam-lhe uma angustiosa impressão. Cecília só conhecia o amor pelos livros. Nunca amara. Do colégio saíra para casa e de casa não saíra para mais parte alguma. O pressentimento natural e as cores sedutoras com que via pintado o amor nos livros, diziam-lhe que devia ser uma coisa divina, mas ao mesmo tempo diziam-lhe também os livros que dos mais auspiciosos amores pode-se chegar aos mais lamentáveis desastres. Não sei que terror se apoderou da moça; apoderou-se dela um terror invencível. O amor, que para as outras mulheres apresenta-se com aspecto risonho e sedutor, afigurou-se a Cecília que era um perigo e uma condenação. A cada novela que lia mais lhe cresciam os sustos, e a pobre menina chegou a determinar em seu espírito que nunca exporia o coração a tais catástrofes.

Provinha este sentimento de duas coisas: do espírito supersticioso de Cecília, e da natureza das novelas que lhe davam para ler. Se nessas obras ela visse, ao lado das más consequências a que os excessos podem levar, a imagem pura e suave da felicidade que o amor dá, não se teria de certo apreendido daquele modo. Mas não foi assim. Cecília aprendeu nesses livros que o amor era uma paixão invencível e funesta; que não havia para ela nem a força de vontade nem a perseverança do dever. Esta ideia calou no espírito da moça e gerou um sentimento de apreensão e de terror contra o qual ela não podia nada, antes se tornara mais impotente à medida que lia uma nova obra da mesma natureza.

Este estrago moral completava-se com a leitura da última novela. Quando Cecília levantou os olhos para o teto tinha o coração cheio de medo e os olhos traduziam o sentimento do coração. O que sobretudo a atemorizava mais era a incerteza que ela tinha de poder escapar à ação de uma simpatia funesta. Muitas das páginas que lera diziam que o destino intervinha nos movimentos do coração humano, e sem poder discernir o que teria de real ou de poético este juízo, a pobre mocinha tomou ao pé da letra o que lera e confirmou-se nos receios que nutria de muito tempo.

Tal era a situação do espírito e do coração de Cecília quando o relógio de uma igreja que ficava a dois passos da casa bateu meia-noite. O som lúgubre do sino, o silêncio da noite, a solidão em que estava deram uma cor mais sombria às suas apreensões.

Procurou dormir para fugir às ideias sombrias que se lhe atropelavam no espírito e dar descanso ao peso e ao ardor que sentia no cérebro; mas não pôde; caiu em uma dessas insônias que fazem padecer mais em uma noite do que a febre de um dia inteiro.

De repente sentiu que se abria a porta. Olhou e viu entrar uma figura desconhecida, fantástica. Era mulher? era homem? não se distinguia. Tinha esse aspecto masculino e feminino a um tempo com que os pintores reproduzem as feições dos serafins. Vestia túnica de tecido alvo, coroava a fronte com rosas brancas e despedia dos olhos uma irradiação fantástica e impossível de descrever. Andava sem que a esteira do chão rangesse sob os passos. Cecília fitou os olhos na visão e não pôde mais desviá-los. A visão chegou-se ao leito da donzela.

— Quem és tu? — perguntou Cecília sorrindo, com a alma tranquila e os olhos vivos e alegres diante da figura desconhecida.

— Sou o anjo das donzelas — respondeu a visão com uma voz que nem era voz nem música, mas um som que se aproximava de ambas as coisas, articulando palavras como se executasse uma sinfonia do outro mundo.

— Que me queres?

— Venho em teu auxílio.

— Para quê?

O anjo pôs as mãos no peito de Cecília e respondeu:

— Para salvar-te.

— Ah!

— Sou o anjo das donzelas — continuou a visão —, isto é, o anjo que protege as mulheres que atravessam a vida sem amar, sem depor no altar dos amores uma só gota do óleo celeste com que se venera o Deus menino.

— Sim?

— É verdade. Queres que eu te proteja? Que te imprima na fronte o sinal fatídico ante o qual recuarão todas as tentativas, curvar-se-ão todos os respeitos?

— Quero.

— Queres que com um bafejo meu te fique eternamente gravado o emblema da eterna virgindade?

— Quero.

— Queres que eu te garanta em vida as palmas verdes e viçosas que cabem às que podem atravessar o lodo da vida sem salpicar o vestido branco de pureza que receberam do berço?

— Quero.

— Prometes que nunca, nunca, nunca te arrependerás deste pacto, e que, quaisquer que sejam as contingências da vida, abençoarás a tua solidão?

— Quero.

— Pois bem! Estás livre, donzela, estás inteiramente livre das paixões. Podes entrar agora, como Daniel, entre os leões ferozes; nada te fará mal. Vê bem; é a felicidade, é o descanso. Gozarás ainda na mais remota velhice de uma isenção que será a tua paz na terra e a tua paz no céu!

E dizendo isto a fantástica criatura desfolhou algumas rosas sobre o seio de Cecília. Depois tirou do dedo um anel e introduziu no dedo da moça, que não opunha a nenhum destes atos nem resistência nem admiração, antes sorria com um sorriso de angelical suavidade como se naquele momento entrevisse as glórias perenes que o anjo lhe prometia.

— Este anel — disse o anjo — é o anel de nossa aliança; doravante és minha esposa ante a eternidade. Deste amor não te resultarão nem tormentos nem catástrofes. Conserva este anel a despeito de tudo. No dia em que o perderes, estás perdida.

E dizendo estas palavras a visão desapareceu.

A alcova ficou cheia de uma luz mágica e de um perfume que parecia mesmo hálito de anjos.

No dia seguinte Cecília acordou com o anel no dedo e a consciência do que se passara na véspera. Nesse dia levantou-se da cama mais alegre que nunca. Tinha o coração leve e o espírito desassombrado. Tocara enfim o alvo que procurara: a indiferença para os amores, a certeza de não estar exposta às catástrofes do coração... Esta mudança tornou-se cada dia mais pronunciada, e de modo tal que as amigas não deixaram de reparar.

— Que tens tu? — dizia uma. — És outra inteiramente. Aqui anda namoro!

— Qual namoro!

— Ora, decerto! — acrescentava outra.

— Namoro? — perguntava Cecília. — Isso é bom para as... infelizes. Não para mim. Não amo...

— Amas!

— Nem amarei.

— Vaidosa!...

— Feliz é que deves dizer. Não amo, é verdade. Mas que felicidade não me resulta disto?... Posso afrontar tudo; estou armada de broquel e cota de armas...

— Sim?

E as amigas desataram a rir, apontando para Cecília e jurando que ela se havia de arrepender de dizer palavras tais.

Mas passavam os dias e nada fazia notar que Cecília tivesse pago o pecado que cometera na opinião das amigas. Cada dia trazia um pretendente novo. O pretendente fazia corte, gastava tudo quanto sabia para cativar a menina, mas afinal desistia da empresa com a convicção de que nada podia fazer.

— Mas não se lhe conhece preferido? — perguntavam uns aos outros.

— Nenhum.

— Que milagre é este?

— Qual milagre! Não lhe chegou a vez... Ainda não enflorou aquele coração. Quando chegar a época da florescência há de fazer o que as mais fazem, e escolher entre tantos pretendentes um marido.

E com isto se consolavam os taboqueados.

O que é certo é que corriam os dias, os meses, os anos, sem que nada mudasse a situação de Cecília. Era a mesma mulher fria e indiferente. Quando completou vinte anos tinha adquirido fama; era corrente em todas as famílias, em todos os salões, que Cecília nascera sem coração, e a favor desta fama faziam-se apostas, levantavam-se coragens; a moça tornou-se a Cartago das salas. Os romanos de bigode retorcido e cabelo frisado juravam sucessivamente vencer a indiferença púnica. Trabalho vão! Do agasalho cordial ao amor ninguém chegava nunca, nem por suspeita. Cecília era tão indiferente que nem dava lugar à ilusão.

Entre os pretendentes um apareceu que começou por cativar os pais de Cecília. Era um doutor formado em matemáticas, metódico como um compêndio, positivo como um axioma, frio como um cálculo. Os pais viram logo no novo pretendente o modelo, o padrão, a fênix dos maridos. E começaram por fazer em presença da filha os elogios do rapaz. Cecília acompanhou-os nesses elogios, e deu alguma esperança aos pais. O próprio pretendente soube do conceito em que o tinha a moça e criou esperanças.

E, conforme a educação do espírito, tratou de regularizar a corte que fazia a Cecília, como se se tratasse de descobrir uma verdade matemática. Mas, se a expressão dos outros pretendentes não impressionou a moça, muito menos a impressionava a frieza metódica daquele. Dentro de pouco tempo a moça negou-lhe até aquilo que concedia aos outros: a benevolência e a cordialidade.

O pretendente desistiu da causa e voltou aos cálculos e aos livros.

Como este, todos os outros pretendentes iam passando, como soldados em revista, sem que o coração inflexível da moça pendesse para nenhum deles.

Então, quando todos viram que os esforços eram baldados, começou-se a suspeitar que o coração da moça estivesse empenhado a um primo que exatamente na noite da visão de Cecília embarcara para seguir até Santos e daí tomar caminho para a província de Goiás. Esta suspeita desvaneceu-se com os anos; nem o primo voltou, nem a moça mostrou-se sentida com a ausência dele. Esta conjectura com que os pretendentes queriam salvar a honra própria perdeu o valor, e os iludidos tiveram de contentar-se com este dilema: ou não tinham sabido lutar, ou a moça era uma natureza de gelo.

Todos aceitaram a segunda hipótese.

Mas que se passava nessa natureza de gelo? Cecília via a felicidade das amigas, era confidente de todas, aconselhava-as ao sentido de uma prudente reserva, mas nem procurava nem aceitava os ciúmes que lhe andavam à mão. Todavia mais de uma vez, à noite, no fundo da alcova, a moça sentia-se só. O coração solitário parece que se não acostumara de todo ao isolamento a que o votara a dona.

A imaginação, para fugir às pinturas indiscretas de um sentimento a que a moça fugia, corria às soltas no campo das criações fantásticas e desenhava com vivas cores essa felicidade que a visão lhe prometera. Cecília comparava o que perdera e o que ia ganhar, e dava a palma do gozo futuro em compensação do presente. Mas nesses rasgos de imaginação o coração palpitava-lhe com força, e mais de uma vez a moça dava acordo de si procurando com uma das mãos arrancar o anel da aliança com a visão.

Nesses momentos recuava, entrava em si e chamava no interior a visão daquela noite dos quinze anos. Mas o desejo era baldado; a visão não aparecia, e Cecília ia procurar no leito solitário a calma que não podia encontrar nas vigílias laboriosas.

Muitas vezes a aurora veio encontrá-la à janela, enlevada nas suas imaginações, sentindo um vago desejo de conversar com a natureza, embriagar-se no silêncio da noite.

Em alguns passeios que fez aos subúrbios da cidade deixava-se impressionar por tudo o que a vista lhe oferecia de novo, água ou montanha, areia ou ervaçal, parecendo que a vista se lhe comprazia nisso e esquecendo-se muitas vezes de si e dos outros.

Ela sentia um vácuo moral, uma solidão interior, e procurava na atividade e na variedade da natureza alguns elementos de vida para si. Mas a que atribuía ela essa ânsia de viver, esse desejo de ir buscar fora aquilo que lhe faltava? Ao princípio não reparou no que fazia; fazia involuntariamente, sem determinação nem conhecimento da situação.

Mas, como se prolongasse a situação, ela foi pouco a pouco descobrindo o estado do coração e do espírito. Tremeu ao princípio, mas em breve se tranquilizou; a ideia da aliança com a visão pesava-lhe no espírito, e as promessas feitas por ela de uma bem-aventurança sem igual desenhavam na fantasia de Cecília um quadro vivo e esplêndido. Isto consolava a moça, e, sempre escrava dos juramentos, ela fazia honra sua em ficar pura do coração para subir à morada das donzelas libertadas do amor.

Demais, ainda que o quisesse, parecia-lhe impossível sacudir a cadeia a que involuntariamente se prendera.

E os anos corriam.

Aos vinte e cinco inspirou uma paixão violenta a um jovem poeta. Foi uma dessas paixões como só os poetas sabem sentir. Este do meu conto depôs aos pés da bela insensível a vida, o futuro, a vontade.

Regou com lágrimas os pés de Cecília e pediu-lhe como uma esmola uma centelha que fosse do amor que parecia ter recebido do céu. Tudo foi inútil, tudo foi vão. Cecília nada lhe deu, nem amor nem benevolência. Amor não tinha; benevolência podia ter, mas o poeta perdera o direito a ela desde que declarou a extensão do seu sacrifício. Isto deu a Cecília a consciência da sua superioridade, e com essa consciência certa dose de vaidade que lhe vendava os olhos e o coração.

Se lhe aparecera o anjo para tirar-lhe do coração o germe do amor, não lhe apareceu nenhum que lhe tirasse o pouco de vaidade.

O poeta deixou Cecília e foi para casa. Daí seguiu para uma praia, subiu a uma pequena eminência e atirou-se ao mar. Daí a três dias encontrou-se-lhe o cadáver, e os jornais deram do fato uma notícia lacrimosa. Entretanto, encontrou-se entre os papéis do poeta a seguinte carta:

A Cecília D...

Morro por ti. É ainda uma felicidade que eu procuro em falta da outra que eu procurei, implorei e não alcancei.

Não me quiseste amar; não sei se o teu coração estaria cativo, mas dizem que não. Dizem que és insensível e indiferente.

Não quis crê-lo e fui por mim próprio averiguá-lo. Coitado de mim! o que vi bastou para dar-me a certeza de que não estava reservado para mim semelhante fortuna.

Não te pergunto que curiosidade te levou a voltares a cabeça e transformares-te, como a mulher de Lot em estátua insensível e fria. Se alguma coisa há nisto que eu não compreendo, não quero sabê-lo agora que deixo o fardo da vida, e vou, por caminho escuro, procurar o termo feliz da minha viagem.

Deus te abençoe e te faça feliz. Não te desejo mal. Se te fujo e se fugi ao mundo é por fraqueza, não é por ódio; ver-te, sem ser amado, é morrer todos os dias. Morro uma só vez e rapidamente.

"Adeus..."

Esta carta causou a Cecília muita impressão. Chorou até. Mas era piedade e não amor. A maior consolação que ela mesma deu a si foi o pacto secreto e misterioso. "É culpa minha?", perguntava ela. E respondendo negativamente a si mesma achava nisso a legitimidade da sua indiferença.

Todavia, esta ocorrência trouxe-lhe ao espírito uma reflexão.

O anjo prometera-lhe, em troca da isenção para o amor, uma tranquilidade durante a vida que só poderia ser excedida pela paz eterna da bem-aventurança.

Ora, que encontrava ela? O vácuo moral, as impressões desagradáveis, uma sombra de remorso, eis os lucros que tivera.

Os que foram fracos como o poeta recorreram aos meios extremos ou deixaram-se dominar pela dor. Os menos fracos ou menos sinceros no amor alimentaram contra Cecília um despeito que deu em resultado levantar-se uma opinião ofensiva à moça.

Mais de um procurava na sombra o motivo da indiferença de Cecília. Era a segunda vez que se atiravam a essas investigações. Mas o resultado delas era sempre nulo, visto que a realidade era que Cecília não amava ninguém.

E os anos corriam...

Cecília chegou aos trinta e três anos. Já não era a idade de Julieta, mas era uma idade ainda poética; poética neste sentido — que a mulher, em chegando a ela, tendo já perdido as ilusões dos primeiros tempos, adquire outras mais sólidas, fundadas na observação.

Para a mulher dessa idade o amor já não é uma aspiração do desconhecido, uma tendência mal exprimida; é uma paixão vigorosa, um sentimento mais eloquente; ela já não procura a esmo um coração que responda ao seu; escolhe entre os que encontra um que possa compreendê-la, capaz de amar como ela, próprio para fazer essa doce viagem às regiões divinas do amor verdadeiro, exclusivo, sincero, absoluto.

Nessa idade era ainda bela. E pretendida. Mas a beleza continuou a ser um tesouro que a indiferença avarenta guardava para os vermes da terra.

Um dia, longe dos primeiros, muito longe, a primeira ruga desenhou-se no rosto de Cecília e alvejou um primeiro cabelo. Mais tarde, segunda ruga, segundo cabelo, e outras e outros, até que a velhice de Cecília declarou-se completa.

Mas há velhice e velhice. Há velhice feia e velhice bonita. Cecília era da segunda espécie, porque através dos sinais evidentes que o tempo deixara nela, sentia-se que fora uma criatura formosa, e, embora de outra natureza, Cecília inspirava ainda a ternura, o entusiasmo, o respeito.

Os fios de prata que lhe serviam de cabelos emolduravam-lhe o rosto rugado, mas ainda suave. A mão, que tão linda era outrora, não tinha a magreza repugnante, mas era ainda bela e digna de uma princesa... velha.

Mas o coração? Esse atravessara do mesmo modo os tempos e os sucessos sem nada deixar de si. A isenção foi sempre completa. Lutava embora contra não sei que repugnância do vácuo, não sei que horror da solidão, mas nessa luta a vontade ou a fatalidade vencia sempre, triunfava de tudo, e Cecília pôde chegar à adiantada idade em que a achamos sem nada perder.

O anel, o fatídico anel, foi o talismã que nunca a abandonou. A favor desse talismã, que era a assinatura do contrato celebrado com o anjo das donzelas, ela pôde ver de perto o sol sem se queimar.

Tinham-lhe morrido os pais. Cecília vivia em casa de uma irmã viúva. Vivia dos bens que recebera em herança.

Que fazia agora? Os pretendentes desertaram, os outros envelheceram também, mas iam ainda por lá alguns deles. Não para requestá-la decerto, mas para passar as horas ou em conversa grave e pausada sobre coisas sérias, ou à mesa de algum jogo inocente e próprio de velhos.

Não poucas vezes era assunto de conversação geral a habilidade com que Cecília conseguira atravessar os anos da primeira e da segunda mocidade sem empenhar o coração em nenhum laço de amor. Cecília respondia a todos que tivera um segredo poderoso do qual não podia fazer comunicação alguma.

E nestas ocasiões olhava amorosamente para o anel que trazia no dedo ornado de uma bela e grande esmeralda.

Mas ninguém reparava nisto.

Cecília gastava horas e horas da noite em evocar a visão dos quinze anos. Quisera achar conforto e confirmação às suas crenças, quisera ver e ouvir ainda a figura mágica e a voz celeste do anjo das donzelas.

Parecia-lhe, sobretudo, que o longo sacrifício que consumara merecia, antes da realização, uma repetição das promessas anteriores.

Entre os que frequentavam a casa de Cecília alguns velhos havia dos que, na mocidade, tinham feito roda a Cecília e tomado mais ou menos seriamente as expressões de cordialidade da moça.

Assim que, agora que se encontravam nas últimas estações da vida, mais de uma vez a conversa tinha por objeto a isenção de Cecília e as infelicidades dos adoradores.

Cada um referia os seus episódios mais curiosos, as dores que sentira, as decepções que sofrera, as esperanças que Cecília esfolhara com impassibilidade cruel.

Cecília ria ouvindo essas confissões, e acompanhava os seus adoradores de outrora no terreno das facécias que as revelações mais ou menos inspiravam.

— Ah! — dizia um. — Eu é que sofri como poucos.

— Sim? — perguntava Cecília.

— É verdade.

— Conte lá.

— Olhe, lembra-se daquela partida em casa do Avelar?

— Foi há tanto tempo!

— Pois eu me lembro perfeitamente.

— Que houve?

— Houve isto.

Todos se prepararam para ouvir a narração prometida.

— Houve isto — continuou o ex-adorador. — Estávamos no baile. Eu, nesse tempo, era um verdadeiro pintalegrete. Envergava a melhor casaca, esticava a melhor calça, derramava os melhores cheiros. Mais de uma dama suspirava em segredo por mim, e às vezes nem mesmo em segredo...

— Ah!
— É verdade. Mas qual é a lei geral da humanidade? É não aceitar aquilo que se lhe dá, para ir buscar aquilo que não poderá obter. Foi o que fiz.

Le bonheur, c'est la boule
Que cet enfant poursuit tout le temps qu'elle roule.
Et que, dès qu'elle arrête, il repousse du pied.*

— Bravo!
— Vamos à história!
— Estávamos no baile. Já duas senhoras tinham-se retirado para o camarim a fim de evitar algum desmaio. Por quê? Que fazia eu? Eu derramava aos pés de dona Cecília uma torrente de madrigais, dizia-lhe do melhor modo possível que a beleza dela tinha-me inspirado um amor profundo e decisivo. Ela não prestava aos meus discursos senão uma atenção indiferente. Isto desesperava. Insistia, repetia, pedia-lhe quase o coração. Ela nada. Enfim ofereci-lhe o braço. Percorremos algumas salas. Dona Cecília estava divina de graça, de beleza, e até... de indiferença. Se fosse a indiferença somente bem estava, mas houve mais.
— Houve mais?
— Houve. Houve desengano. Eu disse-lhe que a amava perdidamente; ela respondeu-me positivamente que não me podia amar. Quase caí. Não lhe disse mais nada e voltamos para a sala.
— Não me lembro disso — observou Cecília.
— Lembro-me eu que fui a vítima. O algoz...

---

* A felicidade é a bola/ Que o menino persegue enquanto ela rola./ E, assim que ela para, ele volta a empurrá-la com o pé. (N.E.: tradução livre de texto de Alphonse Karr.)

— À ordem! à ordem! — reclamaram os ouvintes.

O narrador continuou:

— Deixei dona Cecília na sala e saí. Fui para o jardim. Desesperado, cuidei que o ar e a solidão me aplacassem o ânimo. Vi através da rama de uns arbustos um ponto de luz. Era um charuto ao que me parecia, e com o charuto um homem. A noite estava escuríssima. Caminhei para o lugar em que me parecia estar o homem e o charuto. Pedi fogo e vi que o charuto me entrava nas mãos. Acendi um charuto e agradeci. A minha voz foi conhecida pelo meu interlocutor e eu próprio reconheci na voz que me falava um rapaz que eu conhecera aos salões.

— Abrevie a história!

— Apoiado!

— É simples. Contei ao meu interlocutor os motivos da minha presença, e estava calmo, esperando algumas palavras de consolação, quando me senti agarrado. Procurei defender-me e lutamos durante alguns minutos, ao som de uma polca que se executava no interior da casa. Todos compreendem o caso. O meu adversário era pretendente ao coração de dona Cecília; estava, como eu, desconsolado. Lutamos, como disse. Nunca mais nos falamos.

— Nunca mais?

— Nunca mais.

— Não me lembro de nada, nem me constou nada neste sentido — disse Cecília.

— Eu nunca disse nada a ninguém.

Fora escrever dois volumes e repetir os episódios trágicos, ou cômicos, ou patéticos, que os ex-adoradores de Cecília traziam para a conversação.

Em uma dessas práticas íntimas, singelas, trouxe um criado uma carta para Cecília. Era de Tibúrcio.

Quem era Tibúrcio? Era o primo de Cecília que partira da corte na noite em que Cecília fizera o contrato misterioso para independência do coração.

Tibúrcio partira moço e voltou velho. Nunca dera sinal de si. Não se sabia onde andava nem que fazia.

Tibúrcio escrevia de São Paulo. Dizia que dentro de oito dias estaria na corte. E daí a oito dias chegou.

A carta dizia:

Minha prima. — Dentro de oito dias lá estarei. Vai aparecer-lhe um velho. Há que tempo de lá saí!

Andei ceca e meca. Ganhei, perdi, tornei a ganhar, e a experiência me serviu, porque o que ganhei conservo agora e não tenho ideia, nem ânimo de perdê-lo outra vez.

Que é feito de nossa família? Eu de nada sei. Não procurei ninguém, não escrevi; acho que fizeram bem em me não escreverem. Com ingrato, ingrato e meio. Mas eu hei de provar que não fui ingrato.

Adeus. Esta lhe há de ser entregue por C..., meu amigo, que parte para essa corte. Adeus. — Tibúrcio.

Tibúrcio acompanhou a carta com intervalo de alguns dias. Era um velho bonito, folgazão, opulento de carnes e de dinheiro.

Nem Tibúrcio reconhecia Cecília, nem Cecília reconheceu Tibúrcio. Tão mudados estavam!

Vieram as longas narrativas do que se houvera passado durante o longo espaço de tempo que se não viram.

É necessário dizer que Tibúrcio, quando partira da corte, amava Cecília, sem que para amá-la se fundasse em nenhum sentimento recíproco.

Cecília foi ao princípio indiferente... por indiferença. Mais tarde é que veio o pacto angélico.

Tibúrcio ouviu, com grande admiração, da boca de Cecília a notícia de que ela nunca se houvera casado.

E de sua parte declarou que também se conservara solteiro, adiantando logo a razão disso, que era não poder levar família para as trabalhosas empresas a que se entregava.

Mas a respeito de Cecília admirou-se muito. Não a deixara formosa e requestada? Não via ainda que essa beleza tarde desapareceu?

— Não quis — respondia Cecília.

— Mas por quê?...

— Não sei... não quis.

E, como sempre, Cecília olhava amorosamente para o anel. Os olhos de Tibúrcio acompanharam os de Cecília e pousaram na esmeralda que ela trazia no dedo.

— Ah! — disse ele.

E a conversa passou a outros assuntos.

Insistiram todos em que Tibúrcio referisse as suas viagens, as suas aventuras, os seus perigos, as suas fortunas.

— Fora preciso um ano — disse Tibúrcio.

Com efeito, Tibúrcio tinha vivido uma vida acidentada. Lutas, perigos, sustos, fortunas, alternativas de todo o gênero, tudo matizava o fundo do quadro da existência de Tibúrcio.

Tibúrcio adquirira parte de sua fortuna em algumas explorações de minas de ouro e de brilhantes.

Durante os dias que se seguiram ao da chegada dele em casa de Cecília, a família, os restos da família, e os convivas habituais divertiram-se muito ouvindo as narrações de Tibúrcio sobre os acidentes das explorações mineiras.

Quando se esgotou esse capítulo, Tibúrcio referiu que uma vez fora agarrado pelos bugres perto do rio Araguaia. Quando caiu nas mãos daqueles bárbaros perdeu até a última gota de sangue. Viu a morte diante dos olhos. Já os bugres se preparavam para almoçar aquele bife, quando uma partida de soldados que andava à caça de um criminoso descobriu o fato e chegou a tempo de salvar Tibúrcio dos estômagos indígenas.

Outros perigos correra o primo de Cecília, como o de naufragar em torrentes de rios, encontrar-se com onças, e outros deste gênero.

O auditório habitual de Tibúrcio divertia-se muito com estas narrações, e ele por sua parte sabia referir os tais episódios dando-lhes as cores próprias de comover e interessar.

Tibúrcio resolvera ir morar com as duas parentas, e ali se instalou imediatamente.

Todas as noites havia uma reunião de amigos para tomar chá, conversar e jogar.

Uma noite de chuva, em mês de junho, debalde se esperaram os convivas. A chuva e o frio não consentiram que os respeitáveis anciões deixassem os conchegos do lar, nem mesmo com a sedução das boas horas que se passava em casa de Cecília.

Foram, pois, os três parentes obrigados a se privarem naquela noite da companhia dos amigos.

Tomaram chá cedo e estavam fazendo horas à mesa até que viesse a hora habitual de se recolherem.

Travou-se a seguinte conversação:

— Ora, prima — disse Tibúrcio —, ainda não lhe contei os tormentos que sofri relativamente ao coração.

— Ah!

— É verdade. Lembrei-me muito de você.

— Deveras?

— É verdade. Não se lembra que eu mais de uma vez lhe confessei o amor que alimentava?

— Lembro-me, sim.

— Pois saí da corte com as mais dolorosas impressões. Via que ia para longe e perdia de vista a mulher que eu ainda nem conhecia de coração. Padeci muito.

— Falar nisso agora não sei que me parece.

— Parece o que é, a verdade. Quis matar-me...

— Que tolice!

— Foi o que eu pensei...

— Morria e eu ficava.

— Mas o que me agrada é ver que se eu não esqueci, também você não esqueceu.

— Não, decerto.
— Mas, de certo modo?
— Que modo?
— Gentes! — disse a prima viúva. — Vocês parecem namorados!
— Mas de que modo? como apaixonada?
— Sim.
— Que loucura!
— Pelo menos tenho uma prova.
— Vamos ver a prova — disse a viúva.
— A prova não está comigo.
— Está comigo? — perguntou Cecília.
— É verdade.
— Onde?
— Aí, no dedo.

Cecília olhou para o anel.

— No dedo! — disse ela sem compreender a que podia o primo aludir.
— Esse anel — disse o primo.
— Este anel? Que tem este anel?
— Ora, afinal — disse a prima viúva —, vamos saber o que significa este misterioso anel.

Cecília estava espantada sem compreender.

Tibúrcio continuou:

— Este anel, sim. É meu. Ou por outra, é seu hoje, mas foi meu, porque o encomendei.
— Mas explique-se.
— Nas vésperas de partir da corte quis deixar-lhe uma prova de que o meu amor era verdadeiro e seria eterno. Encomendei este anel, que o ourives prontificou com o maior cuidado e zelo. Tinha dois meios de dar-lho: ou introduzir-lho no dedo, francamente, com a declaração de que era uma lembrança minha que deixara, ou depositá-lo no seu toucador para que, quando eu já estivesse fora, aquela lembrança a surpreendesse.
— É romanesco — disse a viúva.

Cecília nada disse. Tinha os olhos pregados em Tibúrcio e procurava arrancar-lhe as palavras da boca.

Tibúrcio prosseguiu:

— Preferi o segundo meio por me parecer, como diz a prima, romanesco. Mas, ao executá-lo, ocorreu-me um terceiro meio. Era o de colocar o anel no seu dedo na hora em que dormisse, de modo que a surpresa fosse ainda maior.

— Ah! e...

Esta exclamação e esta conjunção partiram da prima viúva. Cecília tão absorta estava que nada podia dizer.

— Descansem — disse Tibúrcio —, eu fiz as coisas honestamente. Peitei a mucama para que alta noite, na ocasião em que a prima dormisse depois da costumada leitura... Ah! você lia muito romance!

— Adiante!

— Para que alta noite se aproveitasse do sono em que você estivesse e lhe pusesse o anel. Assim foi. Vejo agora que conservou o anel. Mas, diga-me, a Teresa nunca lhe disse nada disto?

— Não — disse Cecília distraidamente.

— Pois foi assim. E se quer mais uma prova tire o anel... Nunca o tirou?

— Nunca.

— Pois tire o anel e veja se não estão gravadas pela parte interior as iniciais do meu nome.

Cecília hesitou entre a curiosidade de averiguar a asseveração de Tibúrcio e um resto de crença que tinha nas palavras da visão.

— Tire o anel.

— Mas...

— Tire! Que receio é esse?

— Esperem, não tiro por uma razão. Eu não creio no que diz o primo Tibúrcio.

— Por quê?

— Não creio, mas creio em outra coisa.

— Essa agora!

— É verdade.

E Cecília passou a referir aos dois parentes todas as circunstâncias da visão, o diálogo que tivera com ela, a fé em que lhe ficaram as promessas do anjo das donzelas.

— Tal foi — acrescentou Cecília — a razão por que me não casei. Tinha fé nisto. Quanto a tirar o anel, disse-me a visão que nunca o fizesse.

Tibúrcio deu uma gargalhada.

— Ora, prima — disse ele —, pois você quer contestar uma verdade com uma superstição? Ainda acredita em sonhos!

— Como, sonhos?

— É evidente. Isso da visão não passou de um sonho. Coincidiu o sonho com o fato do anel. Mas você quando acordou no dia seguinte achou-se com um anel no dedo, não devia fazer outra coisa mais do que averiguar a razão do fenômeno, e não dar crédito a uma coisa toda de imaginação.

Cecília abanou a cabeça.

— Pois não crê? Tire o anel.

Cecília hesitava. Mas Tibúrcio usou da arma do ridículo, no que foi acompanhado pela prima viúva de modo que Cecília, com alguma relutância, pálida e trêmula, arrancou o anel do dedo.

O anel tinha na parte interna gravadas estas iniciais: T. B.

CINCO MULHERES

Aqui vai um grupo de cinco mulheres, diferentes entre si, partindo de diversos pontos, mas reunidas na mesma coleção, como em um álbum de fotografias.

Desenhei-as rapidamente, conforme apareciam, sem intenção de precedência, nem cuidado de escolha.

Cada uma delas forma um esboço à parte; mas todas podem ser examinadas entre o charuto e o café.

I
Marcelina

Marcelina era uma criatura débil como uma haste de flor; dissera-se que a vida lhe fugia em cada palavra que lhe saía dos lábios rosados e finos. Tinha um olhar lânguido como os últimos raios do dia. A cabeça, mais angélica do que feminina, aspirava ao céu. Quinze anos contava, como Julieta. Como Ofélia, parecia que estava destinada a colher a um tempo as flores da terra e as flores da morte.

De todas as irmãs — eram cinco —, era Marcelina a única a quem a natureza tinha dado tão pouca vida. Todas as mais pareciam ter seiva de sobra. Eram mulheres altas e reforçadas, de olhos vivos e cheios de fogo. Alfenim era o nome que davam a Marcelina. Ninguém a convidava para as fadigas de um baile ou para os grandes passeios. A boa menina fraqueava depois de uma valsa ou no fim de cinquenta passos do caminho.

Era ela a mais querida dos pais. Tinha na sua fragilidade a razão da preferência. Um instinto secreto dizia aos velhos que ela não havia de viver muito; e como que para desforrá-la do amor que havia de perder, eles a amavam mais do que às outras filhas. Era ela a mais moça, circunstância que acrescia àquela, porque ordinariamente os pais amam o último filho mais do que os primeiros, sem que os primeiros pereçam inteiramente no seu coração.

Marcelina tocava piano perfeitamente. Era a sua distração habitual; tinha o gosto da música no mais apurado grau. Conhecia os compositores mais estimados, Mozart, Weber, Beethoven, Palestrina. Quando se assentava ao piano para executar as obras dos seus favoritos, nenhum prazer da terra a tiraria dali.

Chegara à idade em que o coração da mulher começa a interrogá-la secretamente; mas ninguém conhecia um sentimento só de amor no coração de Marcelina. Talvez não fosse a hora, mas todos que a viam acreditavam que ela não pudesse amar na terra, tão do céu parecia ser aquela delicada criatura.

Um poeta de vinte anos, virgem ainda nas suas ilusões, teria encontrado nela o mais puro ideal dos seus sonhos; mas nenhum havia na roda que frequentava a casa da moça. Os homens que lá iam preferiam a tagarelice insossa e incessante das irmãs à compleição frágil e a recatada modéstia de Marcelina.

A mais velha das irmãs tinha um namorado. As outras sabiam do namoro e o protegiam na medida dos seus recursos. Do namoro ao casamento pouco tempo mediou, apenas um mês. O casamento foi fixado para um dia de junho. O namorado era um belo rapaz de vinte e seis anos, alto, moreno, de olhos e cabelos pretos. Chamava-se Júlio.

No dia seguinte em que se anunciou o casamento de Júlio, Marcelina não se levantou da cama. Era uma ligeira febre que cedeu no fim de dois dias aos esforços de um velho médico, amigo do pai. Mas, ainda assim, a mãe de Marcelina chorou amargamente, e não dormiu uma hora. Nunca houve crise séria na moléstia da filha, mas o simples fato da moléstia bastou para que a boa mãe perdesse a cabeça. Quando a viu de pé regou de lágrimas os pés de uma imagem da Virgem, que era a sua devoção particular.

Entretanto seguiam os preparativos do casamento. Devia efetuar-se dali a quinze dias. Júlio estava radiante de alegria, e não perdia ocasião de comunicar a todos o estado em que se achava. Marcelina ouvia-o com tristeza; dizia-lhe duas palavras de cumprimento e desviava a conversa daquele assunto, que lhe parecia penoso. Ninguém reparava, menos o médico, que um dia, em que ela se achava ao piano, disse-lhe com ar pesaroso:

— Menina, isso faz-lhe mal.

— Isso quê?

— Sufoque o que sente, esqueça um sonho impossível e não vá adoecer por um sentimento sem esperança.

Marcelina cravou os olhos nas teclas do piano e levantou-se a chorar.

O doutor saiu mais pesaroso do que estava.

— Está morta — dizia ele descendo as escadas.

O dia do casamento chegou. Foi uma alegria na casa, mesmo para Marcelina, que cobria a irmã de beijos; aos olhos de todos era a afeição fraternal que se manifestava assim num dia de júbilo para a irmã; mas a um olhar experimentado não escaparia a tristeza escondida debaixo daquelas demonstrações tão fervorosas.

Isto não é um romance, nem um conto, nem um episódio — não me ocuparei, portanto, com os acontecimentos dia por dia. Um mês se passou depois do casamento de Júlio com a irmã de Marcelina. Era o dia marcado para o jantar comemorativo em casa de Júlio. Marcelina foi com repugnância, mas era preciso; simular uma doença era impedir a festa; a boa menina não quis. Foi.

Mas quem pode responder pelo futuro? Marcelina, duas horas depois de estar em casa da irmã, teve uma vertigem. Foi levada para um sofá, mas tornada a si achou-se doente. Foi transportada para casa. Toda a família a acompanhou. A festa não teve lugar.

Declarou-se uma nova febre.

O médico, que sabia o fundo da doença de Marcelina, procurou curar-lhe a um tempo o corpo e o coração. Os remédios do corpo pouco faziam, porque o coração era o mais doente. O médico quando empregava uma dose no corpo, empregava duas no coração. Eram os conselhos brandos, as palavras persuasivas, as carícias quase fraternais. A moça respondia a tudo com um sorriso triste — era a única resposta.

Quando o velho médico lhe dizia:

— Menina, esse amor é impossível...

Ela respondia:

— Que amor?

— Esse: o de seu cunhado.

— Está sonhando, doutor. Eu não amo ninguém.

— É debalde que procura ocultar.

Um dia, como ela insistisse em negar, o doutor ameaçou-a sorrindo que ia contar tudo à mãe.

A moça empalideceu mais do que estava.

— Não — disse ela —, não diga nada.

— Então, é verdade?

A moça não ousou responder: fez um leve sinal com a cabeça.

— Mas não vê que é impossível? — perguntou o doutor.

— Sei.

— Então por que pensar nisso?

— Não penso.

— Pensa. É por isso que está tão doente...

— Não creia, doutor; estou doente porque Deus o quer; talvez fique boa, talvez não; é indiferente para mim; só Deus é quem manda estas coisas.

— Mas sua mãe?...

— Ela irá ter comigo, se eu morrer.

O médico voltou a cabeça para o lado de uma janela que se achava meio aberta.

Esta conversa reproduziu-se muitas vezes, sempre com o mesmo resultado. Marcelina definhava a olhos vistos. No fim de alguns dias o médico declarou que era impossível salvá-la.

A família ficou desolada com esta notícia.

Júlio ia visitar Marcelina com sua mulher; nessas ocasiões Marcelina sentia-se elevada a uma esfera de bem-aventurança. Vivia da voz de Júlio. As faces se lhe coloriam e os olhos readquiriam um brilho celeste.

Depois voltava ao seu estado habitual.

Mais de uma vez quis o médico declarar à família qual era a verdadeira causa da moléstia de Marcelina; mas que ganharia com isso? Não viria daí o remédio, e a boa menina ficaria do mesmo modo.

A mãe, desesperada com aquele estado de coisas, imaginou todos os meios de salvar a filha; lembrou a mudança de ares, mas a pobre Marcelina raras vezes deixava de arder em febre.

Um dia, era um domingo de julho, a menina declarou que desejava comunicar alguma coisa ao doutor.

Todos os deixaram a sós.

— Que quer? — perguntou o médico.

— Sei que é nosso amigo, e sobretudo meu amigo. Sei quanto sente a minha doença, e como lhe dói que eu não possa ficar boa...

— Há de ficar, não fale assim...

— Qual doutor! eu sei o que sinto! Se lhe quero falar é para dizer-lhe uma coisa. Quando eu morrer não diga a ninguém qual foi o motivo da minha morte.

— Não fale assim... — interrompeu o velho levando o lenço aos olhos.

— Di-lo-á somente a uma pessoa — continuou Marcelina —; é a minha mãe. Essa sim, coitada, que tanto me ama e que vai ter a dor de me perder! Quando lhe disser, entregue-lhe então este papel.

Marcelina tirou debaixo do travesseiro uma folha de papel dobrada em quatro, e atada por uma fita roxa.

— Escreveu isto? Quando? — perguntou o médico.

— Antes de adoecer.

O velho tomou o papel das mãos da doente e guardou-o no seu bolso.

— Mas, venha cá — disse ele —, que ideias são essas de morrer? Tão moça! Começa apenas a viver; outros corações podem ainda receber os seus afetos; para que quer tão cedo deixar o mundo? Pode ainda encontrar nele uma felicidade digna da sua alma e dos seus sentimentos... Olhe cá, ficando boa iremos todos para fora. A menina gosta da roça. Pois toda a família irá para a roça...

— Basta, doutor! É inútil.
Daí em diante Marcelina pouco falou.
No dia seguinte à tarde Júlio e a mulher vieram visitá-la. Marcelina achava-se pior. Toda a família estava ao pé da cama. A mãe debruçada à cabeça chorava silenciosamente.

Quando veio a noite fechada, declarou-se a crise da morte. Houve então uma explosão de soluços; porém a menina, serena e calma, a todos procurava consolar dando-lhes a esperança de que iria orar por todos no céu.

Quis ver o piano em que tocava; mas era difícil satisfazer-lhe o desejo e ela facilmente se convenceu. Não desistiu porém de ver as músicas; quando elas lhas deram, distribuiu-as pelas irmãs.

— Quanto a mim, vou tocar outras músicas no céu.

Pediu algumas flores secas que tinha numa gaveta, e distribuiu-as igualmente pelas pessoas presentes.

Às oito horas expirou.

Um mês depois, o velho médico, fiel à promessa que fizera à moribunda, pediu uma conferência particular à infeliz mãe.

— Sabe de que morreu Marcelina? — perguntou ele —; não foi de uma febre, foi de um amor.

— Ah!

— É verdade.

— Quem era?

— A pobre menina pôs a sua felicidade num desejo impossível; mas não se revoltou contra a sorte; resignou-se e morreu.

— Quem era? — perguntou a mãe.

— Seu genro.

— É possível? — disse a pobre mãe dando um grito.

— É verdade. Eu o descobri, e ela mo confessou. Sabe como eu era amigo dela; fiz tudo quanto pude para desviá-la de semelhante pensamento; mas tinha chegado tarde. A sentença estava lavrada; ela devia amar, adoecer e subir ao céu. Que amor, e que destino!

O velho tinha os olhos rasos de lágrimas; a mãe de Marcelina chorava e soluçava que cortava o coração. Quando ela pôde ficar um pouco calma, o médico continuou:

— A entrevista que ela me pediu nos seus últimos dias foi para dar-me um papel, disse-me então que lho entregasse depois da morte. Aqui o tem.

O médico tirou do bolso o papel que recebera de Marcelina e lho entregou intacto.

— Leia-o, doutor. O segredo é nosso.

O doutor leu em voz alta e com voz trêmula:

Devo morrer deste amor. Sinto que é o primeiro e o último. Podia ser a minha vida e é a minha morte. Por quê? Deus o quer.

Não viu *ele* nunca que era eu a quem devia amar. Não lhe dizia acaso um secreto instinto que eu carecia dele para ser feliz? Cego! foi procurar o amor de outra, tão sincero como o meu, mas nunca tão grande e tão elevado! Deus o faça feliz!

Escrevi um pensamento mau. Por que me hei de revoltar contra minha irmã? Não pode ela sentir o que eu sinto? Se eu sofro por não ter a felicidade de possuí-lo, não sofreria ela, se ele fosse meu? Querer a minha felicidade à custa dela, é um sentimento mau que mamãe nunca me ensinou. Que ela seja feliz e sofra eu a minha sorte.

Talvez eu possa viver; e nesse caso, ó minha Virgem da Conceição, eu só te peço que me dês a força necessária para ser feliz só com a vista dele, embora ele me seja indiferente.

Se mamãe soubesse disto talvez ralhasse comigo, mas eu acho que...

O papel achava-se interrompido neste ponto.

O médico acabou estas linhas banhado em lágrimas. A mãe chorava igualmente. O segredo confiado aos dois morreu com ambos.

Mas um dia, tendo morrido a velha mãe de Marcelina, e procedendo-se ao inventário, foi achado o papel pelo cunhado de

Marcelina... Júlio conheceu então a causa da morte a cunhada. Lançou os olhos para um espelho, procurando nas suas feições um raio da simpatia que inspirara a Marcelina, e exclamou:

— Pobre menina!

Acendeu um charuto e foi ao teatro.

II
Antônia

A história conhece um tipo da dissimulação, que resume todos os outros, como a mais alta expressão de todos: é Tibério. Mas nem esse chegaria a vencer a dissimulação dos Tibérios femininos, armados de olhos e sorrisos capazes de frustrar os planos mais bem combinados e enfraquecer as vontades mais resolutas.

Antônia era uma mulher assim.

Quando eu a conheci era ela casada de doze meses. O marido tinha nela a mais plena confiança. Amavam-se ambos com o amor mais ardente e apaixonado que ainda houve. Era uma alma só em dois corpos. Se ele demorava fora de casa, Antônia não só velava todo o tempo, como desfazia-se em lágrimas de saudades e de dor. Apenas ele chegava, não havia o desenlace comum das recriminações estéreis; Antônia lançava-se-lhe aos braços e tudo voltava em bem.

Onde um não ia, não ia o outro. Para quê, se a felicidade deles residia em estarem juntos, viverem dos olhos um do outro, fora do mundo e dos seus vãos prazeres?

Assim ligadas estas duas criaturas davam ao mundo o doce espetáculo de uma união perfeita. Eram o enlevo das famílias e o desespero dos malcasados.

Antônia era bela; tinha vinte e seis anos. Estava no pleno desenvolvimento de uma dessas belezas robustas e destinadas a resistir à ação do tempo. Oliveira, seu marido, era o que se podia chamar um Apolo. Via-se que aquela mulher devia amar aquele homem e aquele homem devia amar aquela mulher.

Frequentavam a casa de Oliveira alguns amigos, uns da infância, outros de data recente, alguns de menos de um ano, isto é, da data do casamento de Oliveira. A amizade é o melhor pretexto, até hoje inventado, para que um indivíduo pretenda tomar parte na felicidade de outro. Os amigos de Oliveira, que não primavam pela originalidade dos costumes, não ficaram isentos de encantos que a beleza de Antônia produzia em todos. Uns, menos corajosos, desanimaram diante do extremoso amor que ligava o casal; mas um houve, menos tímido, que assentou de si para si tomar lugar à mesa da ventura doméstica do amigo.

Era um tal Moura.

Não sei dos primeiros passos de Moura; nem das esperanças que ele pôde ir concebendo à proporção que corria o tempo. Um dia, porém, a notícia de que entre Moura e Antônia havia um laço de simpatia amorosa surpreendeu a todos.

Antônia era até então o símbolo do amor e da felicidade conjugal. Que demônio lhe soprara ao ouvido tão negra resolução de iludir a confiança e o amor do marido? Uns duvidaram, outros se irritaram, alguns esfregaram as mãos de contentes, animados pela ideia de que o primeiro erro devia ser uma arma e um incentivo para os erros futuros.

Desde que a notícia, contada à meia voz, e com a mais perfeita discrição, correu de boca em boca, todas as atenções voltaram-se para Antônia e Moura. Um olhar, um gesto, um suspiro, escapam aos mais dissimulados; os olhos mais experimentados viram logo a veracidade dos boatos; se os dois se não amavam, estavam perto do amor.

Deve-se acrescentar que ao pé de Oliveira, Moura fazia o papel de deus Pã ao pé do deus Febo. Era uma figura vulgar, às vezes ridículo, sem nada que pudesse legitimar a paixão de uma mulher bela e altiva. Mas assim aconteceu, a grande aprazimento da sombra de La Bruyère.

Uma noite, uma família da amizade de Oliveira foi convidá-la para irem ao teatro Lírico. Antônia mostrou grande desejo de ir. Cantava então não sei que celebridade italiana.

Oliveira, por doente ou por enfado, não quis ir. As instâncias da família que os convidara foram inúteis; Oliveira teimou em ficar.

Oliveira insistia em ficar, Antônia em ir. Depois de muito tempo o mais que se conseguiu foi que Antônia fosse em companhia das amigas, que a trariam depois para casa.

Oliveira ficara em companhia de um amigo.

Mas, antes de saírem todos, Antônia insistiu de novo com o marido para que fosse.

— Mas se eu não quero ir? — dizia ele. — Vai tu, eu ficarei, conversando com ***.

— É que se tu não fores — disse Antônia — o espetáculo não vale nada para mim. Anda!

— Vai, querida, eu irei em outra ocasião.

— Pois não vou!

E sentou-se disposta a não ir ao teatro.

As amigas exclamaram em coro:

— Como é isso: não ir? Que maçada! Era o que faltava! anda, anda!

— Vai, sim — disse Oliveira. — Então por que eu não vou, não te queres divertir?

Antônia levantou-se:

— Está bem — disse ela —, irei.

— De que número é o camarote? — perguntou bruscamente Oliveira.

— Vinte, segunda ordem — disseram as amigas de Antônia.

Antônia empalideceu ligeiramente.

— Então, irás depois, não é? — disse ela.

— Não, decididamente, não.

— Dize se vais.

— Não, fico, é decidido.

Saíram para o teatro Lírico.

Sob pretexto de que desejava ir ver a celebridade tomei o chapéu e fui ao teatro Lírico.

Moura estava lá!

III
Carolina

— Pois quê! vais casar-te?
— É verdade.
— Com o Mendonça?
— Com o Mendonça.
— Isso é impossível! Tu, Carolina, tu, formosa e moça, mulher de um homem como aquele, sem nada que possa inspirar amor? Ama-o acaso?
— Hei de estimá-lo.
— Não o amas, já vejo.
— É meu dever. Que queres, Lúcia? Meu pai assim o quer, devo obedecer-lhe. Pobre pai! ele cuida fazer a minha felicidade. A fortuna de Mendonça parece-lhe uma garantia de paz e de ventura da minha vida. Como se engana!
— Mas não deves consentir nisso... Vou falar-lhe.
— É inútil, nem eu quero.
— Mas então...
— Olha, há talvez outra razão: creio que meu pai deve favores ao Mendonça; este apaixonou-se por mim, pediu-me; meu pai não teve ânimo de recusar-me.
— Pobre amiga!

Sem conhecer ainda as nossas heroínas, já o leitor começa a lamentar a sorte da futura mulher de Mendonça. É mais uma vítima, dirá o leitor, imolada ao capricho ou à necessidade. Assim é. Carolina devia casar-se daí a alguns dias com Mendonça, e era isso o que lamentava a amiga Lúcia.

— Pobre Carolina!
— Boa Lúcia!

Carolina é uma moça de vinte anos, alta, formosa, refeita. Era uma dessas belezas que seduzem os olhos lascivos, e já por aqui ficam os leitores sabendo que Mendonça é um desses, com a circunstância agravante de ter meios com que lisonjear os seus caprichos.

Bem vejo como me poderia levar longe este último ponto da minha história; mas eu desisto de fazer agora uma sátira contra o vil metal (por que metal?); e bem assim não me dou ao trabalho de descrever a figura da amiga de Carolina.

Direi somente que as duas amigas conversavam no quarto de dormir da prometida noiva de Mendonça.

Depois das lamentações feitas por Lúcia à sorte de Carolina, houve um momento de silêncio. Carolina empregou algumas lágrimas; Lúcia continuou:

— E ele?
— Quem?
— Fernando.
— Ah! esse que me perdoe e me esqueça; é tudo quanto posso fazer por ele. Não quis Deus que fôssemos felizes; paciência!
— Por isso o vi triste lá na sala!
— Triste? ele não sabe nada. Há de ser por outra coisa.
— O Mendonça virá?
— Deve vir.

As duas moças saíram para a sala. Lá se achava Mendonça em conversa com o pai de Carolina, Fernando a uma janela de costas para a rua, uma tia de Carolina conversando com o pai de Lúcia. Ninguém mais havia. Esperava-se a hora do chá.

Quando as duas moças apareceram todos voltaram-se para elas. O pai de Carolina foi buscá-las e levou-as a um sofá.

Depois, no meio do silêncio geral, o velho anunciou o casamento próximo de Carolina e Mendonça.

Ouviu-se um grito sufocado do lado da janela. Ouviu-se, digo mal — não se ouviu; Carolina foi a única que ouviu ou antes adivinhou. Quando voltou os olhos para a janela, Fernando estava de costas para a sala e tinha a cabeça entre as mãos.

O chá foi tomado no meio de geral acanhamento. Parece que ninguém, além do noivo e do pai de Carolina, aprovava semelhante consórcio.

Mas, quer aprovasse, quer não, ele devia efetuar-se daí a vinte dias.

"Entro no teto conjugal como num túmulo", escrevia Carolina na manhã do casamento à amiga Lúcia; "deixo as minhas ilusões à porta, e peço a Deus que não perca só isso".

Quanto a Fernando, a quem ela não pôde ver mais depois da noite da declaração do casamento, eis a carta que ele mandou a Carolina, na véspera de realizar-se o consórcio:

Quis acreditar até hoje que fosse uma ilusão, ou um sonho mau semelhante casamento; agora sei que não é possível duvidar da verdade. Pois quê! tudo te esqueceu, o amor, as promessas, os castelos de felicidade, tudo, por amor de um velho ridículo, mas opulento, isto é, dono desse vil metal, etc. etc.

O leitor sagaz suprirá o resto da carta, acrescentando qualquer período tirado de qualquer romance da moda.

Isto que aí fica escrito não muda em nada a situação da pobre Carolina; condenada a receber recriminações quando ia dar a mão de esposa com o luto no coração.

A única resposta dada por ela à carta de Fernando foi esta:

Esqueça-se de mim.

Fernando não assistiu ao casamento. Lúcia assistiu triste como se fora um enterro. Em geral perguntava-se que amor estranho era aquele que levava Carolina a desfolhar a sua mocidade tão viçosa nos braços de semelhante homem. Ninguém atinava com a resposta.

Como eu não quero entreter os leitores com episódios inúteis e narrações fastidiosas, salto aqui uns seis meses e vou levá-los à casa do Mendonça, numa manhã de inverno.

Lúcia, solteira ainda, está com Carolina, onde costuma ir passar alguns dias. Não se fala na pessoa de Mendonça; Carolina é a primeira a respeitá-lo; a amiga respeita esses sentimentos.

É verdade que os seis primeiros meses de casamento foram para Carolina seis séculos de lágrimas, de angústia, de desespero. De longe a desgraça parecia-lhe menor; mas desde que ela pôde tocar com o dedo o deserto árido e seco em que entrou, então não pôde resistir e chorou amargamente.

Era o único recurso que lhe restava: chorar. Uma porta de bronze separava-a para sempre da felicidade que sonhara nas suas ambições de donzela. Ninguém sabia dessa odisseia íntima, menos Lúcia, que ainda assim sabia mais por adivinhar e por surpreender as torturas menores da companheira dos primeiros anos.

Estavam, pois, as duas em conversa, quando às mãos de Carolina chegou uma carta assinada por Fernando.

Pintava-lhe o antigo namorado o estado em que tinha o coração, as dores que sofrera, as mortes de que escapara. Nessa série de padecimentos, dizia ele, nunca perdera a coragem de viver para amá-la, embora de longe.

A carta era abundante em comentários, mas eu julgo melhor conservar somente a substância dela.

Leu-a Carolina, trêmula e confusa; esteve alguns minutos calada; depois rasgando a carta em tiras muito miúdas:

— Pobre rapaz!

— Que é? — perguntou Lúcia.

— É uma carta de Fernando.

Lúcia não insistiu. Carolina indagou do escravo que lhe trouxera a carta o modo por que lhe havia chegado às mãos. O escravo respondeu que um moleque lha entregara à porta. Lúcia deu ordem para que não recebesse cartas que viessem pelo mesmo portador.

Mas no dia seguinte uma nova carta de Fernando chegou às mãos de Carolina. Outro portador a entregara.

Nessa carta Fernando pintava com cores negras a situação em que se achava e pedia dois minutos de entrevista com Carolina.

Carolina hesitou, mas releu a carta; ela parecia tão desesperada e dolorosa, que a pobre moça, em quem falava um resto de amor por Fernando, respondeu afirmativamente.

Ia mandar a resposta, mas de novo hesitou e rasgou o bilhete, protestando fazer o mesmo a quantas cartas chegassem.

Durante os cinco dias seguintes vieram cinco cartas, uma por dia, mas todas ficaram sem resposta, como as anteriores.

Enfim, na noite do quarto dia, Carolina achava-se no gabinete de trabalho, quando assomou à janela que dava para o jardim a figura de Fernando.

A moça deu um grito e recuou.

— Não grite! — disse o moço em voz baixa — podem ouvir...

— Mas, fuja! fuja!

— Não! quis vir de propósito, a fim de saber se deveras não me amas, se esqueceste aqueles juramentos...

— Não devo amá-lo!...

— Não deve! Que tem o dever conosco?

— Vou chamar alguém! Fuja! Fuja!

Fernando saltou para o quarto.

— Não, não hás de chamar!

A moça correu para a porta. Fernando travou-lhe do braço.

— Que é isso? — disse ele —; amo-te tanto, e tu foges de mim? Quem impede a nossa felicidade?

— Quem? Meu marido!

— Seu marido! Que temos nós com ele? Ele...

Carolina pareceu adivinhar um pensamento sinistro em Fernando e tapou os ouvidos. Nesse momento abriu-se a porta e apareceu Lúcia.

Fernando não pôde afrontar a presença da moça. Correu para a janela e saltou para o jardim.

Lúcia, que ouvira as últimas palavras dos dois, correu a abraçar a amiga, exclamando:

— Muito bem! muito bem!

Dias depois Mendonça e Carolina saíram para uma viagem de um ano. Carolina escrevia o seguinte a Lúcia:

Deixo-te, minha Lúcia, mas assim é preciso. Amei Fernando, e não sei se o amo agora, apesar do ato covarde que praticou. Mas eu não quero expor-me a um crime. Se o meu casamento é um túmulo, nem por isso posso deixar de respeitá-lo. Reza por mim e pede a Deus que te faça feliz.

Foi para estas almas corajosas e honradas que se fez a bem-aventurança.

IV
Carlota e Hortência

Uma fila de cinquenta carros, com um coche fúnebre à frente, dirigia-se para um dos cemitérios da capital.

O carro funerário conduzia o cadáver de Carlota Durval, senhora de vinte e oito anos, morta no esplendor da beleza.

Os que acompanhavam o enterro, apenas dois o faziam por estima à finada: eram Luís Patrício e Valadares.

Os mais iam por satisfazer a vaidade do viúvo, um José Durval, homem de trinta e seis anos, dono de cinco prédios e de uma dose de fatuidade sem igual.

Valadares e Patrício, na qualidade de amigos da finada, eram os únicos que traduziam no rosto a profunda tristeza do coração. Os outros levavam uma cara de tristeza oficial.

Valadares e Patrício iam no mesmo carro.

— Até que morreu a pobre senhora — disse o primeiro ao fim de algum silêncio.

— Coitada! — murmurou o outro.

— Na flor da idade — acrescentava o primeiro —, mãe de duas crianças tão bonitas, amadas por todos... Deus perdoe aos culpados!

— Ao culpado, que foi só ele. Quanto à outra, essa, se não fora desinquietada...

— Tens razão!

— Mas ele deve ter remorsos.

— Quais remorsos! É incapaz de os ter. Não o conheces, como eu? Ri e zomba de tudo. Isto para ele foi apenas um acidente; não lhe dá maior importância, acredita.

Este pequeno diálogo dá já ao leitor uma ideia dos acontecimentos que precederam à morte de Carlota.

Como esses acontecimentos são o objeto destas linhas destinadas a apresentar o perfil desta quarta mulher, passo a narrá-los mui sucintamente.

Carlota casara com vinte e dois anos. Não sei por que apaixonara-se por José Durval, e menos ainda no tempo de solteira, de que depois de casada. O marido era para Carlota um ídolo. Só a ideia de uma infidelidade da parte dele bastava para matá-la.

Viveram algum tempo no meio da mais perfeita paz, não que ele não desse à mulher motivos de desgosto, mas porque eram estes tão encobertos que nunca haviam chegado aos ouvidos da pobre moça.

Um ano antes Hortência B., amiga de Carlota, separava-se do marido. Dizia-se que era por motivos de infidelidade conjugal da parte dele; mas ainda que o não fosse, Carlota receberia a amiga em sua casa, tão amiga era dela.

Carlota compreendia as dores que podiam trazer a uma mulher as infidelidades do marido; por isso recebeu Hortência com os braços abertos e entusiasmo no coração.

Era o mesmo que se uma rosa abrisse o seio confiante a um inseto venenoso.

Daí a seis meses Carlota reconhecia o mal que tinha feito. Mas era tarde.

Hortência era amante de José Durval.

Quando Carlota descobriu qual era a situação de Hortência em relação a ela, sufocou um grito. Era a um tempo, ciúme, desprezo, vergonha. Se alguma coisa podia atenuar a dor que ela sentia, era a covardia do ato de Hortência, que tão mal pagava a hospitalidade que obtivera de Carlota.

Mas o marido? Não era igualmente culpado? Carlota avaliou de um relance toda a hediondez do proceder de ambos, e resolveu romper um dia.

A frieza que começou a manifestar a Hortência, mais do que isso, a repugnância e o desdém com que a tratava, despertou no espírito desta a ideia de que era preciso sair de uma situação tão falsa.

Todavia, retirar-se simplesmente seria confessar o crime. Hortência dissimulou e um dia recriminou a Carlota os seus modos recentes de tratamento.

Então tudo se clareou.

Carlota, com uma cólera sufocada, lançou em rosto à amiga o procedimento que tivera em casa dela. Hortência negou, mas era negar confessando, pois que nenhum tom de sinceridade tinha a sua voz.

Depois disso era necessário sair. Hortência, negando sempre o crime de que era acusada, declarou que sairia de casa.

— Mas isso não desmente, nem remedia nada — disse Carlota com os lábios trêmulos. — É simplesmente mudar o teatro das suas loucuras.

Esta cena abalou a saúde de Carlota. No dia seguinte amanheceu doente. Hortência apareceu para falar-lhe, mas ela voltou o rosto para a parede. Hortência não voltou ao quarto, mas também não saiu da casa. José Durval impôs essa condição.

— Que dirá o mundo? — perguntava ele.

A pobre mulher foi obrigada a sofrer mais essa humilhação.

A doença foi rápida e benéfica, porque no fim de quinze dias Carlota expirava.

Os leitores já assistiram ao enterro dela.

Quanto a Hortência, continuou a viver em casa de José Durval, até que se passassem os primeiros seis meses do luto, no fim dos quais casaram-se perante um concurso numeroso de amigos, ou pessoas que se davam por isso.

Supondo que os leitores terão curiosidade de saber o que sucedeu depois, aqui termino com uma carta escrita, depois de dois anos da morte de Carlota, por Valadares a L. Patrício.

Meu amigo. Corte, 12 de... — Vou dar-te algumas notícias que te hão de alegrar, como a mim, posto que a caridade evangélica nos manda lastimar as desgraças alheias. Mas há certas desgraças que parecem um castigo do céu e a alma sente-se satisfeita quando vê o crime punido.

Lembras-te ainda da pobre Carlota Durval, morta de desgosto pela traição do marido e de Hortência? Sabes que esta ficou a viver em casa do viúvo, e que no fim de seis meses casaram-se à face da Igreja, como duas criaturas abençoadas do céu? Pois bem, ninguém as faça que as não pague; Durval está mais do que nunca arrependido do passo que deu.

Primeiramente, ao passo que a pobre Carlota era uma pomba sem fel, Hortência é um dragão de saias, que não deixa o marido pôr pé em ramo verde. São exigências de toda a casta, exigências de luxo, exigências de honra, porque a fortuna de Durval não podendo resistir aos ataques de Hortência, foi-se desmoronando a pouco e pouco.

Os desgostos envelheceram o pobre José Durval. Mas se fosse apenas isso, era de agradecer a Deus. O caso, porém, tornou-se pior; Hortência, que traíra a amiga, não teve dúvida em trair o marido: Hortência tem hoje um amante!

É realmente triste semelhante coisa, mas eu não sei por que esfreguei as mãos de contente quando soube da infidelidade de Hortência. Parece que as cinzas da Carlota deviam estremecer de alegria debaixo da terra...

Perdoe-me Deus a blasfêmia, se acaso o é.

Julguei que estas notícias te seriam agradáveis, a ti que estimastes aquela pobre mártir.

Ia acabando sem contar a cena que houve entre Durval e a mulher.

Um bilhete mandado por H. (o amante) caiu nas mãos de José Durval, não sei por que terrível acaso. Houve explosão da parte do marido; mas o infeliz não tinha forças para manter-se na sua posição; dois gritos e dois sorrisos da mulher puseram-lhe água fria na cólera.

Daí em diante, Durval anda triste, cabisbaixo, taciturno. Emagrece a olhos vistos. Pobre homem! afinal de contas começo a ter pena...

Adeus, meu caro, vai cultivando etc...

Esta carta era dirigida a Campos, onde se achava L. Patrício. A resposta deste foi a seguinte:

Muito me contas, meu amigo Valadares, acerca dos algozes da Carlota. É uma paga, não deixes de crê-lo, mas no que fazes mal é em mostrares alegria por essa desgraça. Nem devemos tê-la, nem as cinzas de Carlota se regozijaram no outro mundo. Os maus, no fim de conta, são dignos de lástima, por serem tão fracos que não possam ser bons. E basta a punição para ficarmos já condoídos do pobre homem.
Falemos de outra coisa. Sabes que os cafezais...

Não interessa aos leitores saber dos cafezais de L. Patrício.
O que interessa saber é que Durval morreu de desgosto dentro de pouco tempo, e que Hortência procurou na devoção de uma velhice prematura a expiação dos erros passados.

ONDA

Na pia chamara-se Aurora; Onda era o nome que lhe deram nos salões.

Por quê? A culpa era dela e de Shakespeare; dela, que o mereceu; de Shakespeare, que o aplicou à instabilidade dos corações femininos.

Tinha um coração capaz de abrigar seiscentos cavaleiros em dia de temporal, e até sem temporal. Batessem-lhe à porta, que a hospitaleira castelã abria sem maior indagação. Dava ao peregrino água para os pés, pão alvo e vinho puro para o estômago, leito macio e aquecido para o corpo. Mas, depois disto, fechava-se muito bem fechada em sua alcova, e, rezando a Deus pela paz dos viajantes alojados, dormia tranquila em seu leito solitário.

De tais facilidades em dar asilo a uns, mesmo quando outros ainda estavam sob o teto hospitaleiro, é que lhe nasceu a denominação que serve de título a estas páginas.

Pérfida como a onda, disse um dia um dos enganados, vendo-a passar em um carro e indo parar à porta do Wallerstein.

O nome pegou.

Ora, vejamos, em minha imparcialidade de historiador, se esta denominação lhe quadrava.

Coitadinha! não precisava muito tempo para ler-lhe nos olhos, adivinhar-lhe os gestos, traduzir-lhe nos sorrisos, a vivacidade, a dissimulação, a afabilidade que constituem o tipo da moça namoradeira.

Via-se que ela conhecia a fundo esta arte de atrair e prender os corações e as vontades com um simples volver de olhos, um simples meneio de leque.

Dera-lhe Deus uma beleza que era a sua base de operações. Não é que a beleza seja absolutamente necessária. Sei de alguém que conheceu uma mulher cujas feições examinadas, uma por uma, não tinham traço algum de beleza; mas que sabia mover uns olhos que Deus lhe deu e de que ela, seja dito em honra da verdade, fazia um mau uso. Tão mau, que este alguém em questão, depois de se apaixonar por eles, achou-se um dia sem coração e sem futuro...

Se era assim com aquela, o que não seria com esta, que, além de um par de olhos vivíssimos, formosíssimos, eloquentíssimos, possuía as verdadeiras formas de beleza feminina?

Onda sabia que tinha os olhos bonitos: volvia-os a cada momento; sabia que possuía mãos de princesa: consertava os cabelos de minuto a minuto; sabia que possuía uns dentes e uma boca divinos: sorria a propósito de cada coisa; sabia que os seus pés eram dos mais perfeitos: procurava não sujar o vestido quando descia do carro.

De modo que, amigos ou estranhos, pobres ou ricos, poetas ou *prosas*, velhos ou moços, todas as criaturas que pertenciam ao sexo do autor e do leitor destas linhas, ficavam fascinados, presos, apaixonados!

Ela cuidava extremamente de pôr em relevo a sua beleza mediante os inventos da arte. Era assinante dos melhores jornais de modas e freguesa das melhores casas de novidades elegantes. Distinga-se porém: a minha heroína era casquilha para ser namoradeira, o que é alguma coisa diferente da casquilha por casquilhice. Se me é lícito aplicar uma fórmula séria, direi que há entre as duas espécies a diferença que vai do princípio de *arte pela arte* ao princípio da *arte pela moral*.

Onda sabia que o espírito do homem deixa-se prender facilmente pelos atrativos artificiais juntos aos atrativos naturais, e não deixava de aumentar pela cifra da elegância a unidade da beleza com que a natureza a dotara.

Acrescente-se a isto, que Onda possuía um gosto apuradíssimo. Mesmo na escolha dos mais simples trajares revelava-se nela a discrição, o acerto, *a boa mão*, para usar de uma expressão popular.

Ora, não se resiste facilmente a quem reúne tantos predicados; e se a simples presença bastava para prender, o que não era quando aquela boca se abria, como uma taça de mel do Himeto, e destilava, não digo palavras, gotas de pura ambrosia do céu?

Assim que, naquelas guerras de amor, a presença era o primeiro ataque, a palavra a batalha campal. Ninguém saía delas são e salvo; saía-se ferido, e, o que é mais, sem esperanças de chegar a coronel. O tempo dava alguma confiança aos que se enamoravam dela em virtude de uma reflexão que lhes parecia justa; e era que nem toda a vida Onda faria de sua beleza uma simples rede para passatempo. Esta esperança fortificava as coragens e inspirava as constâncias. O próprio tempo os ia desenganando até a hora em que se deu o episódio que vou narrar em poucas palavras.

No momento em que Onda, completando vinte e cinco anos, pareceu chegar à idade razoável de passar do capricho ao amor sério e digno, apareceu na intimidade da família desta misteriosa donzela um rapaz, que meses antes chegara de uma longa viagem à Europa à custa de um tio desembargador.

Antes de pisar o reino da nova Diana já Ernesto (é o nome do herói) sabia com quem ia lidar. Meia dúzia de logrados tiveram cuidado de instruí-lo da alcunha e das qualidades da moça.

Ernesto, depois de ouvir as narrações e as imprecações de todos, puxou uma fumaça, e brandindo um chicotinho de junco, olhou para os seis e disse-lhes:

— Não quero argui-los de fraqueza ou inépcia; mas façamos uma aposta: o que perdem se eu conseguir domar essa gentil pantera?

— Ora! — exclamaram em coro os seis ministros decaídos.

— Isso não é responder.

Um dos interlocutores respondeu:

— Mas é impossível domá-la! — disse um que era poeta.

— Impossível? — exclamou Ernesto. — Meus amigos, se Penélope não tivesse pressentimento de que, mais tarde ou mais cedo, Ulisses lhe apareceria em casa, não fiaria tanto, e em vez de sustentar a tantos pretendentes, sustentaria apenas um, o que era mais acertado, no duplo ponto de vista da economia e do coração.

Onda, como lhe chamam, espera sem dúvida o seu Ulisses, que sou eu, e os vai iludindo até que eu apareça para entrar na posse do direito que a natureza me conferiu. Esta é a verdade...

Cada qual dos seis pretendentes desenganados tinha a consciência de ter feito os últimos esforços, consciência em que entrava um tanto de fatuidade; mas tinham isso, e foi por isso que, quando Ernesto acabou de falar, responderam todos com a mais estrondosa gargalhada.

A fatuidade falara em primeiro lugar no espírito de Ernesto; a gargalhada ofendeu-lhe o amor-próprio; insistiu, já sério, ou antes com aquele riso especial que em nossa língua se exprime tão bem pelo *riso amarelo*; depois de dez minutos de renhida discussão, assentou-se que, no caso de vitória, Ernesto teria direito às seguintes prendas:

Um jantar no hotel da Europa.

Um cavalo.

Um mês de verão em Petrópolis.

Uma assinatura do teatro Lírico.

Um milheiro de charutos de Havana.

Saldar todos os credores.

Um manuscrito de Voltaire.

Esta última aposta era do poeta que se gabava de possuir muitos manuscritos de homens célebres, e que, declarando o que perderia, teve cuidado de fazer observar que perderia mais que todos.

No caso em que Ernesto fosse derrotado pagaria aos outros, coletivamente, um lauto banquete.

Nisto despediram-se.

Ernesto estava compenetrado da situação. Perder era correr-se de vergonha, sobretudo depois do tom em que falara e da confiança que mostrava ter em si. Outras razões aduzia ainda: ganhar era, não só envergonhar a tantos, como ainda entrar de cabeça alta na posse de uma mulher formosa e de uma fortuna regular.

Já por esta reflexão fica o leitor instruído de que Ernesto não era homem de dar uma polegada de si ao ideal. Uns através dos olhos da mulher queriam ver a alma; Ernesto enxergou simplesmente uma bolsa recheada. Este modo de traficar a própria pessoa não é nenhuma descoberta, nem eu me dou por Arquimedes. Aponto simplesmente mais este traço do nosso herói.

Ora, o nosso herói, pesadas as coisas, ficou determinado a entrar em combate.

"Qu'allait-il faire dans cette galère?"*, perguntaria Geronte.

O caso é que foi.

A primeira coisa que Ernesto resolveu no seu espírito foi não ceder um palmo ao encanto de Onda. Era o melhor meio para operar melhor. Estando a frio podia calcular, e calcular era, pelo menos, criar as mesmas vantagens da inimiga.

Não nos demoremos, leitor, com as primeiras cenas deste namoro, que nos não adiantam nada. Saltemos uns vinte dias e cheguemos a uma tarde de junho em que Onda, em companhia de duas amigas, espera a visita de Ernesto.

Depois de certa espera anuncia-se a chegada do herói. Onda recebe-o com o melhor dos seus sorrisos.

Ernesto, contente de si, cumprimentou o mais graciosamente que podia a bela e as amigas, e depois, com uma graça que procurava ser natural, assentou-se na cadeira que Onda lhe indicara com um gesto.

Até este dia Ernesto tinha procedido muito elementarmente: fazia um louvor à beleza de Onda entre dois suspiros que magoavam à força de parecerem magoados. Era, na opinião de Ernesto, o primeiro meio, o mais natural, o mais próprio. O que é certo é que, depois de alguns dias, Onda lhe parecera decidida a aceitá-lo. Mas não seria fingimento? dizia consigo Ernesto; e concluindo pela afirmativa, procurou empregar todas as suas armas, de maneira que não só pudesse aferir a sinceridade dos sentimentos da moça,

---

* Mas que diabo ele foi fazer nesse navio? (fala do personagem Geronte, na peça *As trapaças de Escapim*, de Molière; tradução de Ariano Suassuna.)

mas ainda inspirar-lhe sentimentos verdadeiramente sinceros e profundos.

Ora, eis aqui como ele estreou a conversa:

— Já sei que está com saudades de mim?

— Ande lá — respondeu Onda —, ainda bem que é o primeiro a fazer o capítulo da própria acusação.

— Sou criminoso.

— Talvez, não... Mas sabe por que tive saudades?

— Porque não venho aqui há cinco dias.

— Bem. E por que não veio?

Dizendo isto Onda cravou em Ernesto um desses olhares que, procurando animar uma resposta, deixam o espírito em perplexidade e confusão.

Ernesto esteve dois minutos sem responder, mas também sem desviar os seus olhos dos olhos da moça.

É que aquele olhar era o fogo grego que Onda guardara para a ocasião oportuna. Depois de uma ausência de cinco dias, parecendo que a presa se escapava, cumpria prendê-la de modo que não lhe desse mais ocasião de tão longos esquecimentos.

Esse olhar era tudo. Derrubaram-se os projetos de Ernesto: vinha com a intenção de experimentar o ciúme da moça, trazia já redigida a mentira que servia de arma, mas tudo se lhe esqueceu, tudo se inutilizou.

Sem desviar os olhos de Onda, Ernesto balbuciou estas palavras:

— Estive doente...

— Doente? Com efeito, está pálido.

Ernesto lançou rapidamente os olhos para um espelho e reparou que estava realmente pálido.

Mas esta palidez não resultava de moléstia alguma, ou antes resultava de uma moléstia que só agora se manifestava em toda a sua ação.

Onda estava segura de seu triunfo. Via o efeito que produzia no espírito de Ernesto e comprazia-se nessa vitória que tão voluntariamente adiara. O essencial era convencer a Ernesto que ela o amava. Ora, o tom das suas palavras, a magia do seu olhar, faziam entrar no espírito do moço esta convicção.

Depois de duas horas de conversa, em que o tempo pareceu correr mais rapidamente do que costumava, para Ernesto entender-se, Onda estendeu graciosamente a mão esquerda para Ernesto e perguntou-lhe:

— Vai ao Teatro Lírico?
— Oh! com certeza!

Ernesto não se pôde furtar a um desejo de tomar alguma coisa do tesouro que se lhe oferecia. Levou a mão de Onda aos lábios e imprimiu-lhe um beijo apaixonado.

"Deste beijo", pensava Ernesto, "pode nascer a minha ventura. Talvez até hoje ninguém ousasse isto."

E na verdade, Onda pareceu estremecer sentindo os lábios do moço na pele alva e fina da sua mão de princesa.

Quanto às duas amigas, essas voltaram o rosto e não puderam esconder um sorriso, ao ver a figura de Ernesto e a graça cortesã com que ele se curvou e beijou a mão de Onda.

Ernesto saiu com os sentidos exaltados, o coração palpitante, as ideias confusas; estava definitivamente namorado, e, o que é mais, pensava ele, tinha agarrado a bela fugitiva.

À noite foi ao Teatro Lírico. Charton, que então fazia as delícias do público fluminense, cantava nesse dia uma das suas melhores criações. O teatro estava cheio; todos aplaudiam a artista com sincero entusiasmo; nessa noite não cantava a competidora de Charton, a Emmy Lagrua; e como é sabido, os frequentadores do teatro tinham-se dividido em dois partidos extremados, fogosos, mais fogosos e extremados que os partidos episcopais no concílio de Nicéa.

Só Ernesto não se filiava a nenhum partido; o único objeto de partido para ele fulgia em um camarote da 2.ª ordem. Onda estava esplêndida nessa noite. De sua cadeira Ernesto assestava quase constantemente o seu binóculo contra o camarote. Onda, que acompanhava todos os gestos e movimentos de Ernesto, fitava o olhar nos vidros do binóculo do moço e deixava errar nos lábios um sorriso fascinador.

Ernesto sabia que o sorriso era para ele, e subia proporcionalmente ao sétimo céu.

Mas seria Ernesto o único cortesão da beleza de Onda que se achava no teatro? Outros havia que, de diversos pontos da sala, como outros tantos observadores astronômicos, estudavam a marcha e a beleza daquele planeta. No fim do primeiro ato convenceram-se todos de que havia na sala um preferido.

— Quem será? foi a primeira pergunta que cada qual fez a si.

E a resposta mental que para eles mesmos deram a esta pergunta foi:

— É natural que ele vá ao camarote.

E todos, caminhando por vias diversas e separadamente, chegaram quase ao mesmo tempo a um mesmo ponto: o camarote de Onda.

Eram três. Ernesto completava o número de quatro. Foi o último que entrou, radiante e feliz.

Quando entrou viu os três competidores, que ele já conhecia, conversando alegremente com a esquiva dama.

Por que alegremente?

Onda, ao primeiro que apareceu e que a censurara com meias palavras, respondeu:

— Pelo indiferente, ri-se; pelo escolhido... sente-se.

O pretendente sentiu bater-lhe o coração violentamente.

A tia de Onda, que se achava no camarote, não ouviu a conversa, nem que ouvisse lhe prestaria atenção.

Ao segundo despeitado Onda respondeu com um olhar significativo, como aquele que abatera Ernesto; ao terceiro poupou os olhos para poder falar a mão graciosa cujos músculos pareciam outros tantos fios elétricos.

De modo que, supondo-se cada qual mais feliz que o outro, enchia-se de certa vaidade e olhava com sincera compaixão para os outros.

E mais que todos Ernesto, que entrou no camarote com aquela confiança de quem sabe que causa uma grande satisfação, tão grande como seria grande o aborrecimento que os outros causariam.

E nenhum, depois de meia hora de conversação, mudava de parecer. Onda sabia conservar no espírito de cada um a convicção da sua preferência: uma palavra ambígua, um meneio de leque, um olhar, um gesto, tudo lhe eram armas para combater a dúvida e afirmar a fé no coração dos seus adoradores.

O resto da noite passou-se do mesmo modo, repetindo-se as visitas e confirmando cada um no espírito do outro a opinião de que era néscio e importuno.

No fim do espetáculo foi Ernesto que teve a honra de acompanhar Onda ao carro. Ia de cabeça alta, lançando um olhar de desdém para todos, e dirigindo-se frequentemente a Onda, que lhe respondia com suma graça e volubilidade.

Junto aos últimos degraus da escada da porta lateral que dá para a rua dos Ciganos estavam os seis amigos da aposta, risonhos e interrogativos.

Ernesto viu-os, cumprimentou-os levemente e dirigiu-se para a porta. Um dos outros competidores trazia a velha tia de Onda e apressou-se a descartar-se dela fazendo-a entrar na carruagem. Depois Ernesto conduziu a moça, fê-la entrar e ia dizer duas palavras de despedida quando sentiu que lhe ficara na mão o lenço de cambraia da formosa Onda.

Antes que o menor sinal de admiração a comprometesse, Onda estendeu a mão a Ernesto e disse-lhe com voz doce e insinuante:

— Até amanhã!

— Até amanhã!

A tia também repetiu, entre dous bocejos, as duas palavras:

— Até amanhã!

Mas Ernesto já ali não estava. Beijar o lenço, metê-lo na algibeira do paletó e correr para os amigos que o esperavam à porta do teatro, foi uma e a mesma cousa.

— Bravo! bravo! — repetiram em coro os amigos.

Ernesto não sabia que dizer. Olhava para todos com um sorriso quase alvar, tal era o estado em que o deixara a inesperada ventura da dádiva do lenço.

"É minha!", pensava ele.

— Então ganhaste a aposta? — perguntaram os outros.

— Não sei: esperem. Quero declarar-lhes a vitória completa no dia em que puder apelar para o reconhecimento da igreja.

— Ah! ah! então casas-te?

— Por que não? Oh! meus amigos, mais tarde ou mais cedo hei de acabar por aí. Sinto em mim a bossa conjugal. Ninguém foge à sina. Ora, se há de ser com outra por que não há de ser com esta? Não lhes disse eu que era o Ulisses desta Penélope? Verão se acertei. O que é certo é que, como o pai de Telêmaco, tive meus naufrágios, e no fim de tantas atribulações aguardo a felicidade doméstica. Trato agora de frechar os pretendentes. Meus caros, a confiança e a coragem são tudo. Chénier tem razão:

.................*Ami, reprends courage,*
Toujours le ciel glacé ne souffle point l'orage.
Le ciel, d'un jour à l'autre, est humide ou serein.*

Esta conversa já tinha lugar na rua. Uma parte da noite, em casa de um dos amigos, onde foram todos tomar chá, Ernesto continuou no mesmo falar de segurança, e nos outros, apesar da própria experiência, foi desaparecendo a dúvida para dar lugar a um convencimento que não era isento de despeito.

No dia seguinte Ernesto foi à casa de Onda e voltou de lá mais do que encantado. A noite é boa conselheira; antes de conciliar o sono, Ernesto refletira que a presença do lenço em sua mão

---

* ....Coragem, amigo./ Nem sempre um céu gélido traz tempestade./ De um dia para outro, ele passa de úmido a sereno. (N.E.: tradução livre de texto de André Chénier.)

poderia ser fortuita, e com este pensamento diminuíram-se-lhe umas boas braças do castelo que ele já construíra em seu espírito. Mas tão feliz era que se enganou na sua presunção. Quando, para sondar a verdade das coisas, disse a Onda que esta deixara cair por descuido o lenço, ela olhou-o fixamente e disse-lhe:

— Lenço é apartamento. Vamos experimentar se nos havemos de separar.

Era positivo.

Ernesto ficou fora de si.

Nessa noite chegando à casa resolveu escrever à moça mostrando-lhe o estado da sua alma.

Deu ordem para que o não incomodassem; mandou fazer café, acendeu um charuto, leu e releu Propércio e Millevoye, e depois de duas horas de incubação intelectual redigiu o seguinte manifesto do coração:

Minha prezada Senhora. — Uma palavra sua vai ser para mim a condenação ou a salvação. Meu coração chegou ao estado de só admitir estas soluções extremas.

Bem sei quão grande é a minha ousadia. Bem sei que pretender o seu amor é aspirar às estrelas do céu, à luz divina da glória eterna; sou talvez indigno de receber das suas mãos a coroa do meu supremo martírio. E se, no meio desta ventura, posso discernir estas cousas, é preciso que o amor que lhe consagro tome proporções tais que me não seja possível conservar no fundo da minha mediocridade.

Amo-a; não cuide, porém, que este amor, semelhante ao amor comum dos homens, fosse apenas o resultado de uma fantasia e a conclusão de um cálculo. Não. Este amor é caso de vida e de morte; é um desses afetos em que a alma se empenha toda e do qual não pode sair sã e salva.

Desde que a vi, senti que o meu coração tinha encontrado o seu ideal; onde há aí beleza mais admirável, mais rara, mais completa? A antiguidade tinha repartido os diversos modos da beleza nas deusas que inventou. Mas nesta que o meu coração faz glória de amar reúne-se tudo: a majestade de Juno, o recato de Hebe, a beleza de Ciprina, o aspecto virginal das três Graças.

A um coração de poeta, posto que de gênio não o seja eu, tal reunião de encantos não podia passar despercebida; vê-la, foi tornar-se cativo, e cativo desse cativeiro mágico que tem o dom de fazer beijar os ferros e amar a condição. É que cativar-me assim, é libertar-me, é deixar os laços da matéria, remontar-me à pura região dos gozos desconhecidos.

Em tal estado, a afirmativa ou a negativa é uma sentença de vida ou de morte. Nas suas mãos está fazer de mim um venturoso ou um desgraçado.

Talvez fora melhor que isto que aqui lhe digo no papel fosse expresso de viva voz; mas eu não sei se teria coragem de falar. Longe de seus olhos sinto-me menos acanhado, mais livre, mais próprio para exprimir o estado do meu coração.

Aguardo a sua sentença.

Ernesto.

Apesar da certa incongruência e da aparente afetação desta carta, Ernesto releu-a contente, admirando o belo estilo que até ali não descobrira em si.

Fechou a carta e arranjou meio de fazê-la chegar secretamente às mãos de Onda.

A moça respondeu verbalmente que, no dia seguinte, no sarau que se dava em casa de um tio dela, se entenderia com Ernesto.

Ernesto recebeu com alguma amargura esta resposta. Todavia sempre esperançado preparou-se para o sarau, e lá foi ter.

Antes de ir passou pelos olhos, durante o dia, a cópia da carta com que ficara, e a cada período que lia parecia-lhe que Onda não era capaz de resistir.

Não quis ir cedo. Pareceu-lhe melhor fazer-se esperar e fazer nascer da impaciência uma resposta mais pronta. Só às onze horas compareceu ao sarau.

Dançava-se uma polca.

Onda e um cavaleiro (exatamente um dos pretendentes do Teatro Lírico) faziam as delícias dos apreciadores da polca.

Ernesto, com o coração aos pulos, esperou, encostado a um portal, que a dança acabasse.

E posto que dali a dez minutos a polca se tivesse acabado, tal era a impaciência de Ernesto, que lhe pareceu um século. É que não era só a impaciência, era já o ciúme de vê-la nos braços de outro.

Terminada a polca, Onda, contra as previsões de Ernesto, foi percorrer alguns salões pelo braço do cavaleiro.

Que significava aquilo? Ernesto ficou algum tempo perplexo. Finalmente refletiu que, tendo chegado poucos minutos antes, não podia a moça saber logo da sua presença.

Devia ir falar-lhe.

Dava alguns passos quando um dos amigos da aposta acercou-se dele e pediu-lhe novas do namoro.

Ernesto, procurando sorrir, disse que mais tarde poderia dizer alguma cousa.

— Os outros estão aqui — disse o amigo.
— Todos? — perguntou Ernesto.
— Todos.
— Bem, até logo.

E dizendo isto, Ernesto foi-se em procura da mulher que o prendia.

Atravessando uma sala viu dirigir-se para ele o par que procurava. Deteve-se. E para aparentar indiferença e acaso foi a um espelho e aí fingiu consertar os cabelos, com a mão, ao de leve.

Ficava assim de costas para os dois e podia ver no reflexo do espelho se ela reparava nele ou não.

Ora, o que ele viu foi a moça trocar com o cavaleiro um olhar de ternura, e este arrancar-lhe das mãos, que apenas opuseram fraca e doce resistência, uma pequena flor que ela tirara do ramalhete.

Ernesto enfiou.

Após a comoção da cena que acabava de presenciar, outra comoção o tomou: foi a vista do rosto pálido com que ficou.

Os dous passaram.

Ernesto deixou-se cair em um sofá.

Quase a ganhar a batalha, no momento da vitória decisiva, encontrava-se repentinamente no mesmo ponto em que começara as lutas.

Quando passou a primeira comoção veio-lhe à lembrança a carta que escrevera e cuja resposta ia buscar. Mas devia pedi-la depois do que presenciara? E não era a sua posição uma posição ridícula?

Pensando em tudo isto, Ernesto levantou-se e passeou à toa por todas as salas e corredores.

Dançava-se, cantava-se, tocava-se; ele nada via, nada ouvia; via o ridículo e o desdém. Supunha ter metido uma lança em África e descobria agora que era tão medíocre como os outros.

Nestas reflexões amargas andava, quando, ao passar por uma das salas, ouviu a voz de Onda.

A voz partia do vão de uma janela.

Ernesto escondeu-se no vão da janela contígua e procurou cobrir-se entre as cortinas para não ser visto se alguém passasse.

Depois prestou o ouvido à conversação e procurou distinguir as vozes. Não havia voz de homem. Além de Onda, havia uma voz de mulher. Falavam o nome dele. Redobrou de atenção.

— Como és feliz! — dizia a voz desconhecida.

— Feliz.

— Ou antes ardilosa!

— Por que ardilosa? Tenho eu culpa que sejam todos os homens de uma mediocridade de espírito incomparável? Divirto-me, nada mais.

— Oh! mas esse, o Ernesto, não é tão medíocre assim...

— Mais que os outros. Tem o que os outros não tinham ou não pareciam ter: a vaidade de agradar por seus encantos.

— Pois este?...

— É o que te digo. Acreditarás tu que foi só depois de muitos dias que me resolvi a prendê-lo como todos? Ao princípio afetava uma indiferença sem igual: parecia alheio a mim, e entretanto eu sabia que ardia por figurar entre os meus adoradores. Hoje é o pior de todos. Se visses a carta que me escreveu!

— Ah! escreveu-te...

— Oh! um regimento de tolices, sem pés nem cabeça, umas cousas já muito velhas e batidas, declarando-me que da minha decisão dependia a felicidade ou a condenação dele. Quer fazer supor que morre se eu responder que não o aceito em meu coração. Que tal?

— Pensei que este meio já se não usava.

— Usa-se, usa-se...

— Mas dize-me cá: não gostas de alguém?

— Por ora, não.

— Mas deveras ninguém te inspirou ainda amor?

— Não. Que queres? Fui educada com o recato maior deste mundo; entrando na convivência das outras, e nas distrações nos bailes, não pude logo ao princípio tomar afeição alguma. Foi tempo esse que gastei em duas cousas: em ler e observar. Ora, da leitura adquiri ideias talvez um pouco absurdas, mas enfim adquiri, e fora das quais não compreendo o amor. Gosto de amar e ser amada por inspiração, e com verdadeira paixão. Até aqui nada tenho visto além de uns amores vulgares que não contentam o coração.

— E sabes se algum dia encontrarás?

— Talvez... quem sabe?

— Ah! maliciosa! Aí anda coisa!

— Qual!

— Quem sabe se este último, este de hoje, o da flor?...

Nisto passava um grupo. As vozes calaram-se e Ernesto foi obrigado a coser-se mais com a janela e a cobrir-se com a cortina.

O rapaz suava ouvindo aquelas cousas a seu respeito. Sentia o efeito que se sente ao acordar de um sonho em que se parece estar no cimo de uma montanha, quando realmente se está a três ou quatro palmos do chão.

Não era bem o amor dele que se ressentia; era mais o amor-próprio ferido naquelas palavras com que era tratado.

Depois de uma batalha tão renhida e cuidada, reparava ele que não passara de um joguete aos manejos de uma dama ardilosa e namoradeira.

Quando pôde de novo ouvir a conversa que, aliás, lhe chegava entrecortada e incompleta, já as duas moças tratavam de outro ponto da questão.

— Mas o que pretendes fazer? — perguntou a desconhecida.

— É conforme o modo por que ele me falar. Talvez o receba com uma secura tal que ele nunca mais se lembre de mim.

— Não tens pena de perdê-lo?

— Ora, rei morto, rei posto.

— Dize antes: reis mortos, reis postos!

Riram ambas, ambas se beijaram, e dando o braço uma à outra saíram dali como dois anjinhos que acabavam de pedir a Deus por uma alma condenada.

Ernesto, apenas sentiu que elas já estavam longe, saiu do seu esconderijo.

Que iria fazer? Esteve alguns instantes sem tomar determinação alguma. Ainda não tinha falado a Onda; o melhor meio que lhe pareceu era dirigir-se à moça, cumprimentá-la e não tocar no assunto da carta. Depois, se ela viesse de si ao assunto, falar conforme o tom das suas palavras e procurar fugir ao ridículo e à afronta.

Tendo tomado esta resolução, Ernesto caminhou para o salão em busca de Onda. Tocava-se o sinal de uma quadrilha. Ernesto dirigiu-se para Onda com um sangue-frio afetado e fez-lhe, o mais gracioso e indiferente que pôde, um cumprimento. Depois convidou-a a dançar.

— E se eu tiver par? — perguntou a moça, um pouco admirada da discordância que notava entre a carta e aqueles modos.

— Paciência; esperarei.

— É tão resignado assim?

— Por que não?

Mas os olhos de Onda, com que Ernesto não contava, iam fazendo já o efeito do costume, de modo que a indiferença com que ele viera determinado começou a dar lugar a uma ternura misturada com humildade.

Onda respondeu:

— Pois quero dar-lhe uma prova de amizade. Vou roer a corda ao par.

— Oh! isso!

— Por que não? Está dito: vamos dançar.

E levantando-se, aceitou o braço de Ernesto, que nada pôde responder a estas palavras, tão estranho lhe pareceu aquele procedimento.

Formou-se a quadrilha e ambos dançaram, tendo exatamente por *vis-à-vis* a companheira de Onda e um dos rapazes da aposta com Ernesto.

É inútil dizer que nenhum cavaleiro alegou a falta de Onda, visto que ela não tinha realmente par aceito para a quadrilha.

Durante a dança os ressentimentos de Ernesto foram desaparecendo cada vez mais. No fim estava quase como na hora em que escreveu a carta.

Terminada a quadrilha foram os dois para o pequeno terraço da casa.

A noite era das mais belas. Esta circunstância serviu de tema para as primeiras palavras de Ernesto, a quem ocorreu no momento as palavras de uma situação de romance que ele lera alguns dias antes.

Enquanto a conversa não passou dessas banalidades, Onda mostrou-se amável a mais não ser. Mas Ernesto, iludido por essas aparências, tendo esquecido perfeitamente a conversa da janela, ousou falar bruscamente na carta e pedir uma resposta.

Da primeira vez Onda não respondeu.

Ernesto insistiu na exigência.

Onda convidou-o a levá-la ao salão.

— Mas a carta?

— A carta? — disse ela. — Que carta?

— A que eu lhe mandei.
— Ah! ainda não li. Tive tanta coisa em que cuidar ontem.
Ernesto enfiou deveras.
— Não leu?
— Não li.
Ernesto não se pôde ter, e referiu a conversa que ouvira entre Onda e sua amiga. Depois de ouvir a narração que Ernesto matizou de pontos de admiração, Onda contentou-se em responder:
— Foi sonho!
Ernesto não disse palavra ouvindo isto.
Houve entre ambos um momento de silêncio.
Onda encetou conversa sobre cousas diversas. Ernesto mal respondia por monossílabos.
Enfim, Onda pediu a Ernesto que a conduzisse ao salão. Ernesto deu-lhe o braço e disse-lhe que também não se demoraria no baile.
— Mas irá em minha casa amanhã, sim?
— Para quê? Para ouvir a leitura...
E cortou subitamente o que ia dizer.
Mas Onda adivinhou.
— Ora — disse ela. — Não falemos mais nisso. Vá, que eu gosto de sua companhia.
Ernesto levou Onda ao salão e saiu sem despedir-se de ninguém.
Estava humilhado.
No dia seguinte, os seis amigos de Ernesto receberam o seguinte bilhete:

Perdi a aposta. Estão convidados a jantar hoje no hotel da Europa às cinco horas. Enterro o amor.
Ernesto.

Às cinco horas os sete amigos estavam à roda de uma mesa em uma das salas particulares do hotel da Europa.
— Com que, perdeste? — disse um.

— Não te dizíamos nós! — acrescentava outro.

— Aprendeste à tua custa — acudia o terceiro.

— Não serás tolo em outra ocasião — observou filosoficamente o quarto.

— São as lides que formam cavaleiros: isto é de um poeta — citava o poeta da reunião.

— O que te vale é que não pareces ter perdido muita coisa do coração neste negócio — dizia o último.

— É verdade — respondia Ernesto —, dizes muito bem. Perdi, mas salvei o coração. Meu amor-próprio não deixou de ressentir-se com isto; mas juro que fiz o que era humanamente possível. É que realmente a rapariga é insensível. Pois, olha, posso afirmar que eu conheço o nome aos bois...

Toda a conversa foi por este teor.

E era de ver a alegria sincera com que Ernesto abriu a carteira, no fim do jantar, para saldar a vistosa conta que o caixeiro lhe apresentara.

Devo dizer que o jantar que serviu de funeral ao amor de Ernesto foi dos mais escolhidos.

Duas palavras, em forma de epílogo, para fechar este ligeiro episódio.

Onda prosseguiu nos seus amores fáceis, dando a todos os mesmos desenganos que custaram a Ernesto... um jantar.

Mas enfim, se os namoros passavam, também passava o tempo, e um dia, estando ao espelho, Onda viu que a primeira ruga se lhe desenhava no rosto. Tinha ela então trinta e três anos. A ruga era prematura, mas, fosse ou não, existia, e esta descoberta deu sério cuidado à moça.

Esperar o amor que sonhara pelos romances era arriscar-se, visto que à primeira ruga sucederiam outra e outras.

Era preciso achar marido.

Lançou as vistas à lista dos seus adoradores, já muito diminuída, não porque lhe faltasse a beleza, mas porque lhe sobrava travessura para os arredar.

Entre esses adoradores havia um que pela terceira vez depositava o coração aos pés da bela namoradeira. Da primeira vez era um simples tenente de cavalaria; da segunda era capitão; agora era já major.

Onda resolveu que lhe cumpria assentar praça ao lado do major.

Daí a um mês anunciava-se o seu casamento. O major abençoou a sua insistência e recebeu em matrimônio a esquiva donzela.

Daí para cá Onda tem-se mostrado fiel às armas.

Quando Ernesto e os outros souberam disto fizeram muitos epigramas, alguns desconsolados e sensaborões.

Mas a rapariga casou-se.

Ernesto no fim de dous anos vingou-se de tudo procurando mulher e encontrando uma das mais modestas deste mundo. Os dous casais são felizes; o leitor não menos por ter chegado ao fim deste episódio sem derramar uma lágrima, e eu tanto como o leitor, por ter pingado o ponto-final a este escrito, cujo assunto principal é um desvio do espírito das mulheres.

CONFISSÕES DE UMA VIÚVA MOÇA

Capítulo primeiro

Há dois anos tomei uma resolução singular: fui residir em Petrópolis em pleno mês de junho. Esta resolução abriu largo campo às conjecturas. Tu mesma nas cartas que me escreveste para aqui, deitaste o espírito a adivinhar e figuraste mil razões, cada qual mais absurda.

A estas cartas, em que a tua solicitude traía a um tempo dous sentimentos, a afeição da amiga e a curiosidade de mulher, a essas cartas não respondi e nem podia responder. Não era oportuno abrir-te o meu coração nem desfiar-te a série de motivos que me arredou da corte, onde as óperas do teatro Lírico, as tuas partidas e os serões familiares do primo Barros deviam distrair-me da recente viuvez.

Esta circunstância de viuvez recente acreditavam muitos que fosse o único motivo da minha fuga. Era a versão menos equívoca. Deixei-a passar como todas as outras e conservei-me em Petrópolis.

Logo no verão seguinte vieste com teu marido para cá, disposta a não voltar para a corte sem levar o segredo que eu teimava em não revelar. A palavra não fez mais do que a carta. Fui discreta como um túmulo, indecifrável como a esfinge. Depuseste as armas e partiste.

Desde então não me trataste senão por tua esfinge.

Era Esfinge, era. E se, como Édipo, tivesses respondido ao meu enigma a palavra "homem", descobririas o meu segredo, e desfarias o meu encanto.

Mas não antecipemos os acontecimentos, como se diz nos romances.

É tempo de contar-te este episódio da minha vida.

Quero fazê-lo por cartas e não por boca. Talvez corasse de ti. Deste modo o coração abre-se melhor e a vergonha não vem tolher a palavra nos lábios. Repara que eu não falo em lágrimas, o que é um sintoma de que a paz voltou ao meu espírito.

As minhas cartas irão de oito em oito dias, de maneira que a narrativa pode fazer-te o efeito de um folhetim de periódico semanal. Dou-te a minha palavra de que hás de gostar e aprender.

E oito dias depois da minha última carta irei abraçar-te, beijar-te, agradecer-te. Tenho necessidade de viver. Estes dous anos são nulos na conta de minha vida: foram dous anos de tédio, de desespero íntimo, de orgulho abatido, de amor abafado.

Lia, é verdade. Mas só o tempo, a ausência, a ideia do meu coração enganado, da minha dignidade ofendida, puderam trazer-me a calma necessária, a calma de hoje.

E sabe que não ganhei só isto. Ganhei conhecer um homem cujo retrato trago no espírito e que me parece singularmente parecido com outros muitos. Já não é pouco; e a lição há de servir-me, como a ti, como às nossas amigas inexperientes. Mostra-lhes estas cartas; são folhas de um roteiro que se eu tivera antes, talvez não houvesse perdido uma ilusão e dous anos de vida.

Devo terminar esta. É o prefácio do meu romance, estudo, conto, o que quiseres. Não questiono sobre a designação, nem consulto para isso os mestres da arte.

Estudo ou romance, isto é simplesmente um livro de verdades, um episódio singelamente contado na confabulação íntima dos espíritos, na plena confiança de dous corações que se estimam e se merecem.

Adeus.

Capítulo II

Era no tempo de meu marido.

A corte estava então animada e não tinha esta cruel monotonia que eu sinto aqui através das tuas cartas e dos jornais de que sou assinante.

Minha casa era um ponto de reunião de alguns rapazes conversados e algumas moças elegantes. Eu, rainha eleita pelo voto universal... de minha casa, presidia aos serões familiares. Fora de casa, tínhamos os teatros animados, as partidas das amigas, mil outras distrações que davam à minha vida certas alegrias exteriores em falta das íntimas, que são as únicas verdadeiras e fecundas.

Se eu não era feliz, vivia alegre.

E aqui vai o começo do meu romance.

Um dia meu marido pediu-me como obséquio especial que eu não fosse à noite ao teatro Lírico. Dizia ele que não podia acompanhar-me por ser véspera de saída de paquete.

Era razoável o pedido.

Não sei, porém, que espírito mau sussurrou-me ao ouvido e eu respondi peremptoriamente que havia de ir ao teatro, e com ele. Insistiu no pedido, insisti na recusa. Pouco bastou para que eu julgasse a minha honra empenhada naquilo. Hoje vejo que era a minha vaidade ou o meu destino.

Eu tinha certa superioridade sobre o espírito de meu marido. O meu tom imperioso não admitia recusa; meu marido cedeu a despeito de tudo, e à noite fomos ao teatro Lírico.

Havia pouca gente e os cantores estavam endefluxados. No fim do primeiro ato meu marido, com um sorriso vingativo, disse-me estas palavras rindo-se:

— Estimei isto.

— Isto? — perguntei eu franzindo a testa.

— Este espetáculo deplorável. Fizeste da vinda hoje ao teatro um capítulo de honra; estimo ver que o espetáculo não correspondeu à tua expectativa.

— Pelo contrário, acho magnífico.

— Está bom.

Deves compreender que eu tinha interesse em me não dar por vencida; mas acreditas facilmente que no fundo eu estava perfeitamente aborrecida do espetáculo e da noite.

Meu marido, que não ousava retorquir, calou-se com ar de vencido, e adiantando-se um pouco à frente do camarote percorreu com o binóculo as linhas dos poucos camarotes fronteiros em que havia gente.

Eu recuei a minha cadeira, e, encostada à divisão do camarote, olhava para o corredor vendo a gente que passava.

No corredor, exatamente em frente à porta do nosso camarote, estava um sujeito encostado, fumando e com os olhos fitos em mim. Não reparei ao princípio, mas a insistência obrigou-me a isso. Olhei para ele a ver se era algum conhecido nosso que esperava ser descoberto a fim de vir então cumprimentar-nos. A intimidade podia explicar este brinco. Mas não conheci.

Depois de alguns segundos, vendo que ele não tirava os olhos de mim, desviei os meus e cravei-os no pano da boca e na plateia.

Meu marido, tendo acabado o exame dos camarotes, deu-me o binóculo e sentou-se ao fundo diante de mim.

Trocamos algumas palavras.

No fim de um quarto de hora a orquestra começou os prelúdios para o segundo ato. Levantei-me, meu marido aproximou a cadeira para a frente, e nesse ínterim lancei um olhar furtivo para o corredor.

O homem estava lá.

Disse a meu marido que fechasse a porta.

Começou o segundo ato.

Então, por um espírito de curiosidade, procurei ver se o meu observador entrava para as cadeiras. Queria conhecê-lo melhor no meio da multidão.

Mas, ou porque não entrasse, ou porque eu não tivesse reparado bem, o que é certo é que o não vi.

Correu o segundo ato mais aborrecido do que o primeiro.

No intervalo recuei de novo a cadeira, e meu marido, a pretexto de que fazia calor, abriu a porta do camarote.

Lancei um olhar para o corredor.

Não vi ninguém; mas daí a poucos minutos chegou o mesmo indivíduo, colocando-se no mesmo lugar, e fitou em mim os mesmos olhos impertinentes.

Somos todas vaidosas da nossa beleza e desejamos que o mundo inteiro nos admire. É por isso que muitas vezes temos a indiscrição de admirar a corte mais ou menos arriscada de um homem. Há, porém, uma maneira de fazê-la que nos irrita e nos assusta; irrita-nos por impertinente, assusta-nos por perigosa. É o que se dava naquele caso.

O meu admirador insistia de modo tal que me levava a um dilema: ou ele era vítima de uma paixão louca, ou possuía a audácia mais desfaçada. Em qualquer dos casos não era conveniente que eu animasse as suas adorações.

Fiz estas reflexões enquanto decorria o tempo do intervalo. Ia começar o terceiro ato. Esperei que o mudo perseguidor se retirasse e disse a meu marido:

— Vamos?
— Ah!
— Tenho sono simplesmente; mas o espetáculo está magnífico.

Meu marido ousou exprimir um sofisma.

— Se está magnífico como te faz sono?

Não lhe dei resposta.

Saímos.

No corredor encontramos a família do Azevedo que voltava de uma visita a um camarote conhecido. Demorei-me um pouco para abraçar as senhoras. Disse-lhes que tinha uma dor de cabeça e que me retirava por isso.

Chegamos à porta da rua dos Ciganos.

Aí esperei o carro por alguns minutos.

Quem me havia de aparecer ali, encostado ao portal fronteiro?

O misterioso.

Enraiveci.

Cobri o rosto o mais que pude com o meu capuz e esperei o carro, que chegou logo.

O misterioso lá ficou tão insensível e tão mudo como o portal a que estava encostado.

Durante a viagem a ideia daquele incidente não me saiu da cabeça. Fui despertada na minha distração quando o carro parou à porta da casa, em Matacavalos.

Fiquei envergonhada de mim mesma e decidi não pensar mais no que se havia passado.

Mas acreditarás, tu, Carlota? Dormi meia hora mais tarde do que supunha, tanto a minha imaginação teimava em reproduzir o corredor, o portal, e o meu admirador platônico.

No dia seguinte pensei menos. No fim de oito dias tinha-me varrido do espírito aquela cena, e eu dava graças a Deus por haver-me salvo de uma preocupação que podia ser-me fatal.

Quis acompanhar o auxílio divino, resolvendo não ir ao teatro durante algum tempo.

Sujeitei-me à vida íntima e limitei-me à distração das reuniões à noite.

Entretanto estava próximo o dia dos anos da tua filhinha. Lembrei-me que para tomar parte na tua festa de família, tinha começado um mês antes um trabalhozinho. Cumpria rematá-lo.

Uma quinta-feira de manhã mandei vir os preparos da obra e ia continuá-la, quando descobri dentre uma meada de lã um invólucro azul fechando uma carta.

Estranhei aquilo. A carta não tinha indicação. Estava colada e parecia esperar que a abrisse a pessoa a quem era endereçada. Quem seria? Seria meu marido? Acostumada a abrir todas as cartas que lhe eram dirigidas, não hesitei. Rompi o invólucro e descobri o papel cor-de-rosa que vinha dentro.

Dizia a carta:

Não se surpreenda, Eugênia; este meio é o do desespero, este desespero é o do amor. Amo-a e muito. Até certo tempo procurei fugir-lhe e abafar este sentimento; não posso mais. Não me viu no teatro Lírico? Era uma força oculta e interior que me levava ali.

Desde então não a vi mais. Quando a verei? Não a veja embora, paciência; mas que o seu coração palpite por mim um minuto em cada dia, é quanto basta a um amor que não busca nem as venturas do gozo, nem as galas da publicidade. Se a ofendo, perdoe um pecador; se pode amar-me, faça-me um deus.

Li esta carta com a mão trêmula e os olhos anuviados; e ainda durante alguns minutos depois não sabia o que era de mim.

Cruzavam-se e confundiam-se mil ideias na minha cabeça, como estes pássaros negros que perpassam em bandos no céu nas horas próximas da tempestade.

Seria o amor que movera a mão daquele incógnito? Seria simplesmente aquilo um meio do sedutor calculado? Eu lançava um olhar vago em derredor e temia ver entrar meu marido.

Tinha o papel diante de mim e aquelas letras misteriosas pareciam-me outros tantos olhos de uma serpente infernal. Com um movimento nervoso e involuntário amarrotei a carta nas mãos.

Se Eva tivesse feito outro tanto à cabeça da serpente que a tentava, não houvera pecado. Eu não podia estar certa do mesmo resultado, porque esta que me aparecia ali e cuja cabeça eu esmagava podia, como a hidra de Lerna, brotar muitas outras cabeças.

Não cuides que eu fazia então esta dupla evocação bíblica e pagã. Naquele momento, não refletia, desvairava; só muito depois pude ligar duas ideias.

Dous sentimentos atuavam em mim: primeiramente, uma espécie de terror que infundia o abismo, abismo profundo que eu pressentia atrás daquela carta; depois uma vergonha amarga de ver que eu não estava tão alta na consideração daquele desconhecido, que pudesse demovê-lo do meio que empregou.

Quando o meu espírito se acalmou é que eu pude fazer a reflexão que devia acudir-me desde o princípio. Quem poria ali aquela carta? Meu primeiro movimento foi para chamar todos os meus fâmulos. Mas deteve-me logo a ideia de que por uma simples interrogação nada poderia colher e ficava divulgado o achado da carta. De que valia isto?

Não chamei ninguém.

Entretanto, dizia eu comigo, a empresa foi audaz; podia falhar a cada trâmite; que móvel impeliu aquele homem a dar este passo? Seria amor ou sedução?

Voltando a este dilema, meu espírito, apesar dos perigos, comprazia-se em aceitar a primeira hipótese: era a que respeitava a minha consideração de mulher casada e a minha vaidade de mulher formosa.

Quis adivinhar lendo a carta de novo: li-a, não uma, mas duas, três, cinco vezes.

Uma curiosidade indiscreta prendia-me àquele papel. Fiz um esforço e resolvi aniquilá-lo, protestando que ao segundo caso nenhum escravo ou criado me ficaria em casa.

Atravessei a sala com o papel na mão, dirigi-me para o meu gabinete, onde acendi uma vela e queimei aquela carta que me queimava as mãos e a cabeça.

Quando a última faísca do papel enegreceu e voou, senti passos atrás de mim. Era meu marido.

Tive um movimento espontâneo: atirei-me em seus braços. Ele abraçou-me com certo espanto.

E quando o meu abraço se prolongava senti que ele me repelia com brandura dizendo-me:

— Está bom, olha que me afogas!

Recuei.

Entristeceu-me ver aquele homem, que podia e devia salvar-me, não compreender, por instinto ao menos, que se eu o abraçava tão estreitamente era como se me agarrasse à ideia do dever.

Mas este sentimento que me apertava o coração passou um momento para dar lugar a um sentimento de medo. As cinzas da carta ainda estavam no chão, a vela conservava-se acesa em pleno dia; era bastante para que ele me interrogasse.

Nem por curiosidade o fez!

Deu dous passos no gabinete e saiu.

Senti uma lágrima rolar-me pela face. Não era a primeira lágrima de amargura. Seria a primeira advertência do pecado?

Capítulo III

Decorreu um mês.

Não houve durante esse tempo mudança alguma em casa. Nenhuma carta apareceu mais, e a minha vigilância, que era extrema, tornou-se de todo inútil.

Não me podia esquecer o incidente da carta. Se fosse só isto! As primeiras palavras voltavam-me incessantemente à memória; depois, as outras, as outras, todas. Eu tinha a carta de cor!

Lembras-te? Uma das minhas vaidades era ter a memória feliz. Até neste dote era castigada. Aquelas palavras atordoavam-me, faziam-me arder a cabeça. Por quê? Ah! Carlota! é que eu achava nelas um encanto indefinível, encanto doloroso, porque era acompanhado de um remorso, mas encanto de que eu me não podia libertar.

Não era o coração que se empenhava, era a imaginação. A imaginação perdia-me; a luta do dever e da imaginação é cruel e perigosa para os espíritos fracos. Eu era fraca. O mistério fascinava a minha fantasia.

Enfim os dias e as diversões puderam desviar o meu espírito daquele pensamento único. No fim de um mês, se eu não tinha esquecido inteiramente o misterioso e a carta dele, estava, todavia, bastante calma para rir de mim e dos meus temores.

Na noite de uma quinta-feira, achavam-se algumas pessoas em minha casa, e muitas das minhas amigas, menos tu. Meu marido não tinha voltado, e a ausência dele não era notada nem sentida, visto que, apesar de franco cavalheiro como era, não tinha o dom particular de um conviva para tais reuniões.

Tinha-se cantado, tocado, conversado; reinava em todos a mais franca e expansiva alegria; o tio da Amélia Azevedo fazia rir a todos com as suas excentricidades; a Amélia arrebatava bravos a todos com as notas da sua garganta celeste; estávamos em um intervalo, esperando a hora do chá.

Anunciou-se meu marido.

Não vinha só. Vinha ao lado dele um homem alto, magro, elegante. Não pude conhecê-lo. Meu marido adiantou-se, e no meio do silêncio geral veio apresentar-mo.

Ouvi de meu marido que o nosso conviva chamava-se Emílio***.

Fixei nele um olhar e retive um grito.

Era *ele*!

O meu grito foi substituído por um gesto de surpresa. Ninguém percebeu. Ele pareceu perceber menos que ninguém. Tinha os olhos fixos em mim, e com um gesto gracioso dirigiu-me algumas palavras de lisonjeira cortesia.

Respondi como pude.

Seguiram-se as apresentações, e durante dez minutos houve um silêncio de acanhamento em todos.

Os olhos voltavam-se todos para o recém-chegado. Eu também voltei os meus e pude reparar naquela figura em que tudo estava disposto para atrair as atenções: cabeça formosa e altiva, olhar profundo e magnético, maneiras elegantes e delicadas, certo ar distinto e próprio que fazia contraste com o ar afetado e prosaicamente medido dos outros rapazes.

Este exame de minha parte foi rápido. Eu não podia, nem me convinha encontrar o olhar de Emílio. Tornei a abaixar os olhos e esperei ansiosa que a conversação voltasse de novo ao seu curso.

Meu marido encarregou-se de dar o tom. Infelizmente era ainda o novo conviva o motivo da conversa geral.

Soubemos então que Emílio era um provinciano filho de pais opulentos, que recebera uma esmerada educação na Europa, onde não houve um só recanto que não visitasse.

Voltara há pouco tempo ao Brasil, e antes de ir para a província tinha determinado passar algum tempo no Rio de Janeiro.

Foi tudo quanto soubemos. Vieram as mil perguntas sobre as viagens de Emílio, e este, com a mais amável solicitude, satisfazia a curiosidade geral.

Só eu não era curiosa. É que não podia articular palavra. Pedia interiormente a explicação deste romance misterioso, começado em um corredor do teatro, continuado em uma carta anônima e na apresentação em minha casa por intermédio de meu próprio marido.

De quando em quando levantava os olhos para Emílio e achava-o calmo e frio, respondendo polidamente às interrogações dos outros e narrando ele próprio, com uma graça modesta e natural, alguma das suas aventuras de viagem.

Ocorreu-me uma ideia. Seria realmente ele o misterioso do teatro e da carta? Pareceu-me ao princípio que sim, mas eu podia ter-me enganado; eu não tinha as feições do outro bem presentes à memória; parecia-me que as duas criaturas eram uma e a mesma; mas não podia explicar-se o engano por uma semelhança miraculosa?

De reflexão em reflexão, foi-me correndo o tempo, e eu assistia à conversa de todos como se não estivesse presente. Veio a hora do chá. Depois cantou-se e tocou-se ainda. Emílio ouvia tudo com atenção religiosa e mostrava-se tão apreciador do gosto como era conversador discreto e pertinente.

No fim da noite tinha cativado a todos. Meu marido, sobretudo, estava radiante. Via-se que ele se considerava feliz por ter feito a descoberta de mais um amigo para si e um companheiro para as nossas reuniões de família.

Emílio saiu prometendo voltar algumas vezes.

Quando eu me achei a sós com meu marido, perguntei-lhe:

— Donde conheces este homem?

— É uma pérola, não é? Foi-me apresentado no escritório há dias; simpatizei logo; parece ser dotado de boa alma, é vivo de espírito e discreto como o bom senso. Não há ninguém que não goste dele...

E como eu o ouvisse séria e calada, meu marido interrompeu-se e perguntou-me:

— Fiz mal em trazê-lo aqui?

— Mal, por quê? — perguntei eu.

— Por cousa nenhuma. Que mal havia de ser? É um homem distinto...

Pus termo ao novo louvor do rapaz, chamando um escravo para dar algumas ordens.

E retirei-me ao meu quarto.

O sono dessa noite não foi o sono dos justos, podes crer. O que me irritava era a preocupação constante em que eu andava depois destes acontecimentos. Já eu não podia fugir inteiramente a essa preocupação: era involuntária, subjugava-me, arrastava-me. Era a curiosidade do coração, esse primeiro sinal das tempestades em que sucumbe a nossa vida e o nosso futuro.

Parece que aquele homem lia na minha alma e sabia apresentar-se no momento mais próprio a ocupar-me a imaginação como uma figura poética e imponente. Tu, que o conheceste depois, dize-me se, dadas as circunstâncias anteriores, não era para produzir esta impressão no espírito de uma mulher como eu!

Como eu, repito. Minhas circunstâncias eram especiais; se não o soubeste nunca, suspeitaste-o ao menos.

Se meu marido tivesse em mim uma mulher, e se eu tivesse nele um marido, minha salvação era certa. Mas não era assim. Entramos no nosso lar nupcial como dous viajantes estranhos em uma hospedaria, e aos quais a calamidade do tempo e a hora avançada da noite obrigam a aceitar pousada sob o teto do mesmo aposento.

Meu casamento foi resultado de um cálculo e de uma conveniência. Não inculpo meus pais. Eles cuidavam fazer-me feliz e morreram na convicção de que o era.

Eu podia, apesar de tudo, encontrar no marido que me davam um objeto de felicidade para todos os meus dias. Bastava para isso que meu marido visse em mim uma alma companheira da sua alma, um coração sócio do seu coração. Não se dava isto; meu marido entendia o casamento ao modo da maior parte da gente; via nele a obediência às palavras do Senhor no *Gênesis*.

Fora disso, fazia-me cercar de certa consideração e dormia tranquilo na convicção de que havia cumprido o dever.

O dever! esta era a minha tábua de salvação. Eu sabia que as paixões não eram soberanas e que a nossa vontade pode triunfar delas. A este respeito eu tinha em mim forças bastantes para repelir ideias más. Mas não era o presente que me abafava e atemorizava; era o futuro. Até então aquele romance influía no meu espírito pela circunstância do mistério em que vinha envolto; a realidade havia de abrir-me os olhos; consolava-me a esperança de que eu triunfaria de um amor culpado. Mas, poderia nesse futuro, cuja proximidade eu não calculava, resistir convenientemente à paixão e salvar intactas a minha consideração e a minha consciência? Esta era a questão.

Ora, no meio destas oscilações, eu não via a mão de meu marido estender-se para salvar-me. Pelo contrário, quando na ocasião de queimar a carta, atirava-me a ele, lembras-te que ele me repeliu com uma palavra de enfado.

Isto pensei, isto senti, na longa noite que se seguiu à apresentação de Emílio.

No dia seguinte estava fatigada de espírito; mas, ou fosse calma ou fosse prostração, senti que os pensamentos dolorosos que me haviam torturado durante a noite esvaeceram-se à luz da manhã, como verdadeiras aves da noite e da solidão.

Então abriu-se ao meu espírito um raio de luz. Era a repetição do mesmo pensamento que me voltava no meio das preocupações daqueles últimos dias.

"Por que temer?", dizia eu comigo. "Sou uma triste medrosa; e fatigo-me em criar montanhas para cair extenuada no meio da planície. Eia! nenhum obstáculo se opõe ao meu caminho de mulher virtuosa e considerada. Este homem, se é o mesmo, não passa de um mau leitor de romances realistas. O mistério é que lhe dá algum valor; visto de mais perto há de ser vulgar ou hediondo."

Capítulo IV

Não te quero fatigar com a narração minuciosa e diária de todos os acontecimentos.

Emílio continuou a frequentar a nossa casa, mostrando sempre a mesma delicadeza e gravidade, e encantando a todos por suas maneiras distintas sem afetação, amáveis sem fingimento.

Não sei por que meu marido revelava-se cada vez mais amigo de Emílio. Este conseguira despertar nele um entusiasmo novo para mim e para todos. Que capricho era esse da natureza?

Muitas vezes interroguei meu marido acerca desta amizade tão súbita e tão estrepitosa; quis até inventar suspeitas no espírito dele; meu marido era inabalável.

— Que queres? — respondia-me ele. — Não sei por que simpatizo extraordinariamente com este rapaz. Sinto que é uma bela pessoa, e eu não posso dissimular o entusiasmo de que me possuo quando estou perto dele.

— Mas sem conhecê-lo... — objetava eu.

— Ora essa! Tenho as melhores informações; e demais, vê-se logo que é uma pessoa distinta...

— As maneiras enganam muitas vezes.

— Conhece-se...

Confesso, minha amiga, que eu podia impor a meu marido o afastamento de Emílio; mas quando esta ideia me vinha à cabeça, não sei por que ria-me dos meus temores e declarava-me com forças de resistir a tudo o que pudesse sobrevir.

Demais, o procedimento de Emílio autorizava-me a desarmar. Ele era para mim de um respeito inalterável, tratava-me como a todas as outras, sem deixar entrever a menor intenção oculta, o menor pensamento reservado.

Sucedeu o que era natural. Diante de tal procedimento não me ficava bem proceder com rigor e responder com a indiferença à amabilidade.

As cousas marchavam de tal modo que eu cheguei a persuadir-me de que tudo o que sucedera antes não tinha relação alguma com aquele rapaz, e que não havia entre ambos mais do que um fenômeno da semelhança, o que aliás eu não podia afirmar, porque, como te disse já, não pudera reparar bem no homem do teatro.

Aconteceu que dentro de pouco tempo estávamos na maior intimidade, e eu era para ele o mesmo que todas as outras: admiradora e admirada.

Das reuniões passou Emílio às simples visitas de dia, nas horas em que meu marido estava presente, e mais tarde, mesmo quando ele se achava ausente.

Meu marido de ordinário era quem o trazia. Emílio vinha então no seu carrinho, que ele próprio dirigia, com a maior graça e elegância. Demorava-se horas e horas em nossa casa, tocando piano ou conversando.

A primeira vez que o recebi só, confesso que estremeci; mas foi um susto pueril; Emílio procedeu sempre do modo mais indiferente em relação às minhas suspeitas. Nesse dia, se algumas me ficaram, desvaneceram-se todas.

Nisto passaram-se dous meses.

Um dia, era de tarde, eu estava só; esperava-te para irmos visitar teu pai enfermo. Parou um carro à porta. Mandei ver. Era Emílio. Recebi-o como de costume.

Disse-lhe que íamos visitar um doente, e ele quis logo sair. Disse-lhe que ficasse até a tua chegada. Ficou como se outro motivo o detivesse além de um dever de cortesia.

Passou-se meia hora.

Nossa conversa foi sobre assuntos indiferentes.

Em um dos intervalos da conversa Emílio levantou-se e foi à janela. Eu levantei-me igualmente para ir ao piano buscar um leque. Voltando para o sofá reparei pelo espelho que Emílio me olhava com um olhar estranho. Era uma transfiguração. Parecia que naquele olhar estava concentrada toda a alma dele.

Estremeci.

Todavia fiz um esforço sobre mim e fui sentar-me, então mais séria que nunca.

Emílio encaminhou-se para mim.

Olhei para ele.

Era o mesmo olhar.

Baixei os meus olhos.

— Assustou-se? — perguntou-me ele.

Não respondi nada. Mas comecei a tremer de novo e parecia-me que o coração me queria pular fora do peito.

É que naquelas palavras havia a mesma expressão do olhar; as palavras faziam-me o efeito das palavras da carta.

— Assustou-se? — repetiu ele.

— De quê? — perguntei eu procurando rir para não dar maior gravidade à situação.

— Pareceu-me.

Houve um silêncio.

— D. Eugênia — disse ele sentando-se —, não quero por mais tempo ocultar o segredo que faz o tormento da minha vida. Fora um sacrifício inútil. Feliz ou infeliz, prefiro a certeza da minha situação. D. Eugênia, eu amo-a.

Não te posso descrever como fiquei, ouvindo estas palavras. Senti que empalidecia; minhas mãos estavam geladas. Quis falar: não pude. Emílio continuou:

— Oh! eu bem sei a que me exponho. Vejo como este amor é culpado. Mas que quer? É fatalidade. Andei tantas léguas, passei à ilharga de tantas belezas, sem que o meu coração pulsasse. Estava-me reservada a ventura rara ou o tremendo infortúnio de ser amado ou desprezado pela senhora. Curvo-me ao destino. Qualquer que seja a resposta que eu possa obter, não recuso, aceito. Que me responde?

Enquanto ele falava, eu podia, ouvindo-lhe as palavras, reunir algumas ideias. Quando ele acabou levantei os olhos e disse:

— Que resposta espera de mim?

— Qualquer.

— Só pode esperar uma...

— Não me ama?

— Não! Nem posso e nem amo, nem amaria se pudesse ou quisesse... Peço que se retire.

E levantei-me.

Emílio levantou-se.

— Retiro-me — disse ele —; e parto com o inferno no coração.

Levantei os ombros em sinal de indiferença.

— Oh! eu bem sei que isso lhe é indiferente. É isso o que eu mais sinto. Eu preferia o ódio; o ódio, sim; mas a indiferença, acredite, é o pior castigo. Mas eu o recebo resignado. Tamanho crime deve ter tamanha pena.

E tomando o chapéu chegou-se a mim de novo.

Eu recuei dous passos.

— Oh! não tenha medo. Causo-lhe medo?

— Medo? — retorqui eu com altivez.

— Asco? — perguntou ele.

— Talvez... — murmurei.

— Uma única resposta — tornou Emílio —; conserva aquela carta?

— Ah! — disse eu. — Era o autor da carta?

— Era. E aquele misterioso do corredor do teatro Lírico. Era eu. A carta?

— Queimei-a.

— Preveniu o meu pensamento.

E cumprimentando-me friamente dirigiu-se para a porta. Quase a chegar à porta senti que ele vacilava e levava a mão ao peito.

Tive um momento de piedade. Mas era necessário que ele se fosse, quer sofresse, quer não. Todavia, dei um passo para ele e perguntei-lhe de longe:

— Quer dar-me uma resposta?

Ele parou e voltou-se.

— Pois não!

— Como é que para praticar o que praticou fingiu-se amigo de meu marido?

— Foi um ato indigno, eu sei; mas o meu amor é daqueles que não recuam ante a indignidade. É o único que eu compreendo. Mas, perdão; não quero enfadá-la mais. Adeus! Para sempre!

E saiu.

Pareceu-me ouvir um soluço.

Fui sentar-me ao sofá. Daí a pouco ouvi o rodar do carro.

O tempo que mediou entre a partida dele e a tua chegada não sei como se passou. No lugar em que fiquei aí me achaste.

Até então eu não tinha visto amor senão nos livros. Aquele homem parecia-me realizar o amor que eu sonhara e vira descrito. A ideia de que o coração de Emílio sangrava naquele momento despertou em mim um sentimento vivo de piedade. A piedade foi um primeiro passo.

"Quem sabe, dizia eu comigo mesma, o que ele está agora sofrendo? E que culpa é a dele, afinal de contas? Ama-me, disse-mo; o amor foi mais forte do que a razão; não viu que eu era sagrada para ele; revelou-se. Ama, é a sua desculpa."

Depois repassava na memória todas as palavras dele e procurava recordar-me do tom em que ele as proferira. Lembrava-me também do que eu dissera e o tom com que respondera às suas confissões.

Fui talvez severa demais. Podia manter a minha dignidade sem abrir-lhe uma chaga no coração. Se eu falasse com mais brandura podia adquirir dele o respeito e a veneração. Agora há de amar-me ainda, mas não se recordará do que se passou sem um sentimento de amargura.

Estava nestas reflexões quando entraste.

Lembras-te que me achaste triste e perguntaste a causa disso. Nada te respondi. Fomos à casa da tua tia, sem que eu nada mudasse do ar que tinha antes.

À noite, quando meu marido me perguntou por Emílio, respondi sem saber o que respondia:

— Não veio cá hoje.

— Deveras? — disse ele. — Então está doente.

— Não sei.
— Lá vou amanhã.
— Lá onde?
— À casa dele.
— Para quê?
— Talvez esteja doente.
— Não creio; esperemos até ver...

Passei uma noite angustiosa. A ideia de Emílio perturbava-me o sono. Afigurava-se-me que ele estaria àquela hora chorando lágrimas de sangue no desespero do amor não aceito.

Era piedade? Era amor?

Carlota, era uma e outra cousa. Que podia ser mais? Eu tinha posto o pé em uma senda fatal; uma força me atraía. Eu fraca, podendo ser forte. Não me inculpo senão a mim.

Até domingo.

Capítulo V

Na tarde seguinte, quando meu marido voltou perguntei por Emílio.

— Não o procurei — respondeu-me ele —; tomei o conselho; se não vier hoje, sim.

Passou-se, pois, um dia sem ter notícias dele.

No dia seguinte, não tendo aparecido, meu marido foi lá. Serei franca contigo, eu mesma lembrei isso a meu marido. Esperei ansiosa a resposta.

Meu marido voltou pela tarde. Tinha um certo ar triste. Perguntei o que havia.

— Não sei. Fui encontrar o rapaz de cama. Disse-me que era uma ligeira constipação; mas eu creio que não é isso só...

— Que será então? — perguntei eu, fitando um olhar em meu marido.

— Alguma cousa mais. O rapaz falou-me em embarcar para o Norte. Está triste, distraído, preocupado. Ao mesmo tempo que manifesta a esperança de ver os pais, revela receios de não tornar a vê-los. Tem ideias de morrer na viagem. Não sei que lhe aconteceu, mas foi alguma cousa. Talvez...

— Talvez?

— Talvez alguma perda de dinheiro.

Esta resposta transtornou o meu espírito. Posso afirmar-te que esta resposta entrou por muito nos acontecimentos posteriores. Depois de algum silêncio perguntei:

— Mas que pretendes fazer?

— Abrir-me com ele. Perguntar o que é, e acudir-lhe se for possível. Em qualquer caso não o deixarei partir. Que achas?

— Acho que sim.

Tudo o que ia acontecendo contribuía poderosamente para tornar a ideia de Emílio cada vez mais presente à minha memória, e, é com dor que o confesso, não pensava já nele sem pulsações do coração.

Na noite do dia seguinte estávamos reunidas algumas pessoas. Eu não dava grande vida à reunião. Estava triste e desconsolada. Estava com raiva de mim própria. Fazia-me algoz de Emílio e doía-me a ideia de que ele padecesse ainda mais por mim.

Mas, seriam nove horas, quando meu marido apareceu trazendo Emílio pelo braço.

Houve um movimento geral de surpresa.

Realmente porque Emílio não aparecia alguns dias já todos começavam a perguntar por ele; depois, porque o pobre moço vinha pálido de cera.

Não te direi o que se passou nessa noite. Emílio parecia sofrer, não estava alegre como dantes; ao contrário, era naquela noite de uma taciturnidade, de uma tristeza que incomodava a todos, mas que me mortificava atrozmente, a mim que me fazia causa das suas dores.

Pude falar-lhe em uma ocasião, a alguma distância das outras pessoas.

— Desculpe-me — disse-lhe eu —, se alguma palavra dura lhe disse. Compreende a minha posição. Ouvindo bruscamente o que me disse não pude pensar no que dizia. Sei que sofreu; peço-lhe que não sofra mais, que esqueça...

— Obrigado — murmurou ele.

— Meu marido falou-me de projetos seus...

— De voltar à minha província, é verdade.

— Mas doente...

— Esta doença há de passar.

E dizendo isto lançou-me um olhar tão sinistro que eu tive medo.

— Passar? Passar como?

— De algum modo.

— Não diga isso...

— Que me resta mais na terra?

E voltou os olhos para enxugar uma lágrima.

— Que é isso? — disse eu. — Está chorando?

— As últimas lágrimas.

— Oh! se soubesse como me faz sofrer! Não chore; eu lho peço. Peço-lhe mais. Peço-lhe que viva.

— Oh!

— Ordeno-lhe.

— Ordena-me? E se eu não obedecer? Se eu não puder?... Acredita que se possa viver com um espinho no coração?

Isto que te escrevo é feio. A maneira por que ele falava é que era apaixonada, dolorosa, comovente. Eu ouvia sem saber de mim. Aproximavam-se algumas pessoas. Quis pôr termo à conversa e disse-lhe:

— Ama-me? — disse eu. — Só o amor pode ordenar? Pois é o amor que lhe ordena que viva!

Emílio fez um gesto de alegria. Levantei-me para ir falar às pessoas que se aproximavam.

— Obrigado — murmurou-me ele aos ouvidos.

Quando, no fim do serão, Emílio se despediu de mim, dizendo-me, com um olhar em que a gratidão e o amor irradiavam juntos: — Até amanhã! — não sei que sentimento de confusão e de amor, de remorso e de ternura se apoderou de mim.

— Bem; Emílio está mais alegre — dizia-me meu marido. Eu olhei para ele sem saber o que responder.

Depois retirei-me precipitadamente. Parecia-me que via nele a imagem da minha consciência.

No dia seguinte recebi de Emílio esta carta:

Eugênia. Obrigado. Torno-me à vida, e à senhora o devo. Obrigado! fez de um cadáver um homem, faça agora de um homem um deus. Ânimo! Ânimo!

Li esta carta, reli, e... dir-to-ei, Carlota? beijei-a. Beijei-a repetidas vezes com alma, com paixão, com delírio. Eu amava! Eu amava!

Então houve em mim a mesma luta, mas estava mudada a situação dos meus sentimentos. Antes era o coração que fugia à razão, agora a razão fugia ao coração.

Era um crime, eu bem o via, bem o sentia; mas não sei qual era a minha fatalidade, qual era a minha natureza; eu achava nas delícias do crime desculpa ao meu erro, e procurava com isso legitimar a minha paixão.

Quando o meu marido se achava perto de mim eu me sentia melhor e mais corajosa...

Paro aqui desta vez. Sinto uma opressão no peito. É a recordação de todos estes acontecimentos.

Até domingo.

Capítulo VI

Seguiram-se alguns dias às cenas que eu te contei na minha carta passada.

Ativou-se entre mim e Emílio uma correspondência. No fim de quinze dias eu só vivia do pensamento dele.

Ninguém dos que frequentavam a nossa casa, nem mesmo tu, pôde descobrir este amor. Éramos dous namorados discretos ao último ponto.

É certo que muitas vezes me perguntavam por que é que eu me distraía tanto e andava tão melancólica; isto chamava-me à vida real e eu mudava logo de parecer.

Meu marido sobretudo parecia sofrer com as minhas tristezas. A sua solicitude, confesso, incomodava-me. Muitas vezes lhe respondia mal, não já porque eu o odiasse, mas porque de todos era ele o único a quem eu não quisera ouvir destas interrogações.

Um dia voltando para casa à tarde chegou-se ele a mim e disse:

— Eugênia, tenho uma notícia a dar-te.
— Qual?
— E que te há de agradar muito.
— Vejamos qual é.
— É um passeio.
— Aonde?
— A ideia foi minha. Já fui ao Emílio e ele aplaudiu muito. O passeio deve ser domingo à Gávea; iremos daqui muito cedinho. Tudo isto, é preciso notar, não está decidido. Depende de ti. O que dizes?
— Aprovo a ideia.
— Muito bem. A Carlota pode ir.
— E deve ir — acrescentei eu —; e algumas outras amigas.

Pouco depois recebias tu e outras um bilhete de convite para o passeio.

Lembras-te que lá fomos. O que não sabes é que nesse passeio, a favor da confusão e a distração geral, houve entre mim e Emílio um diálogo que foi para mim a primeira amargura de amor.

— Eugênia — dizia ele dando-me o braço —, estás certa de que me amas?
— Estou.
— Pois bem. O que te peço, nem sou eu que te peço, é o meu coração, o teu coração que te pedem, um movimento nobre capaz de nos engrandecer aos nossos próprios olhos. Não haverá um recanto no mundo em que possamos viver longe de todos e perto do céu?

— Fugir?
— Sim!
— Oh! isso nunca!
— Não me amas.
— Amo, sim; é já um crime, não quero ir além.
— Recusas a felicidade?
— Recuso a desonra.
— Não me amas.
— Oh! meu Deus, como respondê-lo? Amo, sim; mas desejo ficar a seus olhos a mesma mulher, amorosa é verdade, mas até certo ponto... pura.
— O amor que calcula não é amor.

Não respondi. Emílio disse estas palavras com uma expressão tal de desdém e com uma intenção de ferir-me que eu senti o coração bater-me apressado, e subir-me o sangue ao rosto.

O passeio acabou mal.

Esta cena tornou Emílio frio para mim; eu sofria com isso; procurei torná-lo ao estado anterior; mas não consegui.

Um dia em que nos achávamos a sós, disse-lhe:

— Emílio, se eu amanhã te acompanhasse, o que farias?
— Cumpria essa ordem divina.
— Mas depois?
— Depois? — perguntou Emílio com ar de quem estranhava a pergunta.
— Sim, depois? — continuei eu. — Depois quando o tempo volvesse não me havias de olhar com desprezo?
— Desprezo? Não vejo...
— Como não? Que te mereceria eu depois?
— Oh! esse sacrifício seria feito por minha causa, eu fora covarde se te lançasse isso em rosto.
— Di-lo-ias no teu íntimo.
— Juro que não.
— Pois a meus olhos é assim; eu nunca me perdoaria esse erro.

Emílio pôs o rosto nas mãos e pareceu chorar. Eu que até ali falava com esforço, fui a ele e tirei-lhe o rosto das mãos.

— Que é isto? — disse eu. — Não vês que me fazes chorar também?

Ele olhou para mim com os olhos rasos de lágrimas. Eu tinha os meus úmidos.

— Adeus — disse ele repentinamente. — Vou partir.

E deu um passo para a porta.

— Se me prometes viver — disse-lhe —, parte; se tens alguma ideia sinistra, fica.

Não sei o que viu ele no meu olhar, mas tomando a mão que eu lhe estendia beijou-a repetidas vezes (eram os primeiros beijos) e disse-me com fogo:

— Fico, Eugênia!

Ouvimos um ruído fora. Mandei ver. Era meu marido que chegava enfermo. Tinha tido um ataque no escritório. Tornara a si, mas achava-se mal. Alguns amigos o trouxeram dentro de um carro.

Corri para a porta. Meu marido vinha pálido e desfeito. Mal podia andar ajudado pelos amigos.

Fiquei desesperada, não cuidei de mais cousa alguma. O médico que acompanhara meu marido mandou logo fazer algumas aplicações de remédios. Eu estava impaciente; perguntava a todos se meu marido estava salvo.

Todos me tranquilizavam.

Emílio mostrou-se pesaroso com o acontecimento. Foi a meu marido e apertou-lhe a mão.

Quando Emílio quis sair, meu marido disse-lhe:

— Olhe, sei que não pode estar aqui sempre; peço-lhe, porém, que venha, se puder, todos os dias.

— Pois não — disse Emílio.

E saiu.

Meu marido passou mal o resto daquele dia e a noite. Eu não dormi. Passei a noite no quarto.

No dia seguinte estava exausta. Tantas comoções diversas e uma vigília tão longa deixaram-me prostrada: cedia à força maior. Mandei chamar a prima Elvira e fui deitar-me.

Fecho esta carta neste ponto. Pouco falta para chegar ao termo da minha triste narração.

Até domingo.

Capítulo VII

A moléstia de meu marido durou poucos dias. De dia para dia agravava-se. No fim de oito dias os médicos desenganaram o doente.

Quando eu recebi esta fatal nova fiquei como louca. Era meu marido, Carlota, e apesar de tudo eu não podia esquecer que ele tinha sido o companheiro da minha vida e a ideia salvadora nos desvios do meu espírito.

Emílio achou-me num estado de desespero. Procurou consolar-me. Eu não lhe ocultei que esta morte era um golpe profundo para mim.

Uma noite estávamos juntos todos, eu, a prima Elvira, uma parenta de meu marido e Emílio. Fazíamos companhia ao doente. Este, depois de um longo silêncio, voltou-se para mim e disse-me:

— A tua mão.

E apertando-me a mão com uma energia suprema, voltou-se para a parede.

Expirou.

Passaram-se quatro meses depois dos fatos que te contei. Emílio acompanhou-me na dor e foi dos mais assíduos em todas as cerimônias fúnebres que se fizeram ao meu finado marido.

Todavia, as visitas começaram a escassear. Era, parecia-me, por motivo de uma delicadeza natural.

No fim do prazo de que te falei, soube, por boca de um dos amigos de meu marido, que Emílio ia partir. Não pude crer. Escrevi-lhe uma carta.

Eu amava-o então como dantes, mais ainda, agora que estava livre.

Dizia a carta:

Emílio.

Constou-me que ias partir. Será possível? Eu mesma não posso acreditar nos meus ouvidos! Bem sabes se eu te amo. Não é tempo de coroar os nossos votos; mas não faltará muito para que o mundo nos revele uma união que o amor nos impõe. Vem tu mesmo responder-me por boca.

Tua Eugênia.

Emílio veio em pessoa. Asseverou-me que, se ia partir, era por negócio de pouco tempo, mas que voltaria logo. A viagem devia ter lugar daí a oito dias.

Pedi-lhe que jurasse o que dizia, e ele jurou.

Deixei-o partir.

Daí a quatro dias recebia eu a seguinte carta dele:

Menti, Eugênia; vou partir já. Menti ainda, eu não volto. Não volto porque não posso. Uma união contigo seria para mim o ideal da felicidade se eu não fosse homem de hábitos opostos ao casamento. Adeus. Desculpa-me, e reza para que eu faça uma boa viagem. Adeus.

Emílio.

Avalias facilmente como fiquei depois de ler esta carta. Era um castelo que se desmoronava. Em troca do meu amor, do meu primeiro amor, recebia deste modo a ingratidão e o desprezo. Era justo: aquele amor culpado não podia ter bom fim; eu fui castigada pelas consequências mesmo do meu crime.

Mas, perguntava eu, como é que este homem, que parecia amar-me tanto, recusou aquela de cuja honestidade podia estar certo, visto que pôde opor uma resistência aos desejos de seu coração? Isto me pareceu um mistério. Hoje vejo que não era; Emílio era um sedutor vulgar e só se diferençava dos outros em ter um pouco mais de habilidade que eles.

Tal é a minha história. Imagina o que sofri nestes dous anos. Mas o tempo é um grande médico: estou curada.

O amor ofendido e o remorso de haver de algum modo traído a confiança de meu esposo fizeram-me doer muito. Mas eu creio que caro paguei o meu crime e acho-me reabilitada perante a minha consciência.

Achar-me-ei perante Deus?

E tu? É o que me hás de explicar amanhã; vinte e quatro horas depois de partir esta carta eu serei contigo.

Adeus!

D. BENEDITA
(UM RETRATO)

I

A cousa mais árdua do mundo, depois do ofício de governar, seria dizer a idade exata de d. Benedita. Uns davam-lhe quarenta anos, outros quarenta e cinco, alguns trinta e seis. Um corretor de fundos descia aos vinte e nove; mas esta opinião, eivada de intenções ocultas, carecia daquele cunho de sinceridade que todos gostamos de achar nos conceitos humanos. Nem eu a cito, senão para dizer, desde logo, que d. Benedita foi sempre um padrão de bons costumes. A astúcia do corretor não fez mais do que indigná-la, embora momentaneamente; digo momentaneamente. Quanto às outras conjecturas, oscilando entre os trinta e seis e os quarenta e cinco, não desdiziam das feições de d. Benedita, que eram maduramente graves e juvenilmente graciosas. Mas, se alguma cousa admira é que houvesse suposições neste negócio, quando bastava interrogá-la para saber a verdade verdadeira.

D. Benedita fez quarenta e dous anos no domingo 19 de setembro de 1869. São seis horas da tarde; a mesa da família está ladeada de parentes e amigos, em número de vinte ou vinte e cinco pessoas. Muitas dessas estiveram no jantar de 1868, no de 1867 e no de 1866, e ouviram sempre aludir francamente à idade da dona da casa. Além disso, veem-se ali, à mesa, uma moça e um rapaz, seus filhos; este é, decerto, no tamanho e nas maneiras, um tanto menino; mas a moça, Eulália, contando dezoito anos, parece ter vinte e um, tal é a severidade dos modos e das feições.

A alegria dos convivas, a excelência do jantar, certas negociações matrimoniais incumbidas ao cônego Roxo, aqui presente, e das quais se falará mais abaixo, as boas qualidades da dona da casa, tudo isso dá à festa um caráter íntimo e feliz. O cônego levanta-se para trinchar o peru. D. Benedita acatava esse uso nacional das casas modestas de confiar o peru a um dos convivas, em vez de o fazer retalhar fora da mesa por mãos servis, e o cônego era o pianista daquelas ocasiões solenes. Ninguém conhecia melhor a anatomia do animal, nem sabia operar com mais presteza. Talvez — e este fenômeno fica para os entendidos —, talvez a circunstância do canonicato aumentasse ao trinchante, no espírito dos convivas, uma certa soma de prestígio, que ele não teria, por exemplo, se fosse um simples estudante de matemáticas, ou um amanuense de secretaria. Mas, por outro lado, um estudante ou um amanuense, sem a lição do longo uso, poderia dispor da arte consumada do cônego? É outra questão importante.

Venhamos, porém, aos demais convivas, que estão parados, conversando; reina o burburinho próprio dos estômagos meio regalados, o riso da natureza que caminha para a repleção; é um instante de repouso.

D. Benedita fala, como as suas visitas, mas não fala para todas, senão para uma, que está sentada ao pé dela. Essa é uma senhora gorda, simpática, muito risonha, mãe de um bacharel de vinte e dous anos, o Leandrinho, que está sentado defronte delas. D. Benedita não se contenta de falar à senhora gorda, tem uma das mãos desta entre as suas; e não se contenta de lhe ter presa a mão, fita-lhe uns olhos namorados, vivamente namorados. Não os fita, note-se bem, de um modo persistente e longo, mas inquieto, miúdo, repetido, instantâneo. Em todo caso, há muita ternura naquele gesto; e, dado que não a houvesse, não se perderia nada, porque d. Benedita repete com a boca a d. Maria dos Anjos tudo o que com os olhos lhe tem dito: — que está encantada, que considera uma fortuna conhecê-la, que é muito simpática, muito digna, que traz o coração nos olhos etc. etc. etc. Uma de suas amigas diz-lhe, rindo, que está com ciúmes.

— Que arrebente! — responde ela, rindo também.

E voltando-se para a outra:

— Não acha? ninguém deve meter-se com a nossa vida.

E aí tornavam as finezas, os encarecimentos, os risos, as ofertas, mais isto, mais aquilo — um projeto de passeio, outro de teatro, e promessas de muitas visitas, tudo com tamanha expansão e calor, que a outra palpitava de alegria e reconhecimento.

O peru está comido. D. Maria dos Anjos faz um sinal ao filho; este levanta-se e pede que o acompanhem em um brinde:

— Meus senhores, é preciso desmentir esta máxima dos franceses: *les absents ont tort*.[*] Bebamos a alguém que está longe, muito longe, no espaço, mas perto, muito perto, no coração de sua digna esposa: bebamos ao ilustre desembargador Proença.

A assembleia não correspondeu vivamente ao brinde; e para compreendê-lo basta ver o rosto triste da dona da casa. Os parentes e os mais íntimos disseram baixinho entre si que o Leandrinho fora estouvado; enfim, bebeu-se, mas sem estrépito; ao que parece, para não avivar a dor de d. Benedita. Vã precaução! D. Benedita, não podendo conter-se, deixou rebentarem-lhe as lágrimas, levantou-se da mesa, retirou-se da sala. D. Maria dos Anjos acompanhou-a. Sucedeu um silêncio mortal entre os convivas. Eulália pediu a todos que continuassem, que a mãe voltava já.

— Mamãe é muito sensível — disse ela —, e a ideia de que papai está longe de nós...

O Leandrinho, consternado, pediu desculpa a Eulália. Um sujeito, ao lado dele, explicou-lhe que d. Benedita não podia ouvir falar do marido sem receber um golpe no coração — e chorar logo; ao que o Leandrinho acudiu dizendo que sabia da tristeza dela, mas estava longe de supor que o seu brinde tivesse tão mau efeito.

— Pois era a cousa mais natural — explicou o sujeito —, porque ela morre pelo marido.

— O cônego — acudiu Leandrinho — disse-me que ele foi para o Pará há uns dous anos...

— Dous anos e meio; foi nomeado desembargador pelo ministério Zacarias. Ele queria a Relação de São Paulo, ou da Bahia; mas não pôde ser e aceitou a do Pará.

---

[*] Expressão francesa que significa "os ausentes nunca têm razão".

— Não voltou mais?
— Não voltou.
— D. Benedita naturalmente tem medo de embarcar...
— Creio que não. Já foi uma vez à Europa. Se bem me lembro, ela ficou para arranjar alguns negócios de família; mas foi ficando, ficando, e agora...
— Mas era muito melhor ter ido em vez de padecer assim... Conhece o marido?
— Conheço; um homem muito distinto, e ainda moço, forte; não terá mais de quarenta e cinco anos. Alto, barbado, bonito. Aqui há tempos disse-se que ele não teimava com a mulher, porque estava lá de amores com uma viúva.
— Ah!
— E houve até quem viesse contá-lo a ela mesma. Imagine como a pobre senhora ficou! Chorou uma noite inteira, no dia seguinte não quis almoçar, e deu todas as ordens para seguir no primeiro vapor.
— Mas não foi?
— Não foi; desfez a viagem daí a três dias.

D. Benedita voltou nesse momento, pelo braço de d. Maria dos Anjos. Trazia um sorriso envergonhado; pediu desculpa da interrupção, e sentou-se com a recente amiga ao lado, agradecendo os cuidados que lhe deu, pegando-lhe outra vez na mão.

— Vejo que me quer bem — disse ela.
— A senhora merece — disse d. Maria dos Anjos.
— Mereço? — inquiriu ela entre desvanecida e modesta.

E declarou que não, que a outra é que era boa, um anjo, um verdadeiro anjo; palavra que ela sublinhou com o mesmo olhar namorado, não persistente e longo, mas inquieto e repetido. O cônego, pela sua parte, com o fim de apagar a lembrança do incidente, procurou generalizar a conversa, dando-lhe por assunto a eleição do melhor doce. Os pareceres divergiram muito. Uns acharam que era o de coco, outros o de caju, alguns o de laranja, etc. Um dos convivas, o Leandrinho, autor do brinde, dizia com os olhos — não com a boca — e dizia-o de um modo astucioso, que o melhor doce eram as faces de Eulália, um doce moreno, corado; dito que a mãe dele interiormente aprovava, e que a mãe dela não podia ver, tão entregue estava à contemplação da recente amiga. Um anjo, um verdadeiro anjo!

II

D. Benedita levantou-se, no dia seguinte, com a ideia de escrever uma carta ao marido, uma longa carta em que lhe narrasse a festa da véspera, nomeasse os convivas e os pratos, descrevesse a recepção noturna, e, principalmente, desse notícia das novas relações com d. Maria dos Anjos. A mala fechava-se às duas horas da tarde, d. Benedita acordara às nove, e, não morando longe (morava no campo da Aclamação), um escravo levaria a carta ao correio muito a tempo. Demais, chovia; d. Benedita arredou a cortina da janela, deu com os vidros molhados; era uma chuvinha teimosa, o céu estava todo brochado de uma cor pardo-escura, malhada de grossas nuvens negras. Ao longe, viu flutuar e voar o pano que cobria o balaio que uma preta levava à cabeça: concluiu que ventava. Magnífico dia para não sair, e, portanto, escrever uma carta, duas cartas, todas as cartas de uma esposa ao marido ausente. Ninguém viria tentá-la.

Enquanto ela compõe os babadinhos e rendas do roupão branco, um roupão de cambraia que o desembargador lhe dera em 1862, no mesmo dia aniversário, 19 de setembro, convido a leitora a observar-lhe as feições. Vê que não lhe dou Vênus; também não lhe dou Medusa. Ao contrário de Medusa, nota-se-lhe o alisado simples do cabelo, preso sobre a nuca. Os olhos são vulgares, mas têm uma expressão bonachã. A boca é daquelas que, ainda não sorrindo, são risonhas, e tem esta outra particularidade, que é uma boca sem remorsos nem saudades: podia dizer sem desejos, mas eu só digo o que quero, e só quero falar das saudades e dos remorsos. Toda essa cabeça, que não entusiasma, nem repele, assenta sobre um corpo antes alto do que baixo, e não magro nem gordo, mas fornido na proporção da estatura. Para que falar-lhe das mãos? Há de admirá-las logo, ao travar da pena e do papel, com os dedos afilados e vadios, dous deles ornados de cinco ou seis anéis.

Creio que é bastante ver o modo por que ela compõe as rendas e os babadinhos do roupão para compreender que é uma senhora pichosa, amiga do arranjo das cousas e de si mesma. Noto que rasgou agora o babadinho do punho esquerdo, mas é porque, sendo também impaciente, não podia mais "com a vida deste diabo". Essa foi a sua expressão, acompanhada logo de um "Deus me perdoe!" que inteiramente lhe extraiu o veneno. Não digo que ela bateu com o pé, mas adivinha-se, por ser um gesto natural de algumas senhoras irritadas. Em todo caso, a cólera durou pouco mais de meio minuto. D. Benedita foi à caixinha de costura para dar um ponto no rasgão, e contentou-se com um alfinete. O alfinete caiu no chão, ela abaixou-se a apanhá-lo. Tinha outros, é verdade, muitos outros, mas não achava prudente deixar alfinetes no chão. Abaixando-se, aconteceu-lhe ver a ponta da chinela, na qual pareceu-lhe descobrir um sinal branco; sentou-se na cadeira que tinha perto, tirou a chinela, e viu que era: era um roidinho de barata. Outra raiva de d. Benedita, porque a chinela era muito galante, e fora-lhe dada por uma amiga do ano passado. Um anjo, um verdadeiro anjo! D. Benedita fitou os olhos irritados no sinal branco; felizmente a expressão bonachã deles não era tão bonachã que se deixasse eliminar de todo por outras expressões menos passivas, e retomou o seu lugar. D. Benedita entrou a virar e revirar a chinela, e a passá-la de uma para outra mão, a princípio com amor, logo depois maquinalmente, até que as mãos pararam de todo, a chinela caiu no regaço, e d. Benedita ficou a olhar para o ar, parada, fixa. Nisto o relógio da sala de jantar começou a bater horas. D. Benedita logo às primeiras duas estremeceu:

— Jesus! Dez horas!

E, rápida, calçou a chinela, consertou depressa o punho do roupão, e dirigiu-se à escrivaninha, para começar a carta. Escreveu, com efeito, a data, e um: — "Meu ingrato marido"; enfim, mal traçara estas linhas: — "Você lembrou-se ontem de mim? Eu...", quando Eulália lhe bateu à porta, bradando:

— Mamãe, mamãe, são horas de almoçar.

D. Benedita abriu a porta, Eulália beijou-lhe a mão, depois levantou as suas ao céu:

— Meu Deus! que dorminhoca!

— O almoço está pronto?

— Há que séculos!

— Mas eu tinha dito que hoje o almoço era mais tarde... Estava escrevendo a teu pai.

Olhou alguns instantes para a filha, como desejosa de lhe dizer alguma cousa grave, ao menos difícil, tal era a expressão indecisa e séria dos olhos. Mas não chegou a dizer nada; a filha repetiu que o almoço estava na mesa, pegou-lhe do braço e levou-a.

Deixemo-las almoçar à vontade; descansemos nessa outra sala, a de visitas, sem aliás inventariar os móveis dela, como o não fizemos em nenhuma outra sala ou quarto. Não é que eles não prestem, ou sejam de mau gosto; ao contrário, são bons. Mas a impressão geral que se recebe é esquisita, como se ao trastejar daquela casa houvesse presidido um plano truncado, ou uma sucessão de planos truncados. Mãe, filha e filho almoçaram. Deixemos o filho, que nos não importa, um pirralho de doze anos, que parece ter oito, tão mofino é ele. Eulália interessa-nos, não só pelo que vimos de relance no capítulo passado, como porque, ouvindo a mãe falar em d. Maria dos Anjos e no Leandrinho, ficou muito séria e, talvez, um pouco amuada. D. Benedita percebeu que o assunto não era aprazível à filha, e recuou da conversa, como alguém que desanda uma rua para evitar um importuno; recuou e ergueu-se; a filha veio com ela para a sala de visitas.

Eram onze horas menos um quarto. D. Benedita conversou com a filha até depois do meio-dia, para ter tempo de descansar o almoço e escrever a carta. Sabem que a mala fecha às duas horas. De fato, alguns minutos, poucos, depois do meio-dia, d. Benedita disse à filha que fosse estudar piano, porque ela ia acabar a carta.

Saiu da sala; Eulália foi à janela, relanceou a vista pelo Campo, e, se lhes disser que com uma pontazinha de tristeza nos olhos, podem crer que é a pura verdade. Não era todavia a tristeza dos débeis ou dos indecisos; era a tristeza dos resolutos, a quem dói de antemão um ato pela mortificação que há de trazer a outros, e que, não obstante, juram a si mesmos praticá-lo, e praticam. Convenho que nem todas essas particularidades podiam estar nos olhos de Eulália, mas por isso mesmo é que as histórias são contadas por alguém, que se incumbe de preencher as lacunas e divulgar o escondido. Que era uma tristeza máscula, era; e que daí a pouco os olhos sorriam de um sinal de esperança, também não é mentira.

— Isto acaba — murmurou ela, vindo para dentro.

Justamente nessa ocasião parava um carro à porta, apeava-se uma senhora, ouvia-se a campainha da escada, descia um moleque a abrir a cancela, e subia as escadas d. Maria dos Anjos. D. Benedita, quando lhe disseram quem era, largou a pena, alvoroçada; vestiu-se à pressa, calçou-se, e foi à sala.

— Com este tempo! — exclamou. — Ah! isto é que é querer bem à gente!

— Vim sem esperar pela sua visita, só para mostrar que não gosto de cerimônias, e que entre nós deve haver a maior liberdade.

Vieram os cumprimentos de estilo, as palavrinhas doces, os afagos da véspera. D. Benedita não se fartava de dizer que a visita naquele dia era uma grande fineza, uma prova de verdadeira amizade; mas queria outra, acrescentou daí a um instante, que d. Maria dos Anjos ficasse para jantar. Esta desculpou-se alegando que tinha de ir a outras partes; demais, essa era a prova que lhe pedia — a de ir jantar à casa dela primeiro. D. Benedita não hesitou, prometeu que sim, naquela mesma semana.

— Estava agora mesmo escrevendo o seu nome — continuou.
— Sim?
— Estou escrevendo a meu marido, e falo da senhora. Não lhe repito o que escrevi, mas imagine que falei muito mal da senhora, que era antipática, insuportável, maçante, aborrecida... Imagine!

— Imagino, imagino. Pode acrescentar que, apesar de ser tudo isso, e mais alguma cousa, apresento-lhe os meus respeitos.

— Como ela tem graça para dizer as cousas! — comentou d. Benedita olhando para a filha.

Eulália sorriu sem convicção. Sentada na cadeira fronteira à mãe, ao pé da outra ponta do sofá em que estava d. Maria dos Anjos, Eulália dava à conversação das duas a soma de atenção que a cortesia lhe impunha, e nada mais. Chegava a parecer aborrecida; cada sorriso que lhe abria a boca era de um amarelo pálido, um sorriso de favor. Uma das tranças — era de manhã, trazia o cabelo em duas tranças caídas pelas costas abaixo —, uma delas servia-lhe de pretexto a alhear-se de quando em quando, porque puxava-a para a frente e contava-lhe os fios do cabelo — ou parecia contá-los. Assim o creu d. Maria dos Anjos, quando lhe lançou uma ou duas vezes os olhos, curiosa, desconfiada. D. Benedita é que não via nada; via a amiga, a feiticeira, como lhe chamou duas ou três vezes — "feiticeira como ela só".

— Já!

D. Maria dos Anjos explicou que tinha de ir a outras visitas; mas foi obrigada a ficar ainda alguns minutos, a pedido da amiga. Como trouxesse um mantelete de renda preta, muito elegante, d. Benedita disse que tinha um igual, e mandou buscá-lo. Tudo demoras. Mas a mãe do Leandrinho estava tão contente! D. Benedita enchia-lhe o coração; achava nela todas as qualidades que melhor se ajustavam à sua alma e aos seus costumes, ternura, confiança, entusiasmo, simplicidade, uma familiaridade cordial e pronta. Veio o mantelete; vieram oferecimentos de alguma cousa, um doce, um licor, um refresco; d. Maria dos Anjos não aceitou nada mais do que um beijo e a promessa de que iriam jantar com ela naquela semana.

— Quinta-feira — disse d. Benedita.

— Palavra?

— Palavra.

— Que quer que lhe faça se não for? Há de ser um castigo bem forte.

— Bem forte? Não me fale mais.

D. Maria dos Anjos beijou com muita ternura a amiga; depois abraçou e beijou também a Eulália, mas a efusão era muito menor de parte a parte. Uma e outra mediam-se, estudavam-se, começavam a compreender-se. D. Benedita levou a amiga até o patamar da escada, depois foi à janela para vê-la entrar no carro; a amiga, depois de entrar no carro, pôs a cabeça de fora, olhou para cima, e disse-lhe adeus, com a mão.

— Não falte, ouviu?

— Quinta-feira.

Eulália já não estava na sala; d. Benedita correu a acabar a carta. Era tarde; não relatara o jantar da véspera, nem já agora podia fazê-lo. Resumiu tudo; encareceu muito as novas relações; enfim, escreveu estas palavras:

O cônego Roxo falou-me em casar Eulália com o filho de d. Maria dos Anjos; é um moço formado em direito este ano; é conservador, e espera uma promotoria, agora, se o Itaboraí não deixar o ministério. Eu acho que o casamento é o melhor possível. O dr. Leandrinho (é o nome dele) é muito bem educado; fez um brinde a você, cheio de palavras tão bonitas, que eu chorei. Eu não sei se Eulália quererá ou não; desconfio de outro sujeito que outro dia esteve conosco nas Laranjeiras. Mas você que pensa? Devo limitar-me a aconselhá-la, ou impor-lhe a nossa vontade? Eu acho que devo usar um pouco de minha autoridade; mas não quero fazer nada sem que você me diga. O melhor seria se você viesse cá.

Acabou e fechou a carta; Eulália entrou nessa ocasião, ela deu-lha para mandar, sem demora, ao correio; e a filha saiu com a carta sem saber que tratava dela e do seu futuro. D. Benedita deixou-se cair no sofá, cansada, exausta. A carta era muito comprida apesar de não dizer tudo; e era-lhe tão enfadonho escrever cartas compridas!

III

Era-lhe tão enfadonho escrever cartas compridas! Esta palavra, fecho do capítulo passado, explica a longa prostração de d. Benedita. Meia hora depois de cair no sofá, ergueu-se um pouco, e percorreu o gabinete com os olhos, como procurando alguma cousa. Essa cousa era um livro. Achou o livro, e podia dizer achou os livros, pois nada menos de três estavam ali, dous abertos, um marcado em certa página, todos em cadeiras. Eram três romances que d. Benedita lia ao mesmo tempo. Um deles, note-se, custou-lhe não pouco trabalho. Deram-lhe notícia na rua, perto de casa, com muitos elogios; chegara da Europa na véspera. D. Benedita ficou tão entusiasmada, que apesar de ser longe e tarde, arrepiou caminho e foi ela mesma comprá-lo, correndo nada menos de três livrarias. Voltou ansiosa, namorada do livro, tão namorada que abriu as folhas, jantando, e leu os cinco primeiros capítulos naquela mesma noute. Sendo preciso dormir, dormiu; no dia seguinte não pôde continuar, depois esqueceu-o. Agora, porém, passados oito dias, querendo ler alguma cousa, aconteceu-lhe justamente achá-lo à mão.

— Ah!

E ei-la que torna ao sofá, que abre o livro com amor, que mergulha o espírito, os olhos e o coração na leitura tão desastradamente interrompida. D. Benedita ama os romances, é natural; e adora os romances bonitos, é naturalíssimo. Não admira que esqueça tudo para ler este; tudo, até a lição de piano da filha, cujo professor chegou e saiu, sem que ela fosse à sala. Eulália despediu-se do professor; depois foi ao gabinete, abriu a porta, caminhou pé ante pé até o sofá, e acordou a mãe com um beijo.

— Dorminhoca!
— Ainda chove?
— Não, senhora; agora parou.
— A carta foi?

— Foi; mandei o José a toda a pressa. Aposto que mamãe esqueceu-se de dar lembranças a papai? Pois olhe, eu não me esqueço nunca.

D. Benedita bocejou. Já não pensava na carta; pensava no colete que encomendara à Charavel, um colete de barbatanas mais moles do que o último. Não gostava de barbatanas duras; tinha o corpo mui sensível. Eulália falou ainda algum tempo do pai, mas calou-se logo, e vendo no chão o livro aberto, o famoso romance, apanhou-o, fechou-o, pô-lo em cima da mesa. Nesse momento vieram trazer uma carta a d. Benedita; era do cônego Roxo, que mandava perguntar se estavam em casa naquele dia, porque iria ao enterro dos ossos.

— Pois não! — bradou d. Benedita. — Estamos em casa, venha, pode vir.

Eulália escreveu o bilhetinho de resposta. Daí a três quartos de hora fazia o cônego a sua entrada na sala de d. Benedita. Era um bom homem o cônego, velho amigo daquela casa, na qual, além de trinchar o peru nos dias solenes, como vimos, exercia o papel de conselheiro, e exercia-o com lealdade e amor. Eulália, principalmente, merecia-lhe muito; vira-a pequena, galante, travessa, amiga dele, e criou-lhe uma afeição paternal, tão paternal que tomara a peito casá-la bem, e nenhum noivo melhor do que o Leandrinho, pensava o cônego. Naquele dia, a ideia de ir jantar com elas era antes um pretexto; o cônego queria tratar o negócio diretamente com a filha do desembargador. Eulália, ou porque adivinhasse isso mesmo, ou porque a pessoa do cônego lhe lembrasse o Leandrinho, ficou logo preocupada, aborrecida.

Mas, preocupada ou aborrecida, não quer dizer triste ou desconsolada. Era resoluta, tinha têmpera, podia resistir, e resistiu, declarando ao cônego, quando ele naquela noute lhe falou do Leandrinho, que absolutamente não queria casar.

— Palavra de moça bonita?
— Palavra de moça feia.
— Mas, por quê?
— Porque não quero.

— E se mamãe quiser?
— Não quero eu.
— Mau! isso não é bonito, Eulália.

Eulália deixou-se estar. O cônego ainda tornou ao assunto, louvou as qualidades do candidato, as esperanças da família, as vantagens do casamento; ela ouvia tudo, sem contestar nada. Mas quando o cônego formulava de um modo direto a questão, a resposta invariável era esta:

— Já disse tudo.
— Não quer?
— Não.

O desconsolo do bom cônego era profundo e sincero. Queria casá-la bem, e não achava melhor noivo. Chegou a interrogá-la discretamente, sobre se tinha alguma preferência em outra parte. Mas Eulália, não menos discretamente, respondia que não, que não tinha nada; não queria nada; não queria casar. Ele creu que era assim, mas receou também que não fosse assim; faltava-lhe o trato suficiente das mulheres para ler através de uma negativa. Quando referiu tudo a d. Benedita, esta ficou assombrada com os termos da recusa; mas tornou logo a si, e declarou ao padre que a filha não tinha vontade, faria o que ela quisesse, e ela queria o casamento.

— Já agora nem espero resposta do pai — concluiu —; declaro-lhe que ela há de casar. Quinta-feira vou jantar com d. Maria dos Anjos, e combinaremos as cousas.

— Devo dizer-lhe — ponderou o cônego — que d. Maria dos Anjos não deseja que se faça nada à força.

— Qual força! Não é preciso força.

O cônego refletiu um instante.

— Em todo caso, não violentaremos qualquer outra afeição, que ela possa ter — disse ele.

D. Benedita não respondeu nada; mas consigo, no mais fundo de si mesma, jurou que, houvesse o que houvesse, acontecesse o que acontecesse, a filha seria nora de d. Maria dos Anjos. E ainda consigo, depois de sair o cônego:

— Tinha que ver! um tico de gente, com fumaças de governar a casa!

A quinta-feira raiou. Eulália — o tico de gente — levantou-se fresca, lépida, loquaz, com todas as janelas da alma abertas ao sopro azul da manhã. A mãe acordou ouvindo um trecho italiano, cheio de melodia; era ela que cantava, alegre, sem afetação, com a indiferença das aves que cantam para si ou para os seus, e não para o poeta, que as ouve e traduz na língua imortal dos homens. D. Benedita afagara muito a ideia de a ver abatida, carrancuda, e gastara uma certa soma de imaginação em compor os seus modos, delinear os seus atos, ostentar energia e força. E nada! Em vez de uma filha rebelde, uma criatura gárrula e submissa. Era começar mal o dia; era sair aparelhada para destruir uma fortaleza, e dar com uma cidade aberta, pacífica, hospedeira, que lhe pedia o favor de entrar e partir o pão da alegria e da concórdia. Era começar o dia muito mal.

A segunda causa do tédio de d. Benedita foi um ameaço de enxaqueca, às três horas da tarde; um ameaço, ou uma suspeita de possibilidade de ameaço. Chegou a transferir a visita, mas a filha ponderou que talvez a visita lhe fizesse bem e, em todo caso, era tarde para deixar de ir. D. Benedita não teve remédio, aceitou o reparo. Ao espelho, penteando-se, esteve quase a dizer que definitivamente ficava: chegou a insinuá-lo à filha.

— Mamãe, veja que d. Maria dos Anjos conta com a senhora — disse-lhe Eulália.

— Pois sim — redarguiu a mãe —, mas não prometi ir doente.

Enfim, vestiu-se, calçou as luvas, deu as últimas ordens; e devia doer-lhe muito a cabeça, porque os modos eram arrebatados, uns modos de pessoa constrangida ao que não quer. A filha animava-a muito, lembrava-lhe o vidrinho dos sais, instava que saíssem, descrevia a ansiedade de d. Maria dos Anjos, consultava de dous em dous minutos o pequenino relógio, que trazia na cintura etc. Uma amofinação, realmente.

— O que tu estás é me amofinando — disse-lhe a mãe.

E saiu, saiu exasperada, com uma grande vontade de esganar a filha, dizendo consigo que a pior cousa do mundo era ter filhas. Os filhos ainda vá; criam-se, fazem carreira por si; mas as filhas!

Felizmente, o jantar de d. Maria dos Anjos aquietou-a; e não digo que a enchesse de grande satisfação, porque não foi assim. Os modos de d. Benedita não eram os do costume; eram frios, secos, ou quase secos; ela, porém, explicou de si mesma a diferença, noticiando o ameaço da enxaqueca, notícia mais triste do que alegre, e que, aliás, alegrou a alma de d. Maria dos Anjos, por esta razão fina e profunda: antes a frieza da amiga fosse originada na doença do que na quebra do afeto. Demais, a doença não era grave. E que fosse grave! Não houve naquele dia mãos presas, olhos nos olhos, manjares comidos entre carícias mútuas; não houve nada do jantar de domingo. Um jantar apenas conversado; não alegre, conversado; foi o mais que alcançou o cônego. Amável cônego! As disposições de Eulália, naquele dia, cumularam-no de esperanças; o riso que brincava nela, a maneira expansiva da conversa, a docilidade com que se prestava a tudo, a tocar, a cantar, e o rosto afável, meigo, com que ouvia e falava ao Leandrinho, tudo isso foi para a alma do cônego uma renovação de esperanças. Logo hoje é que d. Benedita estava doente! Realmente, era caiporismo.

D. Benedita reanimou-se um pouco, à noite, depois do jantar. Conversou mais, discutiu um projeto de passeio ao Jardim Botânico, chegou mesmo a propor que fosse logo no dia seguinte; mas Eulália advertiu que era prudente esperar um ou dous dias até que os efeitos da enxaqueca desaparecessem de todo; e o olhar que mereceu à mãe, em troca do conselho, tinha a ponta aguda de um punhal. Mas a filha não tinha medo dos olhos maternos. De noite, ao despentear-se, recapitulando o dia, Eulália repetiu consigo a palavra que lhe ouvimos, dias antes, à janela:

— Isto acaba.

E, satisfeita de si, antes de dormir, puxou uma certa gaveta, tirou uma caixinha, abriu-a, aventou um cartão de alguns centímetros de altura — um retrato. Não era retrato de mulher, não só por ter bigodes, como por estar fardado; era, quando muito, um oficial de marinha. Se bonito ou feio, é matéria de opinião. Eulália achava-o bonito; a prova é que o beijou, não digo uma vez, mas três. Depois mirou-o, com saudade, tornou a fechá-lo e guardá-lo.

Que fazias tu, mãe cautelosa e ríspida, que não vinhas arrancar às mãos e à boca da filha um veneno tão sutil e mortal? D. Benedita, à janela, olhava a noite, entre as estrelas e os lampiões de gás, com a imaginação vagabunda, inquieta, roída de saudades e desejos. O dia tinha-lhe saído mal, desde manhã. D. Benedita confessava, naquela doce intimidade da alma consigo mesma, que o jantar de d. Maria dos Anjos não prestara para nada, e que a própria amiga não estava provavelmente nos seus dias de costume. Tinha saudades, não sabia bem de que, e desejos, que ignorava. De quando em quando, bocejava ao modo preguiçoso e arrastado dos que caem de sono; mas se alguma cousa tinha era fastio — fastio, impaciência, curiosidade. D. Benedita cogitou seriamente em ir ter com o marido; e tão depressa a ideia do marido lhe penetrou no cérebro, como se lhe apertou o coração de saudades e remorsos, e o sangue pulou-lhe num tal ímpeto de ir ver o desembargador que, se o paquete do norte estivesse na esquina da rua e as malas prontas, ela embarcaria logo e logo. Não importa; o paquete devia estar prestes a sair, oito ou dez dias; era o tempo de arranjar as malas. Iria por três meses somente, não era preciso levar muita cousa. Ei-la que se consola da grande cidade fluminense, da similitude dos dias, da escassez das cousas, da persistência das caras, da mesma fixidez das modas, que era um dos seus árduos problemas: — por que é que as modas hão de durar mais de quinze dias?

— Vou, não há que ver, vou ao Pará — disse ela a meia-voz.

Com efeito, no dia seguinte, logo de manhã, comunicou a resolução à filha, que a recebeu sem abalo. Mandou ver as malas que tinha, achou que era preciso mais uma, calculou o tamanho, e determinou comprá-la. Eulália, por uma inspiração súbita:

— Mas, mamãe, nós não vamos por três meses?

— Três... ou dous.

— Pois, então, não vale a pena. As duas malas chegam.
— Não chegam.
— Bem; se não chegarem, pode-se comprar na véspera. E mamãe mesmo escolhe; é melhor do que mandar esta gente que não sabe nada.

D. Benedita achou a reflexão judiciosa, e guardou o dinheiro. A filha sorriu para dentro. Talvez repetisse consigo a famosa palavra da janela: — Isto acaba. A mãe foi cuidar dos arranjos, escolha de roupa, lista das cousas que precisava comprar, um presente para o marido etc. Ah! que alegria que ele ia ter! Depois do meio-dia saíram para fazer encomendas, visitas, comprar as passagens, quatro passagens; levavam uma escrava consigo. Eulália ainda tentou arredá-la da ideia, propondo a transferência da viagem; mas d. Benedita declarou peremptoriamente que não. No escritório da Companhia de Paquetes disseram-lhe que o do norte saía na sexta-feira da outra semana. Ela pediu as quatro passagens; abriu a carteirinha, tirou uma nota, depois duas, refletiu um instante.

— Basta vir na véspera, não?
— Basta, mas pode não achar mais.
— Bem; o senhor guarde os bilhetes: eu mando buscar.
— O seu nome?
— O nome? O melhor é não tomar o nome; nós viremos três dias antes de sair o vapor. Naturalmente ainda haverá bilhetes.
— Pode ser.
— Há de haver.

Na rua, Eulália observou que era melhor ter comprado logo os bilhetes; e, sabendo-se que ela não desejava ir para o norte nem para o sul, salvo na fragata em que embarcasse o original do retrato da véspera, há de supor-se que a reflexão da moça era profundamente maquiavélica. Não digo que não. D. Benedita, entretanto, noticiou a viagem aos amigos e conhecidos, nenhum dos quais a ouviu espantado. Um chegou a perguntar-lhe se, enfim, daquela vez era certo. D. Maria dos Anjos, que sabia da viagem pelo cônego, se alguma cousa a assombrou, quando a amiga se despediu dela, foram as atitudes geladas, o olhar fixo no chão, o silêncio, a indiferença. Uma visita de dez minutos apenas, durante os quais d. Benedita disse quatro palavras no princípio:

— Vamos para o norte.

E duas no fim:

— Passe bem. E os beijos? Dous tristes beijos de pessoa morta.

IV

A viagem não se fez por um motivo supersticioso. D. Benedita, no domingo à noute, advertiu que o paquete seguia na sexta-feira, e achou que o dia era mau. Iriam no outro paquete. Não foram no outro; mas desta vez os motivos escapam inteiramente ao alcance do olhar humano, e o melhor alvitre em tais casos é não teimar com o impenetrável. A verdade é que d. Benedita não foi, mas iria no terceiro paquete, a não ser um incidente que lhe trocou os planos.

Tinha a filha inventado uma festa e uma amizade nova. A nova amizade era uma família do Andaraí; a festa não se sabe a que propósito foi, mas deve ter sido esplêndida, porque d. Benedita ainda falava dela três dias depois. Três dias! Realmente, era demais. Quanto à família, era impossível ser mais amável; ao menos, a impressão que deixou na alma de d. Benedita foi intensíssima. Uso este superlativo, porque ela mesma o empregou: é um documento humano.

— Aquela gente? Oh! deixou-me uma impressão intensíssima.

E toca a andar para Andaraí, namorada de d. Petronilha, esposa do conselheiro Beltrão, e de uma irmã dela, d. Maricota, que ia casar com um oficial de marinha, irmão de outro oficial de marinha, cujos bigodes, olhos, cara, porte, cabelos são os mesmos do retrato que o leitor entreviu há tempos na gavetinha de Eulália. A irmã casada tinha trinta e dous anos, e uma seriedade, umas maneiras tão bonitas, que deixaram encantada a esposa do desembargador. Quanto à irmã solteira era uma flor, uma flor de cera, outra expressão de d. Benedita, que não altero com receio de entibiar a verdade.

Um dos pontos mais obscuros desta curiosa história é a pressa com que as relações se travaram, e os acontecimentos se sucederam. Por exemplo, uma das pessoas que estiveram em Andaraí, com d. Benedita, foi o oficial de marinha retratado no cartão particular de Eulália, primeiro-tenente Mascarenhas, que o conselheiro Beltrão proclamou futuro almirante. Vede, porém, a perfídia do oficial: vinha fardado; e d. Benedita, que amava os espetáculos novos, achou-o tão distinto, tão bonito, entre os outros moços à paisana, que o preferiu a todos, e lho disse. O oficial agradeceu comovido. Ela ofereceu-lhe a casa; ele pediu-lhe licença para fazer uma visita.

— Uma visita? Vá jantar conosco.

Mascarenhas fez uma cortesia de aquiescência.

— Olhe — disse d. Benedita —, vá amanhã.

Mascarenhas foi, e foi mais cedo. D. Benedita falou-lhe da vida do mar; ele pediu-lhe a filha em casamento. D. Benedita ficou sem voz, pasmada. Lembrou-se, é verdade, que desconfiara dele, um dia, nas Laranjeiras; mas a suspeita acabara. Agora não os vira conversar nem olhar uma só vez. Em casamento! Mas seria mesmo em casamento? Não podia ser outra cousa; a atitude séria, respeitosa, implorativa do rapaz dizia bem que se tratava de um casamento. Que sonho! Convidar um amigo, e abrir a porta a um genro: era o cúmulo do inesperado. Mas o sonho era bonito; o oficial de marinha era um galhardo rapaz, forte, elegante, simpático, metia toda a gente no coração, e principalmente parecia adorá-la, a ela, d. Benedita. Que magnífico sonho! D. Benedita voltou do pasmo, e respondeu que sim, que Eulália era sua. Mascarenhas pegou-lhe na mão e beijou-a filialmente.

— Mas o desembargador? — disse ele.

— O desembargador concordará comigo.

Tudo andou assim depressa. Certidões passadas, banhos corridos, marcou-se o dia do casamento; seria vinte e quatro horas depois de recebida a resposta do desembargador. Que alegria a da boa mãe! que atividade no preparo do enxoval, no plano e nas encomendas da festa, na escolha dos convidados etc.! Ela ia de um lado para outro, ora a pé, ora de carro, fizesse chuva ou sol. Não se detinha no mesmo objeto muito tempo; a semana do enxoval não era a do preparo da festa, nem a das visitas; alternava as cousas, voltava atrás, com certa confusão, é verdade. Mas aí estava a filha para suprir as faltas, corrigir os defeitos, cercear as demasias, tudo com a sua habilidade natural. Ao contrário de todos os noivos, este não as importunava; não jantava todos os dias com elas, segundo lhe pedia a dona da casa; jantava aos domingos, e visitava-as uma vez por semana. Matava as saudades por meio de cartas, que eram contínuas, longas e secretas, como no tempo do namoro. D. Benedita não podia explicar uma tal esquivança, quando ela morria por ele; e então vingava-se da esquisitice, morrendo ainda mais, e dizendo dele por toda a parte as mais belas cousas do mundo.

— Uma pérola! uma pérola!
— E um bonito rapaz — acrescentavam.
— Não é? De truz.

A mesma cousa repetia ao marido nas cartas que lhe mandava, antes e depois de receber a resposta da primeira. A resposta veio; o desembargador deu o seu consentimento, acrescentando que lhe doía muito não poder vir assistir às bodas, por achar-se um tanto adoentado; mas abençoava de longe os filhos, e pedia o retrato do genro.

Cumpriu-se o acordo à risca. Vinte e quatro horas depois de recebida a resposta do Pará efetuou-se o casamento, que foi uma festa admirável, esplêndida, no dizer de d. Benedita, quando a contou a algumas amigas. Oficiou o cônego Roxo, e claro é que d. Maria dos Anjos não esteve presente, e menos ainda o filho. Ela esperou, note-se, até última hora um bilhete de participação, um convite, uma visita, embora se abstivesse de comparecer; mas não recebeu nada. Estava atônita, revolvia a memória a ver se descobria alguma inadvertência sua que pudesse explicar a frieza das relações; não achando nada, supôs alguma intriga. E supôs mal, pois foi um simples esquecimento. D. Benedita, no dia do consórcio, de manhã, teve ideia de que d. Maria dos Anjos não recebera participação.

— Eulália, parece que não mandamos participação a d. Maria dos Anjos? — disse ela à filha, almoçando.

— Não sei; mamãe é quem se incumbiu dos convites.

— Parece que não — confirmou d. Benedita. — João, dá cá mais açúcar.

O copeiro deu-lhe o açúcar; ela, mexendo o chá, lembrou-se do carro que iria buscar o cônego e reiterou uma ordem da véspera.

Mas a fortuna é caprichosa. Quinze dias depois do casamento, chegou a notícia do óbito do desembargador. Não descrevo a dor de d. Benedita; foi dilacerante e sincera. Os noivos, que devaneavam na Tijuca, vieram ter com ela; d. Benedita chorou todas as lágrimas de uma esposa austera e fidelíssima. Depois da missa do sétimo dia, consultou a filha e o genro acerca da ideia de ir ao Pará, erigir um túmulo ao marido, e beijar a terra em que ele repousava. Mascarenhas trocou um olhar com a mulher; depois disse à sogra que era melhor irem juntos, porque ele devia seguir para o norte daí a três meses em comissão do governo. D. Benedita recalcitrou um pouco, mas aceitou o prazo, dando desde logo todas as ordens necessárias à construção do túmulo. O túmulo fez-se; mas a comissão não veio, e d. Benedita não pôde ir.

Cinco meses depois, deu-se um pequeno incidente na família. D. Benedita mandara construir uma casa no caminho da Tijuca, e o genro, com o pretexto de uma interrupção na obra, propôs acabá-la. D. Benedita consentiu, e o ato era tanto mais honroso para ela, quanto que o genro começava a parecer-lhe insuportável com a sua excessiva disciplina, com as suas teimas, impertinências etc. Verdadeiramente, não havia teimas; nesse particular, o genro de d. Benedita contava tanto com a sinceridade da sogra que nunca teimava; deixava que ela própria se desmentisse dias depois. Mas pode ser que isto mesmo a mortificasse. Felizmente, o governo lembrou-se de o mandar ao sul; Eulália, grávida, ficou com a mãe.

Foi por esse tempo que um negociante viúvo teve ideia de cortejar d. Benedita. O primeiro ano de viuvez estava passado. D. Benedita acolheu a ideia com muita simpatia, embora sem alvoroço. Defendia-se consigo; alegava a idade e os estudos do filho, que em breve estaria a caminho de São Paulo, deixando-a só, sozinha no mundo. O casamento seria uma consolação, uma companhia. E consigo, na rua ou em casa, nas horas disponíveis, aprimorava o plano com todos os floreios da imaginação vivaz e súbita; era uma vida nova, pois desde muito, antes mesmo da morte do marido, pode-se dizer que era viúva. O negociante gozava do melhor conceito: a escolha era excelente.

Não casou. O genro tornou do sul, a filha deu à luz um menino robusto e lindo, que foi a paixão da avó durante os primeiros meses. Depois, o genro, a filha e o neto foram para o norte. D. Benedita achou-se só e triste; o filho não bastava aos seus afetos. A ideia de viajar tornou a rutilar-lhe na mente, mas como um fósforo, que se apaga logo. Viajar sozinha era cansar e aborrecer-se ao mesmo tempo; achou melhor ficar.

Uma companhia lírica, adventícia, sacudiu-lhe o torpor, e restituiu-a à sociedade. A sociedade incutiu-lhe outra vez a ideia do casamento, e apontou-lhe logo um pretendente, desta vez um advogado, também viúvo.

— Casarei? não casarei?

Uma noite, volvendo d. Benedita este problema, à janela da casa de Botafogo, para onde se mudara desde alguns meses, viu um singular espetáculo. Primeiramente uma claridade opaca, espécie de luz coada por um vidro fosco, vestia o espaço da enseada, fronteiro à janela. Nesse quadro apareceu-lhe uma figura vaga e transparente, trajada de névoas, toucada de reflexos, sem contornos definidos, porque morriam todos no ar. A figura veio até ao peitoril da janela de d. Benedita; e de um gesto sonolento, com uma voz de criança, disse-lhe estas palavras sem sentido:

— Casa... não casarás... se casas... casarás... não casarás... e casas... casando...

D. Benedita ficou aterrada, sem poder mexer-se; mas ainda teve a força de perguntar à figura quem era. A figura achou um princípio de riso, mas perdeu-o logo; depois respondeu que era a fada que presidira ao nascimento de d. Benedita: Meu nome é Veleidade, concluiu; e, como um suspiro, dispersou-se na noite e no silêncio.

A SENHORA DO GALVÃO

Começaram a rosnar dos amores deste advogado com a viúva do brigadeiro, quando eles não tinham ainda passado dos primeiros obséquios. Assim vai o mundo. Assim se fazem algumas reputações más, e, o que parece absurdo, algumas boas. Com efeito, há vidas que só têm prólogo; mas toda a gente fala do grande livro que se lhe segue, e o autor morre com as folhas em branco. No presente caso, as folhas escreveram-se, formando todas um grosso volume de trezentas páginas compactas, sem contar as notas. Estas foram postas no fim, não para esclarecer, mas para recordar os capítulos passados; tal é o método nesses livros de colaboração. Mas a verdade é que eles apenas combinavam no plano, quando a mulher do advogado recebeu este bilhete anônimo:

Não é possível que a senhora se deixe embair mais tempo, tão escandalosamente, por uma de suas amigas, que se consola da viuvez, seduzindo os maridos alheios, quando bastava conservar os cachos...

Que cachos? Maria Olímpia não perguntou que cachos eram; eram da viúva do brigadeiro, que os trazia por gosto, e não por moda. Creio que isto se passou em 1853. Maria Olímpia leu e releu o bilhete; examinou a letra, que lhe pareceu de mulher e disfarçada, e percorreu mentalmente a primeira linha das suas amigas, a ver se descobria a autora. Não descobriu nada, dobrou o papel e fitou o tapete do chão, caindo-lhe os olhos justamente no ponto do desenho em que dois pombinhos ensinavam um ao outro a maneira de fazer de dois bicos um bico. Há dessas ironias do acaso, que dão vontade de destruir o universo. Afinal meteu o bilhete no vestido, e encarou a mucama, que esperava por ela, e que lhe perguntou:

— Nhanhã não quer mais ver o xale?

Maria Olímpia pegou no xale que a mucama lhe dava e foi pô-lo aos ombros, defronte do espelho. Achou que lhe ficava bem, muito melhor que à viúva. Cotejou as suas graças com as da outra. Nem os olhos nem a boca eram comparáveis; a viúva tinha os ombros estreitinhos, a cabeça grande, e o andar feio. Era alta; mas que tinha ser alta? E os trinta e cinco anos de idade, mais nove que ela? Enquanto fazia essas reflexões, ia compondo, pregando e despregando o xale.

— Este parece melhor que o outro — aventurou a mucama.

— Não sei... — disse a senhora, chegando-se mais para a janela, com os dois nas mãos.

— Bota o outro, nhanhã.

A nhanhã obedeceu. Experimentou cinco xales dos dez que ali estavam, em caixas, vindos de uma loja da rua da Ajuda. Concluiu que os dois primeiros eram os melhores; mas aqui surgiu uma complicação — mínima, realmente — mas tão sutil e profunda na solução, que não vacilo em recomendá-la aos nossos pensadores de 1906. A questão era saber qual dos dois xales escolheria, uma vez que o marido, recente advogado, pedia-lhe que fosse econômica. Contemplava-os alternadamente, e ora preferia um, ora outro. De repente, lembrou-lhe a aleivosia do marido, a necessidade de mortificá-lo, castigá-lo, mostrar-lhe que não era peteca de ninguém, nem maltrapilha; e, de raiva, comprou ambos os xales.

Ao bater das quatro horas (era a hora do marido) nada de marido. Nem às quatro, nem às quatro e meia. Maria Olímpia imaginava uma porção de coisas aborrecidas, ia à janela, tornava a entrar, temia um desastre ou doença repentina; pensou também que fosse uma sessão do júri. Cinco horas, e nada. Os cachos da viúva também negrejavam diante dela, entre a doença e o júri, com uns tons de azul-ferrete, que era provavelmente a cor do diabo. Realmente era para exaurir a paciência de uma moça de vinte e seis anos. Vinte e seis anos; não tinha mais. Era filha de um deputado do tempo da Regência, que a deixou menina; e foi uma tia que a educou com muita distinção. A tia não a levou muito cedo a bailes e espetáculos. Era religiosa, conduziu-a primeiro à igreja. Maria Olímpia tinha a vocação da vida exterior, e, nas procissões e missas cantadas, gostava principalmente do rumor, da pompa; a devoção era sincera, tíbia e distraída. A primeira coisa que ela via na tribuna das igrejas era a si mesma. Tinha um gosto particular em olhar de cima para baixo, fitar a multidão das mulheres ajoelhadas ou sentadas, e os rapazes, que, por baixo do coro ou nas portas laterais, temperavam com atitudes namoradas as cerimônias latinas. Não entendia os sermões; o resto, porém, orquestra, canto, flores, luzes, sanefas, ouros, gentes, tudo exercia nela um singular feitiço. Magra devoção, que escasseou ainda mais com o primeiro espetáculo e o primeiro baile. Não alcançou a Candiani, mas ouviu a Ida Edelvira, dançou à larga, e ganhou fama de elegante.

Eram cinco horas e meia, quando o Galvão chegou. Maria Olímpia, que então passeava na sala, tão depressa lhe ouviu os pés, fez o que faria qualquer outra senhora na mesma situação: pegou de um jornal de modas, e sentou-se, lendo, com um grande ar de pouco caso. Galvão entrou ofegante, risonho, cheio de carinhos, perguntando-lhe se estava zangada, e jurando que tinha um motivo para a demora, um motivo que ela havia de agradecer, se soubesse...

— Não é preciso — interrompeu ela friamente.

Levantou-se; foram jantar. Falaram pouco; ela menos que ele, mas em todo o caso, sem parecer magoada. Pode ser que entrasse a duvidar da carta anônima; pode ser também que os dois xales lhe pesassem na consciência. No fim do jantar, Galvão explicou a demora; tinha ido, a pé, ao teatro Provisório, comprar um camarote para essa noite: davam os *Lombardos*. De lá, na volta, foi encomendar um carro...

— Os *Lombardos*? — interrompeu Maria Olímpia.

— Sim; canta o Laboceta, canta a Jacobson; há bailado. Você nunca ouviu os *Lombardos*?

— Nunca.

— E aí está por que me demorei. Que é que você merecia agora? Merecia que eu lhe cortasse a ponta desse narizinho arrebitado...

Como ele acompanhasse o dito com um gesto, ela recuou a cabeça; depois acabou de tomar o café. Tenhamos pena da alma desta moça. Os primeiros acordes dos *Lombardos* ecoavam nela, enquanto a carta anônima lhe trazia uma nota lúgubre, espécie de réquiem. E por que é que a carta não seria uma calúnia? Naturalmente não era outra coisa: alguma invenção de inimigas, ou para afligi-la, ou para fazê-los brigar. Era isto mesmo. Entretanto, uma vez que estava avisada, não os perderia de vista. Aqui acudiu-lhe uma ideia: consultou o marido se mandaria convidar a viúva.

— Não — respondeu ele —, o carro só tem dois lugares, e eu não hei de ir na boleia.

Maria Olímpia sorriu de contente, e levantou-se. Há muito tempo que tinha vontade de ouvir os *Lombardos*. Vamos aos *Lombardos*! Trá, lá, lá, lá... Meia hora depois foi vestir-se. Galvão, quando a viu pronta, daí a pouco, ficou encantado. "Minha mulher é linda", pensou ele; e fez um gesto para estreitá-la ao peito; mas a mulher recuou, pedindo-lhe que não a amarrotasse. E, como ele, por umas veleidades de camareiro, pretendeu concertar-lhe a pluma do cabelo, ela disse-lhe enfastiada:

— Deixa, Eduardo! Já veio o carro?

Entraram no carro e seguiram para o teatro. Quem é que estava no camarote contíguo ao deles? Justamente a viúva e a mãe. Esta coincidência, filha do acaso, podia fazer crer algum ajuste prévio. Maria Olímpia chegou a suspeitá-lo; mas a sensação da entrada não lhe deu tempo de examinar a suspeita. Toda a sala voltara-se para vê-la, e ela bebeu, a tragos demorados, o leite da admiração pública. Demais, o marido teve a inspiração maquiavélica de lhe dizer ao ouvido: "Antes a mandasses convidar; ficava-nos devendo o favor." Qualquer suspeita cairia diante desta palavra. Contudo, ela cuidou de os não perder de vista — e renovou a resolução de cinco em cinco minutos, durante meia hora, até que, não podendo fixar a atenção, deixou-a andar. Lá vai ela, inquieta, vai direito ao clarão das luzes, ao esplendor dos vestuários, um pouco à ópera, como pedindo a todas as coisas alguma sensação deleitosa em que se espreguice uma alma fria e pessoal. E volta depois à própria dona, ao seu leque, às suas luvas, aos adornos do vestido, realmente magníficos. Nos intervalos, conversando com a viúva, Maria Olímpia tinha a voz e os gestos do costume, sem cálculo, sem esforço, sem sentimento, esquecida da carta. Justamente nos intervalos é que o marido, com uma discrição rara entre os filhos dos homens, ia para os corredores ou para o saguão pedir notícias do ministério.

Juntas saíram do camarote, no fim, e atravessaram os corredores. A modéstia com que a viúva trajava podia realçar a magnificência da amiga. As feições, porém, não eram o que esta afirmou, quando ensaiava os xales de manhã. Não, senhor; eram engraçadas, e tinham um certo pico original. Os ombros proporcionais e bonitos. Não contava trinta e cinco anos, mas trinta e um; nasceu em 1822, na véspera da independência, tanto que o pai, por brincadeira, entrou a chamá-la Ipiranga, e ficou-lhe esta alcunha entre as amigas. De mais, lá estava em Santa Rita o assentamento de batismo.

Uma semana depois, recebeu Maria Olímpia outra carta anônima. Era mais longa e explícita. Vieram outras, uma por semana, durante três meses. Maria Olímpia leu as primeiras com algum aborrecimento; as seguintes foram calejando a sensibilidade. Não havia dúvida que o marido demorava-se fora, muitas vezes, ao contrário do que fazia dantes, ou saía à noite e regressava tarde; mas, segundo dizia, gastava o tempo no Wallerstein ou no Bernardo, em palestras políticas. E isto era verdade, uma verdade de cinco a dez minutos, o tempo necessário para recolher alguma anedota ou novidade, que pudesse repetir em casa, à laia de documento. Dali seguia para o largo de São Francisco, e metia-se no ônibus.

Tudo era verdade. E, contudo, ela continuava a não crer nas cartas. Ultimamente, não se dava mais ao trabalho de as refutar consigo; lia-as uma só vez, e rasgava-as. Com o tempo foram surgindo alguns indícios menos vagos, pouco a pouco, ao modo do aparecimento da terra aos navegantes; mas este Colombo teimava em não crer na América. Negava o que via; não podendo negá-lo, interpretava-o; depois recordava algum caso de alucinação, uma anedota de aparências ilusórias, e nesse travesseiro cômodo e mole punha a cabeça e dormia. Já então, prosperando-lhe o escritório, dava o Galvão partidas e jantares, iam a bailes, teatros, corridas de cavalos. Maria Olímpia vivia alegre, radiante; começava a ser um dos nomes da moda. E andava muita vez, com a viúva, a despeito das cartas, a tal ponto que uma destas lhe dizia: "Parece que é melhor não escrever mais, uma vez que a senhora se regala numa comborçaria de mau gosto." Que era comborçaria? Maria Olímpia quis perguntá-lo ao marido, mas esqueceu o termo, e não pensou mais nisso.

Entretanto, constou ao marido que a mulher recebia cartas pelo correio. Cartas de quem? Esta notícia foi um golpe duro e inesperado. Galvão examinou de memória as pessoas que lhe frequentavam a casa, as que podiam encontrá-la em teatros ou bailes, e achou muitas figuras verossímeis. Em verdade, não lhe faltavam adoradores.

— Cartas de quem? — repetia ele mordendo o beiço e franzindo a testa.

Durante sete dias passou uma vida inquieta e aborrecida, espiando a mulher e gastando em casa grande parte do tempo. No oitavo dia, veio uma carta.

— Para mim? — disse ele vivamente.

— Não, é para mim — respondeu Maria Olímpia, lendo o sobrescrito —; parece letra de Mariana ou de Lulu Fontoura...

Não queria vê-la, mas o marido disse que a lesse; podia ser alguma notícia grave. Maria Olímpia leu a carta e dobrou-a, sorrindo; ia guardá-la, quando o marido desejou ver o que era.

— Você sorriu — disse ele gracejando —, há de ser algum epigrama comigo.

— Qual! é um negócio de moldes.

— Mas deixa ver.

— Para quê, Eduardo?

— Que tem? Você, que não quer mostrar, por algum motivo há de ser. Dê cá.

Já não sorria; tinha a voz trêmula. Ela ainda recusou a carta, uma, duas, três vezes. Teve mesmo ideia de rasgá-la, mas era pior, e não conseguiria fazê-lo até o fim. Realmente, era uma situação original. Quando ela viu que não tinha remédio, determinou ceder. Que melhor ocasião para ler no rosto dele a expressão da verdade? A carta era das mais explícitas; falava da viúva em termos crus. Maria Olímpia entregou-lha.

— Não queria mostrar esta — disse-lhe ela primeiro —, como não mostrei outras que tenho recebido e botado fora; são tolices, intrigas, que andam fazendo para... Leia, leia a carta.

Galvão abriu a carta e deitou-lhe os olhos ávidos. Ela enterrou a cabeça na cintura, para ver de perto a franja do vestido. Não o viu empalidecer. Quando ele, depois de alguns minutos, proferiu duas ou três palavras, tinha já a fisionomia composta e um esboço de sorriso. Mas a mulher, que o não adivinhava, respondeu ainda de cabeça baixa; só a levantou daí a três ou quatro minutos, e não para fitá-lo de uma vez, mas aos pedaços, como se temesse descobrir-lhe nos olhos a confirmação do anônimo. Vendo-lhe, ao contrário, um sorriso, achou que era o da inocência, e falou de outra coisa.

Redobraram as cautelas do marido; parece também que ele não pôde esquivar-se a um tal ou qual sentimento de admiração para com a mulher. Pela sua parte, a viúva, tendo notícia das cartas, sentiu-se envergonhada; mas reagiu depressa, e requintou de maneiras afetuosas com a amiga.

Na segunda ou terceira semana de agosto, Galvão fez-se sócio do cassino Fluminense. Era um dos sonhos da mulher. A 6 de setembro fazia anos a viúva, como sabemos. Na véspera, foi Maria Olímpia (com a tia que chegara de fora) comprar-lhe um mimo: era uso entre elas. Comprou-lhe um anel. Viu na mesma casa uma joia engraçada, uma meia-lua de diamantes para cabelo, emblema de

Diana, que lhe iria muito bem sobre a testa. De Maomé que fosse; todo o emblema de diamantes é cristão. Maria Olímpia pensou naturalmente na primeira noite do cassino; e a tia, vendo-lhe o desejo, quis comprar a joia, mas era tarde, estava vendida.

Veio a noite do baile. Maria Olímpia subiu comovida as escadas do cassino. Pessoas que a conheceram naquele tempo dizem que o que ela achava na vida exterior era a sensação de uma grande carícia pública, a distância; era a sua maneira de ser amada. Entrando no cassino, ia recolher nova cópia de admirações, e não se enganou, porque elas vieram, e de fina casta.

Foi pelas dez horas e meia que a viúva ali apareceu. Estava realmente bela, trajada a primor, tendo na cabeça a meia-lua de diamantes. Ficava-lhe bem o diabo da joia, com as duas pontas para cima, emergindo do cabelo negro. Toda a gente admirou sempre a viúva naquele salão. Tinha muitas amigas, mais ou menos íntimas, não poucos adoradores, e possuía um gênero de espírito que espertava com as grandes luzes. Certo secretário de legação não cessava de a recomendar aos diplomatas novos: *Causez avec madame Tavares; c'est adorable!*[*] Assim era nas outras noutes; assim foi nesta.

— Hoje quase não tenho tido tempo de estar com você — disse ela a Maria Olímpia, perto de meia-noite.

— Naturalmente — disse a outra abrindo e fechando o leque; e, depois de umedecer os lábios, como para chamar a eles todo o veneno que tinha no coração —, Ipiranga, você está hoje uma viúva deliciosa... Vem seduzir mais algum marido?

A viúva empalideceu, e não pôde dizer nada. Maria Olímpia acrescentou, com os olhos, alguma coisa que a humilhasse bem, que lhe respingasse lama no triunfo. Já no resto da noite falaram pouco; três dias depois romperam para nunca mais.

---

[*]   Tradução livre: Converse com a senhora Tavares; é adorável!

D. JUCUNDA

I

Ninguém, quando d. Jucunda aparece no Imperial Teatro de d. Pedro II, em algum baile, em casa, ou na rua, ninguém lhe dá mais de trinta e quatro anos. A verdade, porém, é que orça pelos quarenta e cinco; nasceu em 1843. A natureza tem assim os seus mimosos. Deixa correr o tempo, filha minha, disse a boa madre eterna; eu cá estou com as mãos para te amparar. Quando te enfastiares da vida, unhar-te-ei a cara, polvilhar-te-ei os cabelos, e darás um pulo dos trinta e quatro aos sessenta, entre um cotilhão e o almoço.

É provinciana. Chegou aqui no começo de 1860, com a madrinha — grande senhora de engenho, e um sobrinho desta, que era deputado. Foi o sobrinho quem propôs à tia esta viagem, mas foi a afilhada quem a efetuou, tão somente com fazer descair os olhos desconsolados.

— Não, não estou mais para essas folias do mar. Já vi o Rio de Janeiro... Você que acha, Cundinha? — perguntou d. Maria do Carmo.

— Eu gostava de ir, dindinha.

D. Maria do Carmo ainda quis resistir, mas não pôde; a afilhada ocupava em seu coração a alcova da filha que perdera em 1857. Viviam no engenho desde 1858. O pai de Jucunda, barbeiro de ofício, residia na vila, onde fora vereador e juiz de paz; quando a ilustre comadre lhe pediu a filha, não hesitou um instante; consentiu entregar-lha para benefício de todos. Ficou com a outra filha, Raimunda.

Jucunda e Raimunda eram gêmeas, circunstância que sugeriu ao pai a ideia de lhes dar nomes consoantes. Em criança, a beleza natural supria nelas qualquer outro alinho; andavam na loja e pela vizinhança, em camisa rota, pé descalço, muito enlameadas às vezes, mas sempre lindas. Aos doze anos perderam a mãe. Já então as duas irmãs não eram tão iguais. A beleza de Jucunda acentuava-se, ia caminhando para a perfeição: a de Raimunda, ao contrário, parava e murchava; as feições iam descambando na banalidade e no inexpressivo. O talhe da primeira tinha outro garbo, e as mãos, tão pequenas como as da irmã, eram macias — talvez, porque escolhiam ofícios menos ásperos.

Passando ao engenho da madrinha, Jucunda não sentiu a diferença de uma a outra fortuna. Não se admirou de nada, nem das paredes do quarto, nem dos móveis antigos, nem das ricas toalhas de crivo, nem das fronhas de renda. Não estranhou as mucamas (que nunca teve), nem as suas atitudes obedientes; aprendeu logo a linguagem do mando. Cavalos, redes, joias, sedas, tudo o que a madrinha lhe foi dando pelo tempo adiante, tudo recebeu, menos como obséquios de hospedagem que como restituição. Não expressava desejo que se lhe não cumprisse. Quis aprender piano, teve piano e mestre; quis francês, teve francês. Qualquer que fosse o preço das cousas, d. Maria do Carmo não lhe recusava nada.

A diferença de situação entre Jucunda e o resto da família era agravada pelo contraste moral. Raimunda e o pai acomodavam-se, sem esforço, às condições da vida precária e rude; fenômeno que Jucunda atribuía, instintivamente à índole inferior de ambos. Pai e irmã, entretanto, achavam natural que a outra subisse a tais alturas, com esta particularidade que o pai tirava orgulho da elevação da filha, enquanto Raimunda nem conhecia esse sentimento; deixava-se estar na humildade ignorante. De gêmeas que eram, e criadas juntas, sentiam-se agora filhas do mesmo pai — um grande senhor de engenho, por exemplo —, que houvera Raimunda em alguma agregada da casa.

Leitor, não há dificuldade em explicar essas cousas. São desacordos possíveis entre a pessoa e o meio, que os acontecimentos retificam, ou deixam subsistir até que os dous se acomodem. Há também naturezas rebeldes à elevação da fortuna. Vi atribuir à rainha Cristina esta explosão de cólera contra o famoso

Espartero: "Fiz-te duque, fiz-te grande de Espanha; nunca te pude fazer fidalgo." Não respondo pela veracidade da anedota; afirmo só que a bela Jucunda nunca poderia ouvir à madrinha alguma cousa que com isso se parecesse.

II

— Sabe quem vai casar? — perguntou Jucunda à madrinha, depois de lhe beijar a mão.

Na véspera, estando a calçar as luvas para ir ao teatro Provisório, recebera cartas do pai e da irmã, deixou-as no toucador, para ler quando voltasse. Mas voltou tarde, e com tal sono, que esqueceu as cartas. Agora de manhã, ao sair do banho, vestida para o almoço, é que as pôde ler. Esperava que fossem como de costume, triviais e queixosas. Triviais seriam; mas havia a novidade do casamento da irmã com um alferes, chamado Getulino.

— Getulino de quê? — perguntou d. Maria do Carmo.

— Getulino... Não me lembro; parece que é Amarante, ou Cavalcanti. Não. Cavalcanti não é; parece que é mesmo Amarante. Logo vejo. Não tenho ideia de semelhante alferes. Há de ser gente nova.

— Quatro anos! — murmurou a madrinha. — Se eu era capaz de imaginar que ficaria aqui tanto tempo fora de minha casa!

— Mas a senhora está dentro de sua casa — replicou a afilhada dando-lhe um beijo.

D. Maria do Carmo sorriu. A casa era um velho palacete restaurado, no centro de uma grande chácara, bairro do Engenho Velho. D. Maria do Carmo tinha querido voltar à província, no prazo marcado novembro de 1860; mas a afilhada obteve a estação de Petrópolis; iriam em março de 1861. Março chegou, foi-se embora, e voltou ainda duas vezes, sem que elas abalassem daqui; estamos agora em agosto de 1863. Jucunda tem vinte anos.

Ao almoço, falaram do espetáculo da véspera e das pessoas que viram no teatro. Jucunda conhecia já a principal gente do

Rio; a madrinha fê-la recebida, as relações multiplicaram-se; ela ia observando e assimilando. Bela e graciosa, vestindo-se bem e caro, ávida de crescer, não lhe foi difícil ganhar amigas e atrair pretendentes. Era das primeiras em todas as festas. Talvez o eco chegasse à vila natal — ou foi simples adivinhação de malévolo, que entendeu colar isto uma noute, nas paredes da casa do barbeiro:

Nhã Cundinha
Já rainha
Nhã Mundinha
Na cozinha.

O pai arrancou, indignado, o papel; mas a notícia correu depressa a vila toda, que era pequena, e foi o entretenimento de muitos dias. A vida é curta.

Jucunda, acabado o almoço, disse à madrinha que desejava mandar algumas cousas para o enxoval da irmã, e, às duas horas, saíram de casa. Já na varanda — o *coupé* embaixo, o lacaio de pé, desbarretado, com a mão no fecho da portinhola —, d. Maria do Carmo notou que a afilhada parecia absorta; perguntou-lhe o que era.

— Nada — respondeu Jucunda, voltando a si.

Desceram; no último degrau, perguntou Jucunda se a madrinha é que mandara pôr as mulas.

— Eu não; foram eles mesmos. Querias antes os cavalos?

— O dia está pedindo os cavalos pretos; mas agora é tarde, vamos.

Entraram, e o *coupé*, tirado pela bela parelha de mulas gordas e fortes, dirigiu-se para o largo de São Francisco de Paula. Não disseram nada durante os primeiros minutos; d. Maria é que interrompeu o silêncio, perguntando o nome do alferes.

— Não é Amarante, não, senhora, nem Cavalcanti; chama-se Getulino Damião Gonçalves — respondeu a moça.

— Não conheço.

Jucunda tornou a mergulhar em si mesma. Um dos seus prazeres diletos, quando ia de carro, era ver a outra gente a pé, e gozar as admirações de relance. Nem esse a atraía agora. Talvez o alferes lhe fizesse lembrar algum general; verdade é que só os conhecia casados. Pode ser também que esse alferes, destinado a dar-lhe sobrinhos cabos de esquadra, viesse lançar-lhe alguma sombra aborrecida no céu brilhante e azul. As ideias passam tão rápidas e embrulhadas, que é difícil colhê-las, e pô-las em ordem; mas, enfim, se alguém supuser que ela cuidava também em certo homem, esse não andará errado. Era candidato recente o dr. Maia, que voltara da Europa, meses antes, para entrar na posse da herança da mãe. Com a do pai, ia a mais de seiscentos contos. A questão do dinheiro era aqui um tanto secundária, porque Jucunda tinha certa a herança da madrinha; mas não se há de mandar embora um homem, só porque possui seiscentos contos, não lhe faltando outras qualidades preciosas de figura e de espírito, um pouco de genealogia, e tal ou qual pontinha de ambição, que ela puxaria em tempo, como se faz às orelhas das crianças preguiçosas. Já havia recusado outros candidatos. De si mesma chegou a sonhar com um senador, posição feita e ministro possível. Aceitou este Maia; mas, gostando dele, e muito, por que é que não acabava de casar?

Por quê? Eis aí o mais difícil de aventar, amigo leitor. Jucunda não sabia o motivo. Era desses que nascem naqueles escaninhos da alma, em que o dono não penetra, mas penetramos nós outros, contadores de histórias. Creio que se liga à doença do pai. Já estava ferido, na asa, quando ela para cá veio; a moléstia foi crescendo, até fazer-se desenganada. Navalha não exclui espírito, haja vista Fígaro; o nosso velho disse à filha Jucunda, em uma das cartas, que tinha dentro de si um aprendiz de barbeiro, que lhe alanhava as entranhas. Se tal era, era também vagaroso, porque não acabava de escanhoá-lo. Jucunda não supunha que a eliminação do velho fosse necessária à celebração do casamento — ainda que por motivo de velar o passado; se claramente lhe viesse a ideia, é de crer que a repelisse com horror. Ao contrário, a ideia que agora mesmo lhe acudia, pouco antes de parar o *coupé*, é que não era bonito casar, enquanto o pai lá estava curtindo dores. Eis aí um motivo decente, leitor amigo; é o que procurávamos há pouco, é o que a alma pode confessar a si mesma, é o que tirou à fisionomia da moça o ar fúnebre que ela parecia haver trazido de casa.

Compraram o enxoval de Raimunda, e o remeteram pelo primeiro vapor, com cartas de ambas. A de Jucunda era mais longa que de costume; falava-lhe do noivo alferes, mas não empregava a palavra *cunhado*. Não tardou que viesse resposta da irmã, toda gratidão e respeitos. Sobre o pai dizia que ia com os seus achaques velhos, um dia pior, outro melhor; era opinião do doutor que podia morrer de repente, mas podia também aguentar meses e anos.

Jucunda meditou muito sobre a carta. Logo que Maia se lhe declarou, pediu-lhe ela que nada dissessem à madrinha por uns dias; ampliou o prazo a semanas; não podia fazê-lo a meses ou anos. Foi à madrinha, e confiou a situação. Não quisera casar com o pai enfermo; mas, dada a incerteza da cura, era melhor casar logo.

— Vou escrever a meu pai, e peço-me a mim mesma — disse ela — se dindinha achar que faço bem.

Escreveu ao pai, e terminou: "Não o convido para vir ao Rio de Janeiro, porque é melhor sarar antes; demais, logo que nos casarmos, lá iremos ter. Quero mostrar a meu marido (desculpe este modo de falar) a vilazinha do meu nascimento, e ver as cousas de que tanto gostei, em criança, o chafariz do largo, a matriz e o padre Matos. Ainda vive o padre Matos?".

O pai leu a carta com lágrimas; mandou-lhe dizer que sim, que podia casar, que não vinha por andar achacado; mas longe que pudesse...

— Mundinha exagerou muito — disse Jucunda à madrinha. — Quem escreve assim, não está para morrer.

Tinha proposto casamento à capucha, por causa do pai; mas o tom da carta fê-la aceitar o plano de d. Maria do Carmo e as bodas foram de estrondo. Talvez a proposta não lhe viesse da alma. Casaram-se pouco tempo depois. Jucunda viu mais de um dignitário do Estado inclinar-se diante dela, e dar-lhe os parabéns. Os mais célebres colos da cidade fizeram-lhe corte. Equipagens ricas, cavalos briosos, atirando as patas com vagar e graça, pela chácara dentro, muitas librés particulares, flores, luzes; fora, na rua, a multidão olhando. Monsenhor Tavares, membro influente do cabido, celebrou o casamento.

Jucunda via tudo através de um véu mágico, tecido de ar e de sonho; conversações, música, danças, tudo era como uma longa melodia, vaga e remota, ou próxima e branda, que lhe tomava o coração, e pela primeira vez a fazia estupefata diante de alguma cousa deste mundo.

III

D. Maria do Carmo não alcançou que os recém-casados ficassem morando com ela. Jucunda desejava-o; mas o marido achou que não. Tinham casa na mesma rua, perto da madrinha; e assim viviam juntos e separados. De verão iam os três para Petrópolis, onde residiam debaixo do mesmo teto.

Extinta a melodia, secas as rosas, passados os primeiros dias do noivado, Jucunda pôde tomar pé no recente tumulto, e achou-se grande senhora. Já não era só a afilhada de d. Maria do Carmo, e sua provável herdeira; tinha agora o prestígio do marido; o prestígio e o amor. Maia literalmente adorava a mulher; inventava o que a pudesse fazer feliz, e acudia a cumprir-lhe o menor dos seus desejos. Um destes consistiu na série de jantares que deram em Petrópolis, durante uma estação, aos sábados, jantares que ficaram célebres; a flor da cidade ali ia por turmas. Nos dias diplomáticos, Jucunda teve a honra de ver a seu lado, algumas vezes, o internúncio apostólico.

Um dia, no Engenho Velho, recebeu Jucunda a notícia da morte do pai. A carta era da irmã; contava-lhe as circunstâncias do caso: o pai nem teve tempo de dizer: *ai, Jesus!* Caiu da rede abaixo e expirou.

Leu a carta sentada. Ficou por algum tempo com o papel na mão, a olhar fixamente; relembrava as cousas da infância, e a ternura do pai; saturava bem a alma daqueles dias antigos, despegava-se de si mesma, e acabou levando o lenço aos olhos, com os braços fincados nos joelhos. O marido veio achá-la nessa atitude, e correu para ela.

— Que é que tem? — perguntou-lhe.

Jucunda, sobressaltada, ergueu os olhos para ele; estavam úmidos; não disse nada.

— Que foi? — insistiu o marido.

— Morreu meu pai — respondeu ela.

Maia pôs um joelho no chão, pegou-a pela cintura e conchegou-a ao peito; ela escondeu a cara no ombro do marido, e foi então que as lágrimas romperam mais grossas.

— Vamos, sossegue. Olhe o seu estado.

Jucunda estava grávida. A advertência fê-la erguer de pronto a cabeça, e enxugar os olhos; a carta, envolvida no lenço, foi esconder no bolso a ruim ortografia da irmã e outros pormenores. Maia sentou-se na poltrona, com uma das mãos da mulher entre as suas.

Olhando para o chão, viu um papel impresso, trecho de jornal, apanhou-o e leu; era a notícia da morte do sogro, que Jucunda não vira cair de dentro da carta. Quando acabou de ler, deu com a mulher, pálida e ansiosa. Esta tirou-lhe o papel e leu também. Com pouco se aquietou. Viu que a notícia apontava tão somente a vida política do pai, e concluía dizendo que este "era o modelo dos varões que sacrificam tudo à grandeza local; não fora isso, e o seu nome, como o de outros, menos virtuosos e capazes, ecoaria pelo país inteiro".

— Vamos, descansa; qualquer abalo pode fazer-te mal.

Não houve abalo; mas, à vista do estado de Jucunda, a missa por alma do pai foi dita na capela da madrinha, só para os parentes.

Chegado o tempo, nasceu o filho esperado, robusto como o pai, e belo como a mãe. Esse primeiro e único fruto, parece que veio ao mundo menos para aumentar a família, que para dar às graças pessoais de Jucunda o definitivo toque. Com efeito, poucos meses depois, Jucunda atingia o grau de beleza, que conservou por muitos anos. A maternidade realçava a feminidade.

Só uma sombra empanou o céu daquele casal. Foi pelos fins de 1866. Jucunda estava a mirar o filho dormindo, quando lhe vieram dizer que uma senhora a procurava.

— Não disse quem é?
— Não disse, não, senhora.
— Bem-vestida?
— Não, senhora; é assim meio esquisita, muito magra.

Jucunda olhou para o espelho e desceu. Embaixo, reiterou algumas ordens; depois, pisando rijo e farfalhando as saias, foi ter com a visita. Quando entrou na sala de espera, viu uma mulher de pé, magra, amarelada, envolvida em um xale velho e escuro, sem luvas nem chapéu. Ficou por alguns instantes calada, esperando; a outra rompeu o silêncio: era Raimunda.

— Não me conhece, Cundinha?

Antes que acabasse, já a irmã a reconhecera. Jucunda caminhou para ela, abraçou-a, fê-la sentar-se; admirou-se de a ver aqui, sem saber de nada; a última carta recebida era já de muito tempo; quando chegara?

— Há cinco meses; Getulino foi para a guerra, como sabe; eu vim depois, para ver se podia...

Falava com humildade e a medo, baixando os olhos a miúdo. Antes de vir a irmã, estivera mirando a sala, que cuidou ser a principal da casa; tinha receio de macular a palhinha do chão. Todas as galanterias da parede e da mesa central, os filetes de ouro de um quadro, cadeiras, tudo lhe pareciam riquezas do outro mundo. Já antes de entrar, ficara por algum tempo a contemplar a casa, tão grande e tão rica. Contou à irmã que perdera o filho, ainda na província; agora viera com a ideia de seguir para o Paraguai, ou para onde estivesse mais perto do marido. Getulino escrevera-lhe que voltasse para a província ou ficasse aqui.

— Mas que tem feito nestes cinco meses?

— Vim com uma família conhecida, e aqui fiquei costurando para ela. A família foi para São Paulo, vai fazer um mês; pagou o primeiro aluguel de uma casinha onde moro, costurando para fora.

Enquanto a irmã falava, Jucunda contornava-a com os olhos — desde o vestido de seda já gasto —, o último do enxoval, o xale escuro, as mãos amarelas e magras, até as bichinhas de coral que lhe dera ao sair da província. Era evidente que Raimunda pusera em si o melhor que possuía para honrar a irmã. Jucunda viu tudo; não lhe escaparam sequer os dedos maltratados do trabalho, e o composto geral tanto lhe deu pena como repulsa. Raimunda ia falando, contou-lhe que o marido saíra tenente por atos de bravura e outras muitas cousas. Não dizia *você*; para não empregar *senhora*, falava indiretamente: "Viu? Soube? Eu lhe digo. Se quiser...". E a irmã, que a princípio fez um gesto para dizer que deixasse aqueles respeitos, depressa o reprimiu, e deixou-se tratar como à outra parecesse melhor.

— Tem filhos?

— Tenho um — acudiu Jucunda —, está dormindo.

Raimunda concluiu a visita. Quisera vê-la e, ao mesmo tempo, pedir-lhe proteção. Havia de conhecer pessoas que pagassem melhor. Não sabia fazer vestidos de francesas, nem de luxo, mas de andar em casa, sim, e também camisas de crivo. Jucunda não pôde sorrir. Pobre costureira do sertão! Prometeu ir vê-la, pediu indicação da casa, e despediu-a ali mesmo.

Em verdade, a visita deixou-lhe uma sensação mui complexa: dó, tédio, impaciência. Não obstante, cumpriu o que disse, foi visitá-la à rua do Costa, ajudou-a com dinheiro, mantimento e roupa. Voltou ainda lá, como a outra tornou ao Engenho Velho, sem acordo, mas às furtadelas. No fim de dous meses, falando-lhe o marido na possibilidade de uma viagem à Europa, Jucunda persuadiu a irmã da necessidade de regressar à província; mandar-lhe-ia uma mesada, até que o tenente voltasse da guerra.

Foi então que o marido recebeu aviso anônimo das visitas da mulher à rua do Costa, e das que lhe fazia, em casa, uma mulher suspeita. Maia foi à rua do Costa, achou Raimunda arranjando as malas para embarcar no dia seguinte. Quando ele lhe falou do Engenho Velho, Raimunda adivinhou que era o marido da irmã; explicou as visitas, dizendo que "d. Jucunda era sua patrícia e antiga protetora"; agora mesmo, se voltava para a vila natal, era com o dinheiro dela, roupas e tudo. Maia, depois de longo interrogatório, saiu dali convencido. Não disse nada em casa; mas, três meses depois, por ocasião de falecer d. Maria do Carmo, referiu Jucunda ao marido a grande e sincera afeição que a defunta lhe tinha, e ela à defunta.

Maia lembrou-se então da rua do Costa.

— Todos lhe querem bem a você, já sei — interrompeu ele —, mas por que é que nunca me falou daquela pobre mulher, sua protegida, que aqui esteve há tempos, uma que morava na rua do Costa?

Jucunda empalideceu. O marido contou-lhe tudo, a carta anônima, a entrevista que tivera com Raimunda, e finalmente a confissão desta, as próprias palavras, ditas com lágrimas. Jucunda sentiu-se vexada e confusa.

— Que mal há em fazer bem, quando a pessoa o merece? — perguntou-lhe o marido, concluindo a frase com um beijo.

— Sim, era excelente mulher, muito trabalhadeira...

IV

Não houve outra sombra na vida conjugal. A morte do marido ocorreu em 1884. Bela, com a meação do casal, e a herança da madrinha, contando quarenta e cinco anos que parecem trinta e quatro, tão querida da natureza como da fortuna, pode contrair segundas núpcias, e não lhe faltam candidatos; mas não pensa nisso. Tem boa saúde e grande consideração.

A irmã faleceu antes de acabar a guerra. Getulino galgou os postos em campanha, e saiu há alguns anos brigadeiro. Reside aqui; vai jantar, aos domingos, com a cunhada e o filho desta, no palacete de d. Maria do Carmo, para onde a nossa d. Jucunda se mudou. Tem escrito alguns opúsculos sobre armamento e composição do Exército, e outros assuntos militares. Dizem que deseja ser ministro da Guerra. Aqui, há tempos, falando-se disso no Engenho Velho, perguntou alguém a d. Jucunda se era verdade que o cunhado fitava as cumeadas do poder.

— O general? — retorquiu ela com o seu grande ar de matrona elegante. — Pode ser. Não conheço os seus planos políticos, mas acho que daria um bom ministro de Estado.

POBRE FINOCA!

— Que é isso? Você parece assustada. Ou é namoro novo?

— Que novo? é o mesmo, Alberta; é o mesmo aborrecido que me persegue; viu-me agora passar com mamãe, na esquina da rua da Quitanda, e, em vez de seguir o seu caminho, veio atrás de nós. Queria ver se ele já passou.

— O melhor é não olhar para a porta; conversa comigo.

Toda a gente, por menos que adivinhe, sabe logo que esta conversação tem por teatro um armarinho da rua do Ouvidor. Finoca (o nome é Josefina) entrou agora mesmo com a velha mãe e foram sentar-se ao balcão, onde esperam agulhas; Alberta, que está ali com a irmã casada, também aguarda alguma coisa, parece que uma peça de cadarço. Condição mediana, de ambas as moças. Ambas bonitas. Os empregados trazem caixas, elas escolhem.

— Mas você não terá animado a perseguição, com os olhos? — perguntou Alberta, baixinho.

Finoca respondeu que não. A princípio olhou para ele; curiosa, naturalmente; uma moça olha sempre uma ou duas vezes, explicava a triste vítima; mas daí em diante, não se importou com ele. O idiota, porém (é o próprio termo empregado por ela), cuidou que estava aceito e toca a andar, a passar pela porta, a esperá-la nos pontos dos bondes; até parece que adivinha quando ela vai ao teatro, porque sempre o acha à porta, ao pé do bilheteiro.

— Não será fiscal do teatro? — aventou Alberta rindo.

— Talvez — admitiu Finoca.

Pediram mais cadarços e mais agulhas, que o empregado foi buscar, e olharam para a rua, de onde entravam várias senhoras, umas conhecidas, outras não. Cumprimentos, beijos, notícias, perguntas e respostas, troca de impressões de um baile, de um passeio ou de uma corrida de cavalos. Grande rumor no armarinho; falam todas, algumas sussurram apenas, outras riem; as crianças pedem isto ou aquilo, e os empregados curvados atendem risonhos à freguesia, explicam-se, defendem-se.

— Perdão, minha senhora; o metim era desta largura.
— Qual, sr. Silveira! Deixe, que eu lhe trago amanhã os dois metros.
— Sr. Queirós!
— Que manda V. Ex.ª?
— Dê-me aquela fita encarnada de sábado.
— Da larga?
— Não, da estreita.

E o sr. Queirós vai buscar a caixa das fitas, enquanto a dama, que as espera, examina de esguelha outra dama que entrou agora mesmo, e parou no meio da loja. Todas as cadeiras estão ocupadas. *The table is full*, como em *Macbeth*; e, como em *Macbeth*, há um fantasma, com a diferença que este não está sentado à mesa, entra pela porta; é o idiota, perseguidor de Finoca, o suposto fiscal de teatro, um rapaz que não é bonito nem elegante, mas simpático e veste com asseio. Tem um par de olhos, que valem pela lanterna de Diógenes; procuram a moça e dão com ela; ela dá com ele; movimento contrário de ambos; ele, Macedo, pede a um empregado uma bolsinha de moedas, que viu à porta, no mostrador, e que lhe traga outras à escolha. Disfarça, puxa os bigodes, consulta o relógio, e parece que o mostrador está empoeirado, porque ele tira do bolso um lenço com que o limpa; lenço de seda.

— Olha, Alberta, vê-se mesmo que entrou por minha causa. Vê, está olhando para cá.

Alberta verificou disfarçadamente que sim; ao mesmo tempo que o rapaz não tinha má cara nem modos feios.

— Para quem gostasse dele, era boa escolha — disse ela à amiga.
— Pode ser, mas para quem não gosta, é um tormento.
— Isso é verdade.
— Se você não tivesse já o Miranda, podia fazer-me o favor de o entreter, enquanto ele se esquece de mim, e fico livre.

Alberta riu-se.

— Não é má ideia — disse —, era assim um modo de tapar-lhe os olhos, enquanto você foge. Mas então ele não tem paixão; quer só namoro, passar o tempo...

— Pode ser isso mesmo. Contra velhaco, velhaca e meia.

— Perdão; duas velhacas, porque somos duas. Você não pensa, porém, em uma coisa; é que era preciso chamá-lo a mim, e não é coisa que se peça a uma amiga séria. Pois eu iria agora fazer-lhe sinais...

— Aqui estão as agulhas que V. Ex.ª...

Interrompeu-se a conversação; trataram das agulhas, enquanto Macedo tratou das bolsinhas, e o resto da freguesia das suas compras. Sussurro geral. Ouviu-se um toque de caixa; era um batalhão que subia a rua do Ouvidor. Algumas pessoas foram vê-lo passar às portas. A maior parte deixou-se ficar ao balcão, escolhendo, falando, matando o tempo. Finoca não se levantou; mas Alberta, com o pretexto de que Miranda (o namorado) era tenente de infantaria, não pôde resistir ao espetáculo militar. Quando ela voltou para dentro, Macedo, que espiava o batalhão por cima do ombro da moça, deu-lhe galantemente passagem. Saíram e entraram fregueses. Macedo, à força de cotejar bolsinhas, foi obrigado a comprar uma delas, e pagá-la; mas não a pagou com o preço exato, deu nota maior para obrigar ao troco. Entretanto, esperava e olhava para a esquiva Finoca, que estava de costas, tal qual a amiga. Esta ainda olhou disfarçadamente, como quem procura outra coisa ou pessoa, e deu com os olhos dele, que pareciam pedir-lhe misericórdia e auxílio. Alberta disse isto à outra, e chegou a aconselhar-lhe que, sem olhar para ele, voltasse a cabeça.

— Deus me livre! Isto era dar corda, e condenar-me.

— Mas, não olhando...

— É a mesma coisa; o que me perdeu foi isso mesmo, foi olhar algumas vezes, como já disse a você; meteu-se-lhe em cabeça que o adoro, mas que sou medrosa, ou caprichosa, ou qualquer outra coisa...

— Pois olhe, eu se fosse você olhava algumas vezes. Que mal faz? Era até melhor que ele perdesse as esperanças, quando mais contasse com elas.

— Não.

— Coitado! parece que pede esmolas.

— Você olhou outra vez?

— Olhei. Tem uma cara de quem padece. Recebeu o troco do dinheiro sem contar, só para me dizer que você é a moça mais bonita do Rio de Janeiro, não desfazendo em mim, já se vê.

— Você lê muita coisa...

— Eu leio tudo.

De fato, Macedo parecia implorar à amiga de Finoca. Talvez houvesse compreendido a confidência, e queria que ela servisse de terceira aos amores — a uma paixão do inferno, como se dizia nos dramas guedelhudos. Fosse o que fosse, não podia ficar na loja mais tempo, sem comprar mais nada, nem conhecer ninguém. Tratou de sair; fê-lo por uma das portas extremas, e caminhou em sentido contrário a fim de espiar pelas outras duas portas a moça dos seus desejos. Elas é que o não viram.

— Já foi? — perguntou Finoca dali a instantes à amiga.

Alberta voltou a cabeça e percorreu a loja com os olhos.

— Já foi.

— É capaz de esperar-me na esquina.

— Pois você muda de esquina.

— Como? se não sei se ele desceu ou subiu?

E depois de alguns momentos de reflexão:

— Alberta, faz-me este favor!

— Que favor?

— O que lhe pedi há pouco.

— Está tola! Vamos embora...

— O tenente não apareceu hoje?

— Ele não vem às lojas.

— Ah! se ele desse algumas lições ao meu perseguidor! Vamos, mamãe?

Saíram todos e subiram a rua. Finoca não se enganara; Macedo estava à esquina da rua dos Ourives. Disfarçou, mas fitou logo os olhos nela. Ela não tirou os seus do chão, e foram os de Alberta que receberam os dele, entre curiosa e piedosa. Macedo agradeceu o favor.

— Nem caso! — gemeu ele consigo. — A outra, ao menos, parece ter compaixão de mim.

Seguiu-as, meteu-se no mesmo bonde, que as levou ao largo da Lapa, onde se apearam e foram pela rua das Mangueiras. Nesta morava Alberta; a outra na dos Barbonos. A amiga ainda lhe deu uma esmola; a avara Finoca nem voltou a cabeça.

Pobre Macedo! exclamarás tu, ao invés do título, e realmente, não se dirá que esse rapaz ande no regaço da Fortuna. Tem um emprego público, qualidade já de si pouco recomendável ao pai de Finoca; mas, além de ser público, é mal pago. Macedo faz proezas de economia para ter o seu lenço de seda, roupa à moda, perfumes, teatro, e, quando há Lírico, luvas. Vive em um quarto de casa de hóspedes, estreito, sem luz, com mosquitos e (para que negá-lo?) pulgas. Come mal para vestir bem; e, quanto aos incômodos da alcova, valem tanto como nada, porque ele ama — não de agora —, tem amado sempre, é a consolação ou compensação das outras faltas. Agora ama a Finoca, mas de um modo mais veemente que de outras vezes, uma paixão sincera, não correspondida. Pobre Macedo!

Cinco ou seis semanas depois do encontro no armarinho, houve um batizado na família de Alberta, o de um sobrinho desta, filho de um irmão empregado no comércio. O batizado era de manhã, mas havia baile à noite — e prometia ser de espavento. Finoca mandou fazer um vestido especial; as valsas e quadrilhas encheram-lhe a cabeça, dois dias antes do aprazado. Encontrando-se com Alberta, viu-a triste, um pouco triste. Miranda, o namorado, que era ao mesmo tempo tenente de infantaria, recebera ordem de ir para São Paulo.

— Em comissão?

— Não; vai com o batalhão.
— Eu, se fosse ele, fingia-me constipado, e ia no dia seguinte.
— Mas já foi!
— Quando?
— Ontem de madrugada. Segundo me disse, de passagem, na véspera, parece que a demora é pequena. Estou pronta a esperar; mas a questão não é essa.
— Qual é?
— A questão é que ele devia ser apresentado em casa, no dia do baile, e agora...

Os olhos da moça confirmaram discretamente a sinceridade da dor; umedeceram-se e verteram duas lágrimas pequeninas. Seriam as últimas? seriam as primeiras? seriam as únicas? Eis aí um problema, que tomaria espaço à narração, sem grande proveito para ela, porque aquilo que se não acaba entendendo, melhor é não gastar tempo em explicá-lo. Sinceras eram as lágrimas, isso eram. Finoca tratou de as enxugar com algumas palavras de boa amizade e verdadeira pena.

— Fica descansada, ele volta; São Paulo é aqui perto. Talvez volte capitão.

Que remédio tinha Alberta, senão esperar? Esperou. Enquanto esperava, cuidou do batizado, que, em verdade, devia ser uma festa de família. Na véspera as duas amigas ainda estiveram juntas; Finoca tinha um pouco de dor de cabeça, estava aplicando não sei que medicamento, e contava acordar boa. Em que se fiava, não sei; sei que acordou pior com uma pontinha de febre, e posto quisesse ir assim mesmo, os pais não o consentiram, e a pobre Finoca não estreou naquele dia o vestido especial. Tanto pior para ela, porque o pesar aumentou o mal; à meia-noite, quando mais acesas deviam estar as quadrilhas e valsas, a febre ia em trinta e nove graus. Creio que se lhe dessem a escolher, ainda assim dançaria. Para que a desgraça fosse maior, a febre declinou sobre a madrugada, justamente à hora em que, de costume, os bailes executam as últimas danças.

Contava que Alberta viesse naquele mesmo dia visitá-la e narrar-lhe tudo; mas esperou-a em vão. Pelas três horas recebeu um bilhete da amiga, pedindo-lhe perdão de não ir vê-la. Constipara-se e chovia; estava rouca; entretanto, não queria demorar-se em dar-lhe notícias da festa.

Esteve magnífica, escrevia ela, se é que alguma coisa pode estar magnífica sem você e sem ele. Mas, enfim, agradou a todos, e principalmente aos pais do pequeno. Você já sabe o que meu irmão é, em coisas desta ordem. Dançamos até perto de três horas. Estavam os parentes quase todos, os amigos de costume, e alguns convidados novos. Um deles foi a causa da minha constipação, e dou-lhe um doce se você adivinhar o nome deste malvado. Digo só que é um fiscal de teatro. Adivinhou? Não diga que é Macedo, porque então recebe mesmo o doce. É verdade, Finoca; o tal sujeito que te persegue apareceu aqui, ainda não sei bem como; ou foi apresentado ontem a meu irmão, e convidado logo por ele; ou este já o conhecia antes, e lembrou-se de lhe mandar convite. Também não estou longe de crer, que, qualquer que fosse o caso, ele tratou de se fazer convidado, contando com você. Que lhe parece? Adeus, até amanhã, se não chover.

Não choveu. Alberta foi visitá-la, achou-a melhor, quase boa. Repetiu-lhe a carta, e desenvolveu-a, confirmando as relações de Macedo com o irmão. Confessou-lhe que o rapaz, tratado de perto, não era tão desprezível como parecia à outra.

— Eu não disse desprezível — acudiu Finoca.
— Você disse idiota.
— Sim; idiota...
— Nem idiota. Conversado e muito atencioso. Diz até coisas bonitas. Eu lembrei-me do que você me pediu, e estou, quase não quase, a tentar prendê-lo; mas lembrei-me também do meu Miranda, e achei feio. Contudo, dançamos duas valsas.
— Sim?

— E duas quadrilhas. Você sabe, poucos dançantes. Muitos jogadores de solo e conversadores de política.

— Mas como foi a constipação?

— A constipação não teve nada com ele; foi um modo que achei de dar a notícia. E olha que não dança mal, ao contrário.

— Um anjo, em suma?

— Eu, se fosse você, não o deixaria ir assim. Acho que dá um bom marido. Experimente, Finoca.

Macedo saíra do baile um tanto consolado da ausência de Finoca; as maneiras de Alberta, a elegância do vestido, as feições bonitas, e um certo ar de tristeza que, de quando em quando, lhe cobria o rosto, tudo e cada uma dessas notas particulares era de fazer pensar alguns minutos antes de dormir. Foi o que lhe aconteceu. Vira outras moças; mas nenhuma tinha o ar daquela. E depois era graciosa nos intervalos de tristeza; dizia palavras doces, ouvia com interesse. Supor que o tratou assim só por desconfiar que ele gostava da amiga, isto é que lhe parecia absurdo. Não, realmente, era um anjo.

— Um anjo — disse ele daí a dias ao irmão de Alberta.

— Quem?

— D. Alberta, sua irmã.

— Sim, boa alma, excelente criatura.

— Pareceu-me isso mesmo. Para conhecer uma pessoa, bastam às vezes alguns minutos. E depois é muito galante — galante e modesta.

— Um anjo! — repetiu o outro sorrindo.

Quando Alberta soube deste pequeno diálogo — contou-lho o irmão — sentiu-se um tanto lisonjeada, talvez muito. Não eram pedras que o rapaz lhe atirava de longe, mas flores — e flores aromáticas. De maneira que, quando no domingo próximo o irmão o convidou a jantar em casa dele, e ela viu entrar, pouco antes de irem para a mesa, a pessoa do Macedo, teve um estremecimento agradável. Cumprimentou-o com prazer. E perguntou a si mesma, por que é que Finoca desdenhava de um moço tão digno, tão modesto... Repetiu ainda este adjetivo. É que ambos teriam a mesma virtude.

Dias depois, dando notícia do jantar a Finoca, Alberta referiu novamente a impressão que lhe deixara o Macedo, e instou com a amiga para que lhe desse corda, e acabassem casando.

Finoca pensou alguns instantes:

— Você, que já dançou com ele duas valsas e duas quadrilhas, e jantou à mesma mesa, e ouviu francamente as suas palavras, pode ter essa opinião; a minha é inteiramente contrária. Acho que ele é um cacete.

— Cacete porque gosta de você?

— Há diferença entre perseguir uma pessoa e dançar com outra.

— É justamente o que eu digo — acudiu Alberta —, se você dançar com ele, verá que é outro; mas, não dance, fale só... Ou então, volto ao plano que tínhamos: vou falar-lhe de você, animá-lo...

— Não, não.

— Sim, sim.

— Então brigamos.

— Pois brigaremos, contanto que façamos as pazes na véspera do casamento.

— Mas que interesse tem você nisto?

— Porque acho que você gosta dele, e, se não gostava muito nem pouco, começa a gostar agora.

— Começo? Não entendo.

— Sim, Finoca; você já me disse duas palavras com a testa franzida. Sabe o que é? É um bocadinho de ciúme. Desde que soube do baile e do jantar, ficou meio ciumenta, arrependida de não ter animado o moço... Não negue; é natural. Mas faça uma coisa; para que Miranda não se esqueça de mim, vá você a São Paulo, e trate de fazer-me boas ausências. Aqui está a carta que recebi ontem dele.

Dizendo isto, desabotoou um pedaço do corpinho, e tirou uma carta, que ali trazia, quente e aromada. Eram quatro páginas de saudades, de esperanças, de imprecações contra o céu e a terra, adjetivada e beijada, como é de uso nesse gênero epistolar. Finoca apreciou muito o documento; felicitou a amiga pela fidelidade do namorado, e chegou a confessar que lhe tinha inveja. Foi adiante; nunca recebera de ninguém uma epístola assim, tão ardente, tão sincera... Alberta deu-lhe uma pancadinha na face com o papel, e releu-o depois, para si. Finoca, olhando para ela, disse consigo:

— Creio que também ela gosta muito dele.

— Se você nunca recebeu uma assim — disse-lhe Alberta — é porque não quer. O Macedo...

— Basta de Macedo!

A conversa voltou ao ponto de partida, e as duas moças andaram no mesmo círculo vicioso. Não tenho culpa se eram escassas de assunto e de ideias. Hei de contar a história, que é curta, tal qual ela é, sem lhe pôr mais nada, além da boa vontade e da franqueza. Assim, para ser franco, direi que a repulsa de Finoca não era talvez falta de interesse nem de curiosidade. A prova é que, naquela mesma semana, passando-lhe pela porta o Macedo, e olhando naturalmente para ela, Finoca afligiu-se menos que das outras vezes; é certo que desviou os olhos logo, mas sem horror; não deixou a janela, e, quando ele, ao dobrar a esquina, voltou a cabeça, e não a viu fitá-lo, viu-a fitar o céu, que é um refúgio e uma esperança. Tu concluirias assim, rapaz que me lês; Macedo não foi tão longe.

— Afinal, o melhor é não pensar mais nela — murmurou andando.

Entretanto, ainda pensou nela, de mistura com a outra, viu-as ao pé de si, uma desdenhosa, outra atenciosa, e perguntou por que é que as mulheres haviam de ser diferentes; mas, advertindo que os homens também o eram, convenceu-se que não nascera para os problemas morais, e deixou cair os olhos no chão. Não caíram no chão, mas nos sapatos. Mirou-os bem. Que lindos que eram os sapatos! Não eram recentes, mas um dos talentos do Macedo era saber conservar a roupa e o calçado. Com pouco dinheiro, fazia sempre bonita figura.

— Sim — repetiu ele, daí a vinte minutos, rua da Ajuda abaixo —, o melhor é não pensar mais nela.

E pôs mentalmente os olhos em Alberta, tão cheia de graça, tão elegante de corpo, tão doce de palavras — uma perfeição. Mas por que é que, sendo atenta com ele, furtava-se-lhe quando ele a mirava de certo modo? Zanga não era, nem desdém, porque daí a pouco falava-lhe com a mesma bondade, perguntava-lhe isto e aquilo, respondia bem, sorria, e cantava, quando ele lhe pedia que cantasse. Macedo animava-se com isto, arriscava outro daqueles olhares doces e ferinos, a um tempo, e a moça voltava o rosto, disfarçando. Eis aí outro problema, mas desta vez não fitou o chão nem os sapatos. Foi andando, esbarrou num homem, escapou de cair num buraco, quase não deu por nada, tão ocupado levava o espírito.

As visitas continuaram, e o nosso namorado universal parecia fixar-se de vez na pessoa de Alberta, apesar das restrições que ela lhe punha. Em casa desta, notavam a assiduidade de Macedo, e a boa vontade com que ela o recebia, e os que tinham notícia vaga ou positiva do namoro militar, não compreendiam a moça, e concluíam que a ausência era uma espécie de morte — restrita, mas não menos certa. E contudo ela trabalhava para a outra, não digo que com igual esforço nem continuidade; mas em achando modo de elogiá-la, fazia-o com prazer, embora já sem grande paixão. O pior é que não há elogios infinitos, nem perfeições que se não acabem de louvar, quando menos para não vulgarizá-las. Alberta temeu, além disso, a vergonha do papel que lhe poderiam atribuir; refletiu também que, se o Macedo gostasse dela, como entrava a parecer, ouviria o nome da outra com impaciência, senão coisa pior — e calou-o por algum tempo.

— Você ainda continua a trabalhar por mim? — perguntou-lhe um dia Finoca.

Alberta, um tanto espantada da pergunta (não falavam mais naquilo) respondeu que sim.

— E ele?

— Ele, não sei.

— Esqueceu-me.

— Que se esquecesse não digo, mas você foi tão fria, tão cruel...

— A gente não vê, às vezes, o que lhe convém, e erra. Depois, arrepende-se. Há dias, vi-o entrar no mesmo armarinho em que estivemos uma vez, lembra-se? Viu-me, e não fez caso.

— Não fez caso? Então para que entrou lá?

— Não sei.

— Comprou alguma coisa?

— Creio que não... Não comprou, não; foi falar a um dos caixeiros, disse-lhe não sei quê, e saiu.

— Mas está certa que ele reparou em você?

— Perfeitamente.

— O armarinho é escuro.

— Qual escuro! Viu-me, chegou a tirar o chapéu disfarçadamente, como era costume...

— Disfarçadamente?

— Sim, era um gesto que fazia...

— E ainda faz esse gesto?

— Naquele dia fez, mas sem se demorar nada. Antigamente, era capaz de comprar ainda que fosse uma boneca, só para ver-me mais tempo... Agora... E até já nem passa lá por casa!

— Talvez passe nas horas em que você não está à janela.

— Há dias, em que estou a tarde inteira, não contando os domingos e dias santos.

Calou-se, calaram-se. Estavam em casa de Alberta, e ouviram um som de caixa de rufo e marcha de tropa. Que coisa mais adequada que fazer uma alusão ao Miranda e perguntar quando voltaria? Finoca preferiu falar do Macedo, agarrando as mãos à amiga:

— É uma coisa que não posso explicar, mas agora gosto dele; parece-me, não digo que goste de verdade; parece-me...

Alberta cortou-lhe a palavra com um beijo. Não era de Judas, porque sinceramente Alberta quis assim pactuar com a amiga a entrega do noivo e o casamento. Mas quem descontaria aquele beijo, em tais circunstâncias? Verdade é que o tenente estava em São Paulo, e escrevia; mas, como Alberta perdesse alguns correios e explicasse o fato pela necessidade de não descobrir a correspondência, ele já escrevia menos vezes, menos copioso, menos ardente, coisa que uns justificariam pelas cautelas da situação e pelas obrigações de ofício, outros por um namoro de passagem que ele trazia no bairro da Consolação. Foi, talvez, este nome que levou o namorado de Alberta a frequentá-lo; achou ali uma menina, cujos olhos, mui parecidos com os da moça ausente, sabiam fitar com igual tenacidade. Olhos que não deixam vestígio; ele recebeu-os e mandou os seus em troca — tudo pela intenção de mirar a outra, que estava longe, e pela ideia de que o nome do bairro não era casual. Um dia escreveu-lhe, ela respondeu; tudo consolações! Justo é dizer que ele suspendeu a correspondência para o Rio de Janeiro — ou para não tirar o caráter consolador da correspondência local, ou para não gastar todo o papel.

Quando Alberta notou que as cartas tinham cessado de todo, sentiu em si indignação contra o vil, e desligou-se da promessa de casar com ele. Casou três meses depois com outro, com o Macedo — aquele Macedo — o idiota Macedo. Pessoas que assistiram ao casamento dizem que nunca viram noivos mais risonhos nem mais felizes.

Ninguém viu Finoca entre os convidados, o que fez pasmar as amigas comuns. Uma destas observou que Finoca, desde o colégio, fora sempre muito invejosa. Outra disse que estava fazendo muito calor, e era verdade.

A CARTOMANTE

Hamlet observa a Horácio que há mais cousas no céu e na terra do que sonha a nossa filosofia. Era a mesma explicação que dava a bela Rita ao moço Camilo, numa sexta-feira de novembro de 1869, quando este ria dela, por ter ido na véspera consultar uma cartomante; a diferença é que o fazia por outras palavras.

— Ria, ria. Os homens são assim; não acreditam em nada. Pois saiba que fui, e que ela adivinhou o motivo da consulta, antes mesmo que eu lhe dissesse o que era. Apenas começou a botar as cartas, disse-me: "A senhora gosta de uma pessoa..." Confessei que sim, e então ela continuou a botar as cartas, combinou-as, e no fim declarou-me que eu tinha medo de que você me esquecesse, mas que não era verdade...

— Errou! — interrompeu Camilo, rindo.

— Não diga isso, Camilo. Se você soubesse como eu tenho andado, por sua causa. Você sabe; já lhe disse. Não ria de mim, não ria...

Camilo pegou-lhe nas mãos, e olhou para ela sério e fixo. Jurou que lhe queria muito, que os seus sustos pareciam de criança; em todo o caso, quando tivesse algum receio, a melhor cartomante era ele mesmo. Depois, repreendeu-a; disse-lhe que era imprudente andar por essas casas. Vilela podia sabê-lo, e depois...

— Qual saber! tive muita cautela, ao entrar na casa.

— Onde é a casa?

— Aqui perto, na rua da Guarda Velha; não passava ninguém nessa ocasião. Descansa; eu não sou maluca.

Camilo riu outra vez:

— Tu crês deveras nessas cousas? — perguntou-lhe.

Foi então que ela, sem saber que traduzia Hamlet em vulgar, disse-lhe que havia muita cousa misteriosa e verdadeira neste mundo. Se ele não acreditava, paciência; mas o certo é que a cartomante adivinhara tudo. Que mais? A prova é que ela agora estava tranquila e satisfeita.

Cuido que ele ia falar, mas reprimiu-se. Não queria arrancar-lhe as ilusões. Também ele, em criança, e ainda depois, foi supersticioso, teve um arsenal inteiro de crendices, que a mãe lhe incutiu e que aos vinte anos desapareceram. No dia em que deixou cair toda essa vegetação parasita, e ficou só o tronco da religião, ele, como tivesse recebido da mãe ambos os ensinos, envolveu-os na mesma dúvida, logo depois em uma só negação total. Camilo não acreditava em nada. Por quê? Não poderia dizê-lo, não possuía um só argumento; limitava-se a negar tudo. E digo mal, porque negar é ainda afirmar, ele não formulava a incredulidade; diante do mistério, contentou-se em levantar os ombros, e foi andando.

Separaram-se contentes, ele ainda mais que ela. Rita estava certa de ser amada; Camilo não só o estava, mas via-a estremecer e arriscar-se por ele, correr às cartomantes, e, por mais que a repreendesse, não podia deixar de sentir-se lisonjeado. A casa do encontro era na antiga rua dos Barbonos, onde morava uma comprovinciana de Rita. Esta desceu pela rua das Mangueiras, na direção de Botafogo, onde residia; Camilo desceu pela da Guarda Velha, olhando de passagem para a casa da cartomante.

Vilela, Camilo e Rita, três nomes, uma aventura e nenhuma explicação das origens. Vamos a ela. Os dois primeiros eram amigos de infância. Vilela seguiu a carreira de magistrado. Camilo entrou no funcionalismo, contra a vontade do pai, que queria vê-lo médico; mas o pai morreu, e Camilo preferiu não ser nada, até que a mãe lhe arranjou um emprego público. No princípio de 1869, voltou Vilela da província, onde casara com uma dama formosa e tonta: abandonou a magistratura e veio abrir banca de advogado. Camilo arranjou-lhe casa para os lados de Botafogo, e foi a bordo recebê-lo.

— É o senhor? — exclamou Rita, estendendo-lhe a mão. — Não imagina como meu marido é seu amigo; falava sempre do senhor.

Camilo e Vilela olharam-se com ternura. Eram amigos deveras. Depois, Camilo confessou de si para si que a mulher do Vilela não desmentia as cartas do marido. Realmente, era graciosa e viva nos gestos, olhos cálidos, boca fina e interrogativa. Era um pouco mais velha que ambos: contava trinta anos, Vilela vinte e nove e Camilo vinte e seis. Entretanto, o porte grave de Vilela fazia-o parecer mais velho que a mulher, enquanto Camilo era um ingênuo na vida moral e prática. Faltava-lhe tanto a ação do tempo, como os óculos de cristal, que a natureza põe no berço de alguns para adiantar os anos. Nem experiência, nem intuição.

Uniram-se os três. Convivência trouxe intimidade. Pouco depois morreu a mãe de Camilo, e nesse desastre, que o foi, os dous mostraram-se grandes amigos dele. Vilela cuidou do enterro, dos sufrágios e do inventário; Rita tratou especialmente do coração, e ninguém faria melhor.

Como daí chegaram ao amor, não o soube ele nunca. A verdade é que gostava de passar as horas ao lado dela; era a sua enfermeira moral, quase uma irmã, mas principalmente era mulher e bonita. *Odor di femmina*: eis o que ele aspirava nela, e em volta dela, para incorporá-lo em si próprio. Liam os mesmos livros, iam juntos a teatros e passeios. Camilo ensinou-lhe as damas e o xadrez, e jogavam às noites; ela mal; ele, para lhe ser agradável, pouco menos mal. Até aí as cousas. Agora a ação da pessoa, os olhos teimosos de Rita, que procuravam muita vez os dele, que os consultavam antes de o fazer ao marido, as mãos frias, as atitudes insólitas. Um dia, fazendo ele anos, recebeu de Vilela uma rica bengala de presente, e de Rita apenas um cartão com um vulgar cumprimento a lápis, e foi então que ele pôde ler no próprio coração; não conseguia arrancar os olhos do bilhetinho. Palavras vulgares; mas há vulgaridades sublimes, ou, pelo menos, deleitosas. A velha caleça de praça, em que pela primeira vez passeaste com a mulher amada, fechadinhos ambos, vale o carro de Apolo. Assim é o homem, assim são as cousas que o cercam.

Camilo quis sinceramente fugir, mas já não pôde. Rita, como uma serpente, foi-se acercando dele, envolveu-o todo, fez-lhe estalar os ossos num espasmo, e pingou-lhe o veneno na boca. Ele ficou atordoado e subjugado. Vexame, sustos, remorsos, desejos, tudo sentiu de mistura; mas a batalha foi curta e a vitória delirante. Adeus, escrúpulos! Não tardou que o sapato se acomodasse ao pé, e aí foram ambos, estrada fora, braços dados, pisando folgadamente por cima de ervas e pedregulhos, sem padecer nada mais que algumas saudades, quando estavam ausentes um do outro. A confiança e estima de Vilela continuavam a ser as mesmas.

Um dia, porém, recebeu Camilo uma carta anônima, que lhe chamava imoral e pérfido, e dizia que a aventura era sabida de todos. Camilo teve medo, e, para desviar as suspeitas, começou a rarear as visitas à casa de Vilela. Este notou-lhe as ausências. Camilo respondeu que o motivo era uma paixão frívola de rapaz. Candura gerou astúcia. As ausências prolongaram-se, e as visitas cessaram inteiramente. Pode ser que entrasse também nisso um pouco de amor-próprio, uma intenção de diminuir os obséquios do marido, para tornar menos dura a aleivosia do ato.

Foi por esse tempo que Rita, desconfiada e medrosa, correu à cartomante para consultá-la sobre a verdadeira causa do procedimento de Camilo. Vimos que a cartomante restituiu-lhe a confiança, que o rapaz repreendeu-a por ter feito o que fez. Correram ainda algumas semanas. Camilo recebeu mais duas ou três cartas anônimas, tão apaixonadas, que não podiam ser advertência da virtude, mas despeito de algum pretendente; tal foi a opinião de Rita, que, por outras palavras mal compostas, formulou este pensamento: — a virtude é preguiçosa e avara, não gasta tempo nem papel; só o interesse é ativo e pródigo.

Nem por isso Camilo ficou mais sossegado; temia que o anônimo fosse ter com Vilela, e a catástrofe viria então sem remédio. Rita concordou que era possível.

— Bem — disse ela —, eu levo os sobrescritos para comparar a letra com as das cartas que lá aparecerem; se alguma for igual, guardo-a e rasgo-a...

Nenhuma apareceu; mas daí a algum tempo Vilela começou a mostrar-se sombrio, falando pouco, como desconfiado. Rita deu-se pressa em dizê-lo ao outro, e sobre isso deliberaram. A opinião dela é que Camilo devia tornar à casa deles, tatear o marido, e pode ser até que lhe ouvisse a confidência de algum negócio particular. Camilo divergia; aparecer depois de tantos meses era confirmar a suspeita ou denúncia. Mais valia acautelarem-se, sacrificando-se por algumas semanas. Combinaram os meios de se corresponderem, em caso de necessidade, e separaram-se com lágrimas.

No dia seguinte, estando na repartição, recebeu Camilo este bilhete de Vilela: "Vem já, já, à nossa casa; preciso falar-te sem demora." Era mais de meio-dia. Camilo saiu logo; na rua, advertiu que teria sido mais natural chamá-lo ao escritório; por que em casa? Tudo indicava matéria especial, e a letra, fosse realidade ou ilusão, afigurou-se-lhe trêmula. Ele combinou todas essas cousas com a notícia da véspera.

— Vem já, já, à nossa casa; preciso falar-te sem demora — repetia ele com os olhos no papel.

Imaginariamente, viu a ponta da orelha de um drama, Rita subjugada e lacrimosa, Vilela indignado, pegando da pena e escrevendo o bilhete, certo de que ele acudiria, e esperando-o para matá-lo. Camilo estremeceu, tinha medo: depois sorriu amarelo, e em todo caso repugnava-lhe a ideia de recuar, e foi andando. De caminho, lembrou-se de ir a casa; podia achar algum recado de Rita, que lhe explicasse tudo. Não achou nada, nem ninguém. Voltou à rua, e a ideia de estarem descobertos parecia-lhe cada vez mais verossímil; era natural uma denúncia anônima, até da própria pessoa que o ameaçara antes; podia ser que Vilela conhecesse agora tudo. A mesma suspensão das suas visitas, sem motivo aparente, apenas com um pretexto fútil, viria confirmar o resto.

Camilo ia andando inquieto e nervoso. Não relia o bilhete, mas as palavras estavam decoradas, diante dos olhos, fixas; ou então — o que era ainda pior — eram-lhe murmuradas ao ouvido, com a própria voz de Vilela. "Vem já, já, à nossa casa; preciso falar-te sem demora." Ditas assim, pela voz do outro, tinham um tom de mistério e ameaça. Vem, já, já, para quê? Era perto de uma hora da tarde. A comoção crescia de minuto a minuto. Tanto imaginou o que se iria passar, que chegou a crê-lo e vê-lo. Positivamente, tinha medo. Entrou a cogitar em ir armado, considerando que, se nada houvesse, nada perdia, e a precaução era útil. Logo depois rejeitava a ideia, vexado de si mesmo, e seguia, picando o passo, na direção do largo da Carioca, para entrar num tílburi. Chegou, entrou e mandou seguir a trote largo.

— Quanto antes, melhor — pensou ele —, não posso estar assim...

Mas o mesmo trote do cavalo veio agravar-lhe a comoção. O tempo voava, e ele não tardaria a entestar com o perigo. Quase no fim da rua da Guarda Velha, o tílburi teve de parar; a rua estava atravancada com uma carroça, que caíra. Camilo, em si mesmo, estimou o obstáculo, e esperou. No fim de cinco minutos, reparou que ao lado, à esquerda, ao pé do tílburi, ficava a casa da cartomante, a quem Rita consultara uma vez, e nunca ele desejou tanto crer na lição das cartas. Olhou, viu as janelas fechadas, quando todas as outras estavam abertas e pejadas de curiosos do incidente da rua. Dir-se-ia a morada do indiferente Destino.

Camilo reclinou-se no tílburi, para não ver nada. A agitação dele era grande, extraordinária, e do fundo das camadas morais emergiam alguns fantasmas de outro tempo, as velhas crenças, as superstições antigas. O cocheiro propôs-lhe voltar à primeira travessa, e ir por outro caminho; ele respondeu que não, que esperasse. E inclinava-se para fitar a casa... Depois fez um gesto incrédulo: era a ideia de ouvir a cartomante, que lhe passava ao longe, muito longe, com vastas asas cinzentas; desapareceu, reapareceu, e tornou a esvair-se no cérebro; mas daí a pouco moveu outra vez as asas, mais perto, fazendo uns giros concêntricos... Na rua, gritavam os homens, safando a carroça:

— Anda! agora! empurra! vá! vá!

Daí a pouco estaria removido o obstáculo. Camilo fechava os olhos, pensava em outras cousas; mas a voz do marido sussurrava-lhe às orelhas as palavras da carta: "Vem, já, já..." E ele via as contorções do drama, e tremia. A casa olhava para ele. As pernas queriam descer e entrar... Camilo achou-se diante de um longo véu opaco... pensou rapidamente no inexplicável de tantas cousas. A voz da mãe repetia-lhe uma porção de casos extraordinários; e a mesma frase do príncipe de Dinamarca reboava-lhe dentro: "Há mais cousas no céu e na terra do que sonha a filosofia..." Que perdia ele, se...?

Deu por si na calçada, ao pé da porta; disse ao cocheiro que esperasse, e rápido enfiou pelo corredor, e subiu a escada. A luz era pouca, os degraus comidos dos pés, o corrimão pegajoso; mas ele não viu nem sentiu nada. Trepou e bateu. Não aparecendo ninguém, teve ideia de descer; mas era tarde, a curiosidade fustigava-lhe o sangue, as fontes latejavam-lhe; ele tornou a bater uma, duas, três pancadas. Veio uma mulher; era a cartomante. Camilo disse que ia consultá-la, ela fê-lo entrar. Dali subiram ao sótão, por uma escada ainda pior que a primeira e mais escura. Em cima, havia uma salinha, mal alumiada por uma janela, que dava para o telhado dos fundos. Velhos trastes, paredes sombrias, um ar de pobreza, que antes aumentava do que destruía o prestígio.

A cartomante fê-lo sentar diante da mesa, e sentou-se do lado oposto, com as costas para a janela, de maneira que a pouca luz de fora batia em cheio no rosto de Camilo. Abriu uma gaveta e tirou um baralho de cartas compridas e enxovalhadas. Enquanto as baralhava, rapidamente, olhava para ele, não de rosto, mas por baixo dos olhos. Era uma mulher de quarenta anos, italiana, morena e magra, com grandes olhos sonsos e agudos. Voltou três cartas sobre a mesa, e disse-lhe:

— Vejamos primeiro o que é que o traz aqui. O senhor tem um grande susto...

Camilo, maravilhado, fez um gesto afirmativo.

— E quer saber — continuou ela — se lhe acontecerá alguma cousa ou não...

— A mim e a ela — explicou vivamente ele.

A cartomante não sorriu; disse-lhe só que esperasse. Rápido pegou outra vez das cartas e baralhou-as, com os longos dedos finos, de unhas descuradas; baralhou-as bem, transpôs os maços, uma, duas, três vezes; depois começou a estendê-las. Camilo tinha os olhos nela, curioso e ansioso.

— As cartas dizem-me...

Camilo inclinou-se para beber uma a uma as palavras. Então ela declarou-lhe que não tivesse medo de nada. Nada aconteceria nem a um nem a outro; ele, o terceiro, ignorava tudo. Não obstante, era indispensável muita cautela; ferviam invejas e despeitos. Falou-lhe do amor que os ligava, da beleza de Rita... Camilo estava deslumbrado. A cartomante acabou, recolheu as cartas e fechou-as na gaveta.

— A senhora restituiu-me a paz ao espírito — disse ele estendendo a mão por cima da mesa e apertando a da cartomante.

Esta levantou-se, rindo.

— Vá — disse ela —; vá, *ragazzo innamorato*...

E de pé, com o dedo indicador, tocou-lhe na testa. Camilo estremeceu, como se fosse a mão da própria sibila, e levantou-se também. A cartomante foi à cômoda, sobre a qual estava um prato com passas, tirou um cacho destas, começou a despencá-las e comê-las, mostrando duas fileiras de dentes que desmentiam as unhas. Nessa mesma ação comum, a mulher tinha um ar particular. Camilo, ansioso por sair, não sabia como pagasse; ignorava o preço.

— Passas custam dinheiro — disse ele afinal, tirando a carteira. — Quantas quer mandar buscar?

— Pergunte ao seu coração — respondeu ela.

Camilo tirou uma nota de dez mil-réis, e deu-lha. Os olhos da cartomante fuzilaram. O preço usual era dois mil-réis.

— Vejo bem que o senhor gosta muito dela... E faz bem; ela gosta muito do senhor. Vá, vá, tranquilo. Olhe a escada, é escura; ponha o chapéu...

A cartomante tinha já guardado a nota na algibeira, e descia com ele, falando, com um leve sotaque. Camilo despediu-se dela embaixo, e desceu a escada que levava à rua, enquanto a cartomante, alegre com a paga, tornava acima, cantarolando uma barcarola. Camilo achou o tílburi esperando; a rua estava livre. Entrou e seguiu a trote largo.

Tudo lhe parecia agora melhor, as outras cousas traziam outro aspecto, o céu estava límpido e as caras joviais. Chegou a rir dos seus receios, que chamou pueris; recordou os termos da carta de Vilela e reconheceu que eram íntimos e familiares. Onde é que ele lhe descobrira a ameaça? Advertiu também que eram urgentes, e que fizera mal em demorar-se tanto; podia ser algum negócio grave e gravíssimo.

— Vamos, vamos depressa — repetia ele ao cocheiro.

E consigo, para explicar a demora ao amigo, engenhou qualquer cousa; parece que formou também o plano de aproveitar o incidente para tornar à antiga assiduidade... De volta com os planos, reboavam-lhe na alma as palavras da cartomante. Em verdade, ela adivinhara o objeto da consulta, o estado dele, a existência de um terceiro; por que não adivinharia o resto? O presente que se ignora vale o futuro. Era assim, lentas e contínuas, que as velhas crenças do rapaz iam tornando ao de cima, e o mistério empolgava-o com as unhas de ferro. Às vezes queria rir, e ria de si mesmo, algo vexado; mas a mulher, as cartas, as palavras secas e afirmativas, a exortação: — Vá, vá, *ragazzo innamorato*; e no fim, ao longe, a barcarola da despedida, lenta e graciosa, tais eram os elementos recentes, que formavam, com os antigos, uma fé nova e vivaz.

A verdade é que o coração ia alegre e impaciente, pensando nas horas felizes de outrora e nas que haviam de vir. Ao passar pela Glória, Camilo olhou para o mar, estendeu os olhos para fora, até onde a água e o céu dão um abraço infinito, e teve assim uma sensação do futuro, longo, longo, interminável.

Daí a pouco chegou à casa de Vilela. Apeou-se, empurrou a porta de ferro do jardim e entrou. A casa estava silenciosa. Subiu os seis degraus de pedra, e mal teve tempo de bater, a porta abriu-se, e apareceu-lhe Vilela.

— Desculpa, não pude vir mais cedo; que há?

Vilela não lhe respondeu; tinha as feições decompostas; fez-lhe sinal, e foram para uma saleta interior. Entrando, Camilo não pôde sufocar um grito de terror: — ao fundo sobre o canapé, estava Rita morta e ensanguentada. Vilela pegou-o pela gola, e, com dois tiros de revólver, estirou-o morto no chão.

UNS BRAÇOS

Inácio estremeceu, ouvindo os gritos do solicitador, recebeu o prato que este lhe apresentava e tratou de comer, debaixo de uma trovoada de nomes, malandro, cabeça de vento, estúpido, maluco.

— Onde anda que nunca ouve o que lhe digo? Hei de contar tudo a seu pai, para que lhe sacuda a preguiça do corpo com uma boa vara de marmelo, ou um pau; sim, ainda pode apanhar, não pense que não. Estúpido! maluco!

— Olhe que lá fora é isto mesmo que você vê aqui — continuou, voltando-se para d. Severina, senhora que vivia com ele maritalmente, há anos. — Confunde-me os papéis todos, erra as casas, vai a um escrivão em vez de ir a outro, troca os advogados: é o diabo! É o tal sono pesado e contínuo. De manhã é o que se vê; primeiro que acorde é preciso quebrar-lhe os ossos... Deixe; amanhã hei de acordá-lo a pau de vassoura!

D. Severina tocou-lhe no pé, como pedindo que acabasse. Borges espeitorou ainda alguns impropérios, e ficou em paz com Deus e os homens.

Não digo que ficou em paz com os meninos, porque o nosso Inácio não era propriamente menino. Tinha quinze anos feitos e bem-feitos. Cabeça inculta, mas bela, olhos de rapaz que sonha, que adivinha, que indaga, que quer saber e não acaba de saber nada. Tudo isso posto sobre um corpo não destituído de graça, ainda que malvestido. O pai é barbeiro na Cidade Nova, e pô-lo de agente, escrevente, ou que quer que era, do solicitador Borges, com esperança de vê-lo no foro, porque lhe parecia que os procuradores de causas ganhavam muito. Passava-se isto na rua da Lapa, em 1870.

Durante alguns minutos não se ouviu mais que o tinir dos talheres e o ruído da mastigação. Borges abarrotava-se de alface e vaca; interrompia-se para virgular a oração com um golpe de vinho e continuava logo calado.

Inácio ia comendo devagarinho, não ousando levantar os olhos do prato, nem para colocá-los onde eles estavam no momento em que o terrível Borges o descompôs. Verdade é que seria agora muito arriscado. Nunca ele pôs os olhos nos braços de d. Severina que se não esquecesse de si e de tudo.

Também a culpa era antes de d. Severina em trazê-los assim nus, constantemente. Usava mangas curtas em todos os vestidos de casa, meio palmo abaixo do ombro; dali em diante ficavam-lhe os braços à mostra. Na verdade, eram belos e cheios, em harmonia com a dona, que era antes grossa que fina, e não perdiam a cor nem a maciez por viverem ao ar; mas é justo explicar que ela os não trazia assim por faceira, senão porque já gastara todos os vestidos de mangas compridas. De pé, era muito vistosa; andando, tinha meneios engraçados; ele, entretanto, quase que só a via à mesa, onde, além dos braços, mal poderia mirar-lhe o busto. Não se pode dizer que era bonita; mas também não era feia. Nenhum adorno; o próprio penteado consta de mui pouco; alisou os cabelos, apanhou-os, atou-os e fixou-os no alto da cabeça com o pente de tartaruga que a mãe lhe deixou. Ao pescoço, um lenço escuro; nas orelhas, nada. Tudo isso com vinte e sete anos floridos e sólidos.

Acabaram de jantar. Borges, vindo o café, tirou quatro charutos da algibeira, comparou-os, apertou-os entre os dedos, escolheu um e guardou os restantes. Aceso o charuto, fincou os cotovelos na mesa e falou a d. Severina de trinta mil cousas que não interessavam nada ao nosso Inácio; mas, enquanto falava, não o descompunha e ele podia devanear à larga.

Inácio demorou o café o mais que pôde. Entre um e outro gole, alisava a toalha, arrancava dos dedos pedacinhos de pele imaginários, ou passava os olhos pelos quadros da sala de jantar, que eram dous, um são Pedro e um são João, registros trazidos de festas e encaixilhados em casa. Vá que disfarçasse com são João, cuja cabeça moça alegra as imaginações católicas; mas com o austero são Pedro era demais. A única defesa do moço Inácio é que ele não via nem um nem outro; passava os olhos por ali como por nada. Via só os braços de d. Severina — ou porque sorrateiramente olhasse para eles, ou porque andasse com eles impressos na memória.

— Homem, você não acaba mais? — bradou de repente o solicitador.

Não havia remédio; Inácio bebeu a última gota, já fria, e retirou-se, como de costume, para o seu quarto, nos fundos da casa. Entrando, fez um gesto de zanga e desespero e foi depois encostar-se a uma das duas janelas que davam para o mar. Cinco minutos depois, a vista das águas próximas e das montanhas ao longe restituía-lhe o sentimento confuso, vago, inquieto, que lhe doía e fazia bem, alguma cousa que deve sentir a planta, quando abotoa a primeira flor. Tinha vontade de ir embora e de ficar. Havia cinco semanas que ali morava, e a vida era sempre a mesma, sair de manhã com o Borges, andar por audiências e cartórios, correndo, levando papéis ao selo, ao distribuidor, aos escrivães, aos oficiais de justiça. Voltava à tarde, jantava e recolhia-se ao quarto, até a hora da ceia; ceava e ia dormir. Borges não lhe dava intimidade na família, que se compunha apenas de d. Severina, nem Inácio a via mais de três vezes por dia, durante as refeições. Cinco semanas de solidão, de trabalho sem gosto, longe da mãe e das irmãs; cinco semanas de silêncio, porque ele só falava uma ou outra vez na rua; em casa, nada.

— Deixe estar — pensou ele um dia —, fujo daqui e não volto mais.

Não foi; sentiu-se agarrado e acorrentado pelos braços de d. Severina. Nunca vira outros tão bonitos e tão frescos. A educação que tivera não lhe permitia encará-los logo abertamente, parece até que a princípio afastava os olhos, vexado. Encarou-os pouco a pouco, ao ver que eles não tinham outras mangas, e assim os foi descobrindo, mirando e amando. No fim de três semanas eram eles, moralmente falando, as suas tendas de repouso. Aguentava toda a trabalheira de fora, toda a melancolia da solidão e do silêncio, toda a grosseria do patrão, pela única paga de ver, três vezes por dia, o famoso par de braços.

Naquele dia, enquanto a noite ia caindo e Inácio estirava-se na rede (não tinha ali outra cama), d. Severina, na sala da frente, recapitulava o episódio do jantar e, pela primeira vez, desconfiou alguma cousa. Rejeitou a ideia logo, uma criança! Mas há ideias que são da família das moscas teimosas: por mais que a gente as sacuda, elas tornam e pousam. Criança? Tinha quinze anos; e ela advertiu que entre o nariz e a boca do rapaz havia um princípio de rascunho de buço. Que admira que começasse a amar? E não era ela bonita? Esta outra ideia não foi rejeitada, antes afagada e beijada. E recordou então os modos dele, os esquecimentos, as distrações, e mais um incidente, e mais outro, tudo eram sintomas, e concluiu que sim.

— Que é que você tem? — disse-lhe o solicitador, estirado no canapé, ao cabo de alguns minutos de pausa.

— Não tenho nada.

— Nada? Parece que cá em casa anda tudo dormindo! Deixem estar, que eu sei de um bom remédio para tirar o sono aos dorminhocos...

E foi por ali, no mesmo tom zangado, fuzilando ameaças, mas realmente incapaz de as cumprir, pois era antes grosseiro que mau. D. Severina interrompia-o que não, que era engano, não estava dormindo, estava pensando na comadre Fortunata. Não a visitavam desde o Natal; por que não iriam lá uma daquelas noites? Borges redarguia que andava cansado, trabalhava como um negro, não estava para visitas de parola; e descompôs a comadre, descompôs o compadre, descompôs o afilhado, que não ia ao colégio, com dez anos! Ele, Borges, com dez anos, já sabia ler, escrever e contar, não muito bem, é certo, mas sabia. Dez anos! Havia de ter um bonito fim: vadio, e o côvado e meio nas costas. A tarimba é que viria ensiná-lo.

D. Severina apaziguava-o com desculpas, a pobreza da comadre, o caiporismo do compadre, e fazia-lhe carinhos, a medo, que eles podiam irritá-lo mais. A noite caíra de todo; ela ouviu o *tlic* do lampião do gás da rua, que acabavam de acender, e viu o clarão dele nas janelas da casa fronteira. Borges, cansado do dia, pois era realmente um trabalhador de primeira ordem, foi fechando os olhos e pegando no sono, e deixou-a só na sala, às escuras, consigo e com a descoberta que acaba de fazer.

Tudo parecia dizer à dama que era verdade; mas essa verdade, desfeita a impressão do assombro, trouxe-lhe uma complicação moral, que ela só conheceu pelos efeitos, não achando meio de discernir o que era. Não podia entender-se nem equilibrar-se, chegou a pensar em dizer tudo ao solicitador, e ele que mandasse embora o fedelho. Mas que era tudo? Aqui estacou: realmente, não havia mais que suposição, coincidência e possivelmente ilusão. Não, não, ilusão não era. E logo recolhia os indícios vagos, as atitudes do mocinho, o acanhamento, as distrações, para rejeitar a ideia de estar enganada. Daí a pouco (capciosa natureza!), refletindo que seria mau acusá-lo sem fundamento, admitiu que se iludisse, para o único fim de observá-lo melhor e averiguar bem a realidade das cousas.

Já nessa noite, d. Severina mirava por baixo dos olhos os gestos de Inácio; não chegou a achar nada, porque o tempo do chá era curto e o rapazinho não tirou os olhos da xícara. No dia seguinte pôde observar melhor, e nos outros otimamente. Percebeu que sim, que era amada e temida, amor adolescente e virgem, retido pelos liames sociais e por um sentimento de inferioridade que o impedia de reconhecer-se a si mesmo. D. Severina compreendeu que não havia recear nenhum desacato, e concluiu que o melhor era não dizer nada ao solicitador; poupava-lhe um desgosto, e outro à pobre criança. Já se persuadia bem que ele era criança, e assentou de o tratar tão secamente como até ali, ou ainda mais. E assim fez; Inácio começou a sentir que ela fugia com os olhos, ou falava áspero, quase tanto como o próprio Borges. De outras vezes, é verdade que o tom da voz saía brando e até meigo, muito meigo; assim como o olhar geralmente esquivo, tanto errava por outras partes, que, para descansar, vinha pousar na cabeça dele; mas tudo isso era curto.

— Vou-me embora — repetia ele na rua como nos primeiros dias.

Chegava a casa e não se ia embora. Os braços de d. Severina fechavam-lhe um parêntese no meio do longo e fastidioso período da vida que levava, e essa oração intercalada trazia uma ideia original e profunda, inventada pelo céu unicamente para ele. Deixava-se estar e ia andando. Afinal, porém, teve de sair, e para nunca mais; eis aqui como e por quê.

D. Severina tratava-o desde alguns dias com benignidade. A rudeza da voz parecia acabada, e havia mais do que brandura, havia desvelo e carinho. Um dia recomendava-lhe que não apanhasse ar, outro que não bebesse água fria depois do café quente, conselhos, lembranças, cuidados de amiga e mãe, que lhe lançaram na alma ainda maior inquietação e confusão. Inácio chegou ao extremo de confiança de rir um dia à mesa, cousa que jamais fizera; e o solicitador não o tratou mal dessa vez, porque era ele que contava um caso engraçado, e ninguém pune a outro pelo aplauso que recebe. Foi então que d. Severina viu que a boca do mocinho, graciosa estando calada, não o era menos quando ria.

A agitação de Inácio ia crescendo, sem que ele pudesse acalmar-se nem entender-se. Não estava bem em parte nenhuma. Acordava de noite, pensando em d. Severina. Na rua, trocava de esquinas, errava as portas, muito mais que dantes, e não via mulher, ao longe ou ao perto, que lha não trouxesse à memória. Ao entrar no corredor da casa, voltando do trabalho, sentia sempre algum alvoroço, às vezes grande, quando dava com ela no topo da escada, olhando através das grades de pau da cancela, como tendo acudido a ver quem era.

Um domingo — nunca ele esqueceu esse domingo — estava só no quarto, à janela, virado para o mar, que lhe falava a mesma linguagem obscura e nova de d. Severina. Divertia-se em olhar para as gaivotas, que faziam grandes giros no ar, ou pairavam em cima d'água, ou avoaçavam somente. O dia estava lindíssimo. Não era só um domingo cristão; era um imenso domingo universal.

Inácio passava-os todos ali no quarto ou à janela, ou relendo um dos três folhetos que trouxera consigo, contos de outros tempos, comprados a tostão, debaixo do passadiço do largo do Paço. Eram duas horas da tarde. Estava cansado, dormira mal à noite, depois de haver andado muito na véspera; estirou-se na rede, pegou em um dos folhetos, a *Princesa Magalona*, e começou a ler. Nunca pôde entender por que é que todas as heroínas dessas velhas histórias tinham a mesma cara e talhe de d. Severina, mas a verdade é que os tinham. Ao cabo de meia hora, deixou cair o folheto e pôs os olhos na parede, donde, cinco minutos depois, viu sair a dama dos seus cuidados. O natural era que se espantasse; mas não se espantou. Embora com as pálpebras cerradas viu-a desprender-se de todo, parar, sorrir e andar para a rede. Era ela mesma; eram os seus mesmos braços.

É certo, porém, que d. Severina, tanto não podia sair da parede, dado que houvesse ali porta ou rasgão, que estava justamente na sala da frente ouvindo os passos do solicitador que descia as escadas. Ouviu-o descer; foi à janela vê-lo sair e só se recolheu quando ele se perdeu ao longe, no caminho da rua das Mangueiras. Então entrou e foi sentar-se no canapé. Parecia fora do natural, inquieta, quase maluca; levantando-se, foi pegar na jarra que estava em cima do aparador e deixou-a no mesmo lugar; depois caminhou até a porta, deteve-se e voltou, ao que parece, sem plano. Sentou-se outra vez, cinco ou dez minutos. De repente, lembrou-se que Inácio comera pouco ao almoço e tinha o ar abatido, e advertiu que podia estar doente; podia ser até que estivesse muito mal.

Saiu da sala, atravessou rasgadamente o corredor e foi até o quarto do mocinho, cuja porta achou escancarada. D. Severina parou, espiou, deu com ele na rede, dormindo, com o braço para fora e o folheto caído no chão. A cabeça inclinava-se um pouco do lado da porta, deixando ver os olhos fechados, os cabelos revoltos e um grande ar de riso e de beatitude.

D. Severina sentiu bater-lhe o coração com veemência e recuou. Sonhara de noite com ele; pode ser que ele estivesse sonhando com ela. Desde madrugada que a figura do mocinho andava-lhe diante dos olhos como uma tentação diabólica. Recuou ainda, depois voltou, olhou dous, três, cinco minutos, ou mais. Parece que o sono dava à adolescência de Inácio uma expressão mais acentuada, quase feminina, quase pueril. "Uma criança!", disse ela a si mesma, naquela língua sem palavras que todos trazemos conosco. E esta ideia abateu-lhe o alvoroço do sangue e dissipou-lhe em parte a turvação dos sentidos.

— Uma criança!

E mirou-o lentamente, fartou-se de vê-lo, com a cabeça inclinada, o braço caído; mas, ao mesmo tempo que o achava criança, achava-o bonito, muito mais bonito que acordado, e uma dessas ideias corrigia ou corrompia a outra. De repente estremeceu e recuou assustada: ouvira um ruído ao pé, na saleta do engomado; foi ver, era um gato que deitara uma tigela ao chão. Voltando devagarinho a espiá-lo, viu que dormia profundamente. Tinha o sono duro a criança! O rumor que a abalara tanto, não o fez sequer mudar de posição. E ela continuou a vê-lo dormir — dormir e talvez sonhar.

Que não possamos ver os sonhos uns dos outros! D. Severina ter-se-ia visto a si mesma na imaginação do rapaz; ter-se-ia visto diante da rede, risonha e parada; depois inclinar-se, pegar-lhe nas mãos, levá-las ao peito, cruzando ali os braços, os famosos braços. Inácio, namorado deles, ainda assim ouvia as palavras dela, que eram lindas, cálidas, principalmente novas — ou, pelo menos, pertenciam a algum idioma que ele não conhecia, posto que o entendesse. Duas, três e quatro vezes a figura esvaía-se, para tornar logo, vindo do mar ou de outra parte, entre gaivotas, ou atravessando o corredor, com toda a graça robusta de que era capaz. E tornando, inclinava-se, pegava-lhe outra vez das mãos e cruzava ao peito os braços, até que, inclinando-se, ainda mais, muito mais, abrochou os lábios e deixou-lhe um beijo na boca.

Aqui o sonho coincidiu com a realidade, e as mesmas bocas uniram-se na imaginação e fora dela. A diferença é que a visão não recuou, e a pessoa real tão depressa cumprira o gesto, como fugiu até a porta, vexada e medrosa. Dali passou à sala da frente, aturdida do que fizera, sem olhar fixamente para nada. Afiava o ouvido, ia até o fim do corredor, a ver se escutava algum rumor que lhe dissesse que ele acordara, e só depois de muito tempo é que o medo foi passando. Na verdade, a criança tinha o sono duro, nada lhe abria os olhos, nem os fracassos contíguos, nem os beijos de verdade. Mas, se o medo foi passando, o vexame ficou e cresceu. D. Severina não acabava de crer que fizesse aquilo; parece que embrulhara os seus desejos na ideia de que era uma criança namorada que ali estava sem consciência nem imputação; e, meio mãe, meio amiga, inclinara-se e beijara-o. Fosse como fosse, estava confusa, irritada, aborrecida, mal consigo e mal com ele. O medo de que ele podia estar fingindo que dormia apontou-lhe na alma e deu-lhe um calefrio.

Mas a verdade é que dormiu ainda muito, e só acordou para jantar. Sentou-se à mesa lépido. Conquanto achasse d. Severina calada e severa e o solicitador tão ríspido como nos outros dias, nem a rispidez de um, nem a severidade da outra podiam dissipar-lhe a visão graciosa que ainda trazia consigo, ou amortecer-lhe a sensação do beijo. Não reparou que d. Severina tinha um xale que lhe cobria os braços; reparou depois, na segunda-feira, e na terça-feira, também, até sábado, que foi o dia em que Borges mandou dizer ao pai que não podia ficar com ele; e não o fez zangado, porque o tratou relativamente bem e ainda lhe disse à saída:

Quando precisar de mim para alguma cousa, procure-me.

— Sim, senhor. A sra. d. Severina...

— Está lá para o quarto, com muita dor de cabeça. Venha amanhã ou depois despedir-se dela.

Inácio saiu sem entender nada. Não entendia a despedida, nem a completa mudança de d. Severina, em relação a ele, nem o xale, nem nada. Estava tão bem! falava-lhe com tanta amizade! Como é que, de repente... Tanto pensou que acabou supondo de sua parte algum olhar indiscreto, alguma distração que a ofendera; não era outra cousa; e daqui a cara fechada e o xale que cobria os braços tão bonitos... Não importa; levava consigo o sabor do sonho. E através dos anos, por meio de outros amores, mais efetivos e longos, nenhuma sensação achou nunca igual à daquele domingo, na rua da Lapa, quando ele tinha quinze anos. Ele mesmo exclama às vezes, sem saber que se engana:

— E foi um sonho! um simples sonho!

LIMA BARRETO

O FILHO DE GABRIELA

A Antônio Noronha Santos

*Chaque progrès, au fond, est un avortement
Mais l' échec même sert.**
GUYAU

— Absolutamente não pode continuar assim... Já passa... É todo o dia! Arre!

— Mas é meu filho, minh'ama.

— E que tem isso? Os filhos de vocês agora têm tanto luxo. Antigamente, criavam-se à toa; hoje, é um deus nos acuda; exigem cuidados, têm moléstias... Fique sabendo: não pode ir amanhã!

— Ele vai melhorando, dona Laura; e o doutor disse que não deixasse de levá-lo lá amanhã...

— Não pode, não pode, já lhe disse! O conselheiro precisa chegar cedo à escola; há exames e tem que almoçar cedo... Não vai, não, senhora! A gente tem criados pra quê? Não vai, não!

— Vou, e vou sim!... Que bobagem!... Quer matar o pequeno, não é? Pois sim... Está-se "ninando"...

— O que é que você disse, hein?

— É isso mesmo: vou e vou!

— Atrevida!

— Atrevida é você, sua... Pensa que não sei...

Em seguida as duas mulheres se puseram caladas durante um instante; a patroa — uma alta senhora, ainda moça, de uma beleza suave e marmórea — com os lábios finos muito descorados e entreabertos, deixando ver os dentes aperolados, muito iguais, cerrados de cólera; a criada agitada, transformada, com faiscações

---

* No fundo, cada progresso é um aborto/ Mas o próprio fracasso serve. (N.E.: tradução livre de texto de Jean-Marie Guyau)

desusadas nos olhos pardos e tristes. A patroa não se demorou assim muito tempo. Violentamente contraída naquele segundo, a sua fisionomia repentinamente se abriu num choro convulsivo.

A injúria da criada, decepções matrimoniais, amarguras do seu ideal amoroso, fatalidades de temperamento, todo aquele obscuro drama de sua alma, feito de uma porção de coisas que não chegam bem a colher, mas nas malhas das quais se sentia presa e sacudida, subiu-lhe de repente à consciência, e ela chorou.

Na simplicidade popular, a criada também se pôs a chorar, enternecida pelo sofrimento que ela mesma provocara na ama.

E ambas, pelo fim dessa transfiguração inopinada, entreolharam-se surpreendidas, pensando que se acabavam de conhecer naquele instante, tendo até ali vagas notícias uma da outra, como se vivessem longe, tão longe, que só agora haviam distinguido bem nitidamente o tom de voz próprio a cada uma delas.

No entendimento peculiar de uma e de outra, sentiram-se irmãs na desoladora mesquinhez da nossa natureza e iguais, como frágeis consequências de um misterioso encadear de acontecimentos, cuja ligação e fim lhes escapavam completamente, inteiramente...

A dona da casa, à cabeceira da mesa de jantar, manteve-se silenciosa, correndo, de quando em quando, o olhar ainda úmido pelas ramagens do atoalhado, indo, às vezes, com ele até a bandeira da porta defronte, donde pendia a gaiola do canário, que se sacudia na prisão niquelada.

De pé, a criada avançou algumas palavras. Desculpou-se inábil e despediu-se humilde.

— Deixe-se disso, Gabriela, disse dona Laura. Já passou tudo; eu não guardo rancor; fique! Leve o pequeno amanhã... Que vai você fazer por esse mundo afora?

— Não, senhora... Não posso... É que...

E de um hausto falou com tremuras na voz:

— Não posso, não, minh'ama; vou-me embora!

Durante um mês, Gabriela andou de bairro em bairro, à procura de aluguel. Pedia lessem-lhe anúncios, corria, seguindo as indicações, a casas de gente de toda a espécie. Sabe cozinhar? perguntavam; — Sim, senhora, o trivial. — Bem e lavar? Serve de ama? — Sim, senhora; mas se fizer uma, não quero fazer outra. — Então, não me serve, concluía a dona da casa. É um luxo... Depois queixam-se que não têm onde se empreguem...

Procurava outras casas; mas nesta já estavam servidas, naquela o salário era pequeno e naquela outra queriam que dormisse em casa e não trouxesse o filho.

A criança, durante esse mês, viveu relegada a um canto da casa de uma conhecida da mãe. Um pobre quarto de estalagem, úmido que nem uma masmorra. De manhã, via a mãe sair; à tarde, quase à boca da noite, via-a entrar desconfortada. Pelo dia em fora, ficava num abandono de enternecer. A hóspede, de longe em longe, olhava-o cheia de raiva. Se chorava, aplicava-lhe palmadas e gritava colérica: — Arre diabo. A vagabunda de tua mãe anda saracoteando... Cala a boca, demônio! Quem te fez, que te ature...

Aos poucos, a criança tomou-se de medo; nada pedia, sofria fome, sede, calado. Enlanguescia a olhos vistos e sua mãe, na caça de aluguel, não tinha tempo para levá-lo ao doutor do posto médico. Baço, amarelado, tinha as pernas que nem palitos e o ventre como o de um batráquio. A mãe notava-lhe o enfraquecimento, os progressos da moléstia e desesperava, não sabendo que alvitre tomar. Um dia pelos outros, chegava em casa semiembriagada, escorraçando o filho e trazendo algum dinheiro. Não confessava a ninguém a origem dele; em outros mal entrava, beijava muito o pequeno, abraçava-o e assim corria a cidade. Numa destas correrias passou pela porta do conselheiro, que era o marido de dona Laura. Estava no portão, a lavadeira, parou e falou-lhe; nisto, viu aparecer a sua antiga patroa numa janela lateral. — Bom dia minh'ama. — Bom dia, Gabriela. Entre. — Entrou. A esposa do conselheiro perguntou-lhe se já tinha emprego; respondeu-lhe que não. — Pois olha, disse-lhe a senhora, eu ainda não arranjei cozinheira, se tu queres...

Gabriela quis recusar, mas dona Laura insistiu.

Entre elas, parecia que havia agora certo acordo íntimo, um quê de mútua proteção e simpatia. Uma tarde em que dona Laura voltava da cidade, o filho de Gabriela, que estava no portão, correu imediatamente para a moça e disse-lhe, estendendo a mão:

— A bênção.

Havia tanta tristeza no seu gesto, tanta simpatia e sofrimento, que aquela alta senhora não lhe pôde negar a esmola de um afago, de uma carícia sincera. Nesse dia, a cozinheira notou que ela estava triste e, no dia seguinte, não foi sem surpresa que Gabriela se ouviu chamar.

— Ó Gabriela!
— Minh'ama.
— Vem cá.

Gabriela consertou-se um pouco e correu à sala de jantar, onde estava a ama.

— Já batizaste o teu pequeno? — perguntou-lhe ela ao entrar.
— Ainda não.
— Por quê? Com quatro anos!
— Por quê? Porque ainda não houve ocasião...
— Já tens padrinhos?
— Não, senhora.
— Bem; eu e o conselheiro vamos batizá-lo. Aceitas?

Gabriela não sabia como responder, balbuciou alguns agradecimentos e voltou ao fogão com lágrimas nos olhos.

O conselheiro condescendeu e cuidadosamente começou a procurar um nome adequado. Pensou em Huáscar, Ataliba, Guatemozim; consultou dicionários, procurou nomes históricos, afinal resolveu-se por "Horácio", sem saber por quê.

Assim se chamou e cresceu. Conquanto tivesse recebido um tratamento médico regular e a sua vida na casa do conselheiro fosse relativamente confortável, o pequeno Horácio não perdeu nem a reserva nem o enfezado dos seus primeiros anos de vida. À proporção que crescia, os traços se desenhavam, alguns finos; o corte da testa, límpida e reta; o olhar doce e triste, como o da mãe, onde havia, porém, alguma coisa a mais — um fulgor, certas expressões particulares, principalmente quando calado e concentrado. Não obstante, era feio, embora simpático e bom de ver.

Pelos seis anos, mostrava-se taciturno, reservado e tímido, olhando interrogativamente as pessoas e coisas, sem articular uma pergunta. Lá vinha um dia, porém, que o Horácio rompia numa alegria ruidosa; punha-se a correr, a brincar, a cantarolar, pela casa toda, indo do quintal para as salas, satisfeito, contente, sem motivo e sem causa.

A madrinha espantava-se com esses bruscos saltos de humor, queria entendê-los, explicá-los e começou por se interessar pelos seus trejeitos. Um dia, vendo o afilhado a cantar, a brincar, muito contente, depois de uma porção de horas de silêncio e calma, correu ao piano e acompanhou-lhe a cantiga, depois, emendou com uma ária qualquer. O menino calou-se, sentou-se no chão e pôs-se a olhar, com olhos tranquilos e calmos, a madrinha, inteiramente delido nos sons que saíam dos seus dedos. E quando o piano parou, ele ainda ficou algum tempo esquecido naquela postura, com o olhar perdido numa cisma sem fim. A atitude imaterial do menino tocou a madrinha, que o tomou ao colo, abraçando-o e beijando-o, num afluxo de ternura, a que não eram estranhos os desastres de sua vida sentimental.

Pouco depois a mãe lhe morria. Até então vivia numa semidomesticidade. Daí em diante, porém, entrou completamente na família do Conselheiro Calaça. Isso, entretanto, não lhe retirou a taciturnidade e a reserva; ao contrário, fechou-se em si e nunca mais teve crises de alegria.

Com sua mãe ainda tinha abandonos de amizade, efusões de carícias e abraços. Morta que ela foi, não encontrou naquele mundo tão diferente pessoa a quem se pudesse abandonar completamente, embora pela madrinha continuasse a manter uma respeitosa e distante amizade, raramente aproximada por uma carícia, por um afago.

Ia para o colégio calado, taciturno, quase carrancudo, e, se, pelo recreio, o contágio obrigava-o a entregar-se à alegria e aos

folguedos, bem cedo se arrependia, encolhia-se e sentava-se vexado a um canto. Voltava do colégio como se fora, sem brincar pelas ruas, sem traquinadas, severo e insensível. Tendo uma vez brigado com um colega, a professora o repreendeu severamente, mas o conselheiro, seu padrinho, ao saber do caso, disse com rispidez:
— Não continue, hein? O senhor não pode brigar; está ouvindo?

E era assim sempre o seu padrinho, duro, desdenhoso, severo em demasia com o pequeno, de quem não gostava, suportando-o unicamente em atenção à mulher — maluquices de Laura, dizia ele. Por vontade dele, tinha-o posto logo num asilo de menores, ao morrer-lhe a mãe; mas a madrinha não quis e chegou até a conseguir que o marido o colocasse num estabelecimento oficial de instrução secundária, quando acabou com brilho o curso primário.

Não foi sem resistência que ele acedeu, mas os rogos da mulher, que agora juntava à afeição pelo pequeno uma secreta esperança no seu talento, tanto fizeram que o conselheiro se empenhou e obteve.

Em começo, aquela adoção fora um simples capricho de dona Laura; mas, com o tempo, os seus sentimentos pelo menino foram ganhando importância e ficando profundos, embora exteriormente o tratasse com um pouco de cerimônia.

Havia nela mais medo da opinião, das sentenças do conselheiro, do que mesmo necessidade de disfarçar o que realmente sentia, e pensava.

Quem a conheceu solteira, muito bonita, não a julgaria capaz de tal afeição; mas, casada, sem filhos, não encontrando no casamento nada que sonhara, nem mesmo o marido, sentiu o vazio da existência, a inanidade dos seus sonhos, o pouco alcance da nossa vontade; e, por uma reviravolta muito comum, começou a compreender confusamente todas as vidas e almas, a compadecer-se e a amar tudo, sem amar bem coisa alguma. Era uma parada de sentimento e a corrente que se acumulara nela, perdendo-se do seu leito natural, extravasara e inundara tudo.

Tinha um amante e já tivera outros, mas não era bem a parte mística do amor que procurara neles. Essa, ela tinha certeza que jamais podia encontrar; era a parte dos sentidos tão exuberantes e exaltados depois das suas contrariedades morais.

Pelo tempo em que o seu afilhado entrara para o colégio secundário, o amante rompera com ela; e isto a fazia sofrer, tinha medo de não possuir mais beleza suficiente para arranjar um outro como "aquele"; e a esse desastre sentimental não foi estranha a energia dos seus rogos junto ao marido para admissão do Horácio no estabelecimento oficial.

O conselheiro, homem de mais de sessenta anos, continuava superiormente frio, egoísta e fechado, sonhando sempre uma posição mais alta ou que julgava mais alta. Casara-se por necessidade decorativa. Um homem de sua posição não podia continuar viúvo; atiraram-lhe aquela menina pelos olhos, ela o aceitou por ambição e ele por conveniência. No mais, lia os jornais, o câmbio especialmente, e de manhã passava os olhos nas apostilas de sua cadeira — apostilas por ele organizadas, há quase trinta anos, quando dera as suas primeiras lições, moço, de vinte e cinco anos, genial nas aprovações e nos prêmios.

Horácio, toda a manhã, ao sair para o colégio, lá avistava o padrinho atarraxado na cadeira de balanço a ler lentamente o jornal: — A bênção, meu padrinho! — Deus te abençoe — dizia ele, sem menear a cabeça do espaldar e no mesmo tom de voz com que pediria os chinelos à criada.

Em geral, a madrinha estava deitada ainda e o menino saía para o ambiente ingrato da escola, sem um adeus, sem dar um beijo, sem ter quem lhe reparasse familiarmente o paletó. Lá ia. A viagem de bonde, ele a fazia humilde, espremido a um canto do veículo, medroso que seu paletó roçasse as sedas de uma rechonchuda senhora ou que seus livros tocassem nas calças de um esquelético capitão de uma milícia qualquer. Pelo caminho, arquitetava fantasias; seu espírito divagava sem nexo. À passagem de um oficial a cavalo, imaginava-se na guerra, feito general, voltando vencedor, vitorioso de ingleses, de alemães, de americanos e entrando pela rua do Ouvidor aclamado como nunca se fora aqui. Na sua cabeça ainda infantil, em que a fraqueza de afetos próximos concentrava o pensamento, a imaginação palpitava, tinha uma grande atividade, criando toda a espécie de fantasmagorias que lhe apareciam como fatos possíveis, virtuais.

Eram-lhe as horas de aula um bem triste momento. Não que fosse vadio, estudava o seu bocado, mas o espetáculo do saber, por um lado grandioso e apoteótico, pela boca dos professores, chegava-lhe tisnado e um quê desarticulado. Não conseguia ligar bem umas coisas às outras, além do que tudo aquilo lhe aparecia solene, carrancudo e feroz. Um teorema tinha o ar autoritário de um régulo selvagem; e aquela gramática cheia de regrinhas, de exceções, uma coisa cabalística, caprichosa e sem aplicação útil.

O mundo parecia-lhe uma coisa dura, cheia de arestas cortantes, governado por uma porção de regrinhas de três linhas, cujo segredo e aplicação estavam entregues a uma casta de senhores, tratáveis uns, secos outros, mas todos velhos e indiferentes.

Aos seus exames ninguém assistia, nem por eles alguém se interessava; contudo, foi sempre regularmente aprovado.

Quando voltava do colégio, procurava a madrinha e contava-lhe o que se dera nas aulas. Narrava-lhe pequenas particularidades do dia, as notas que obtivera e as travessuras dos colegas.

Uma tarde, quando isso ia fazer, encontrou dona Laura atendendo a uma visita. Vendo-o entrar e falar à dona da casa, tomando-lhe a bênção, a senhora estranha perguntou: — Quem é esse pequeno? — É meu afilhado — disse-lhe dona Laura. — Teu afilhado? Ahn! Sim! É o filho da Gabriela...

Horácio ainda esteve um instante calado, estatelado e depois chorou nervosamente.

Quando se retirou, observou a visita à madrinha:

— Você está criando mal esta criança. Faz-lhe muitos mimos, está lhe dando nervos...

— Não faz mal. Podem levá-lo longe.

E assim corria a vida do menino em casa do conselheiro.

Um domingo ou outro, só ou com um companheiro, vagava pelas praias, pelos bondes ou pelos jardins. O Jardim Botânico era-lhe preferido. Ele e o seu constante amigo Salvador sentavam-se a um banco, conversavam sobre os estudos comuns, maldiziam este ou aquele professor. Por fim, a conversa vinha a enfraquecer; os dois se calavam instantes. Horácio deixava-se penetrar pela flutuante poesia das coisas, das árvores, dos céus, das nuvens; acariciava com o olhar as angustiadas colunas das montanhas, simpatizavam com o arremesso dos pincaros, depois deixava-se ficar, ao chilreio do passaredo, cismando vazio, sem que a cisma lhe fizesse ver coisa definida, palpável pela inteligência. Ao fim, sentia-se como que liquefeito, vaporizado nas coisas — era como se perdesse o feitio humano e se integrasse naquele verde-escuro da mata ou naquela mancha faiscante de prata que a água a correr deixava na encosta da montanha. Com que volúpia, em tais momentos, ele se via dissolvido na natureza, em estado de fragmentos, em átomos, sem sofrimento, sem pensamento, sem dor! Depois de ter ido ao indefinido, apavorava-se com o aniquilamento e voltava a si, aos seus desejos, às suas preocupações com pressa e medo.

— Salvador, de que gostas mais, do inglês ou francês?
— Eu do francês; e tu?
— Do inglês.
— Por quê?
— Porque pouca gente o sabe.

A confidência saía-lhe a contragosto, era dita sem querer. Temeu que o amigo o supusesse vaidoso. Não era bem esse sentimento que o animava; era uma vontade de distinção, de reforçar a sua individualidade, que ele sentia muito diminuída pelas circunstâncias ambientes. O amigo não entrava na natureza do seu sentimento e despreocupadamente perguntou:

— Horácio, já assististe a uma festa de São João?
— Nunca.
— Queres assistir uma?
— Quero, onde?

— Na ilha, em casa de meu tio.

Pela época, a madrinha consentiu. Era um espetáculo novo; era um outro mundo que se abria aos seus olhos. Aquelas longas curvas das praias, que perspectivas novas não abriam em seu espírito! Ele se ia todo nas cristas brancas das ondas e nos largos horizontes que descortinava.

Em chegando a noite, afastou-se da sala. Não entendia aqueles folguedos, aquele dançar sôfrego, sem pausa, sem alegria, como se fosse um castigo. Sentado a um banco do lado de fora, pôs-se a apreciar a noite, isolado, oculto, fugido, solitário, que se sentia ser no ruído da vida. Do seu canto escuro, via tudo mergulhado numa vaga semiluz. No céu negro, a luz pálida das estrelas; na cidade defronte, o revérbero da iluminação; luz, na fogueira votiva, nos balões ao alto, nos foguetes que espoucavam, nos fogaréus das proximidades e das distâncias — luzes contínuas, instantâneas, pálidas, fortes; e todas no conjunto pareciam representar um esforço enorme para espancar as trevas daquela noite de mistérios.

No seio daquela bruma iluminada, as formas das árvores boiavam como espectros; o murmúrio do mar tinha alguma coisa de penalizado diante do esforço dos homens e dos astros para clarear as trevas. Havia naquele instante, em todas as almas, um louco desejo de decifrar o mistério que nos cerca; e as fantasias trabalhavam para idear meios que nos fizessem comunicar com o Ignorado, com o Invisível. Pelos cantos sombrios da chácara pessoas deslizavam. Iam ao poço ver a sombra — sinal de que viveriam o ano; iam disputar galhos de arruda ao diabo; pelas janelas, deixavam copos com ovos partidos para que o sereno, no dia seguinte, trouxesse as mensagens do Futuro.

O menino, sentindo-se arrastado por aquele frêmito de augúrio e feitiçaria, percebeu bem como vivia envolvido, mergulhado, no indistinto, no indecifrável; e uma onda de pavor, imensa e aterradora, cobriu-lhe o sentimento.

Dolorosos foram os dias que se seguiram. O espírito sacolejou-lhe o corpo violentamente. Com afinco estudava, lia os compêndios;

mas não compreendia, nada retinha. O seu entendimento como que vazava. Voltava, lia, lia e lia e, em seguida, virava as folhas sofregamente, nervosamente, como se quisesse descobrir debaixo delas um outro mundo cheio de bondade e satisfação. Horas havia que ele desejava abandonar aqueles livros, aquela lenta aquisição de noções e ideias, reduzir-se e anular-se; horas havia, porém, que um desejo ardente lhe vinha de saturar-se de saber, de absorver todo o conjunto das ciências e das artes. Ia de um sentimento para outro; e foi vã a agitação. Não encontrava solução, saída; a desordem das ideias e a incoerência das sensações não lhe podiam dar uma e cavavam-lhe a saúde. Tornou-se mais flébil, fatigava-se facilmente. Amanhecia cansado de dormir e dormia cansado de estar em vigília. Vivia irritado, raivoso, não sabia contra quem.

Certa manhã, ao entrar na sala de jantar, deu com o padrinho a ler os jornais, segundo o seu hábito querido.

— Horácio, você passe na casa do Guedes e traga-me a roupa que mandei consertar.

— Mande outra pessoa buscar.

— O quê?

— Não trago.

— Ingrato! Era de esperar...

E o menino ficou admirado diante de si mesmo, daquela saída de sua habitual timidez.

Não sabia onde tinha ido buscar aquele desaforo imerecido, aquela tola má-criação; saiu-lhe como uma coisa soprada por outro e que ele unicamente pronunciasse.

A madrinha interveio, aplainou as dificuldades; e, com a agilidade de espírito peculiar ao sexo, compreendeu o estado d'alma do rapaz. Reconstituiu-o com os gestos, com os olhares diversos e cuja significação lhe escapara no momento, mas que aquele ato, desusadamente brusco e violento, aclarava por completo. Viu-lhe o sofrimento de viver à parte, a transplantação violenta, a falta de simpatia, o princípio de ruptura que existia em sua alma. E que o fazia passar aos extremos das sensações e dos atos.

Disse-lhe coisas doces, ralhou-o, aconselhou-o, acenou-lhe com a fortuna, a glória e o nome.

Foi Horácio para o colégio abatido, preso de um estranho sentimento de repulsa, de nojo por si mesmo. Fora ingrato, de fato; era um monstro. Os padrinhos lhe tinham dado tudo, educado, instruído. Fora sem querer, fora sem pensar; e sentia bem que a sua reflexão não entrara em nada naquela resposta que dera ao padrinho. Em todo o caso, as palavras foram suas, foram ditas com sua voz e a sua boca, e se lhe nasceram do íntimo sem a colaboração da inteligência, devia acusar-se de ser fundamentalmente mau...

Pela segunda aula, pediu licença. Sentia-se doente, doía-lhe a cabeça e parecia que lhe passavam um archote fumegante pelo rosto.

— Já, Horácio? — perguntou-lhe a madrinha, vendo-o entrar.
— Estou doente.

E dirigiu-se para o quarto. A madrinha seguiu-o. Chegando que foi, atirou-se à cama, ainda meio vestido.

— Que é que você tem, meu filho?
— Dores de cabeça... um calor...

A madrinha tomou-lhe o pulso, assentou as costas da mão na testa e disse-lhe ainda algumas palavras de consolação: que aquilo não era nada; que o padrinho não lhe tinha rancor; que sossegasse.

O rapaz, deitado, com os olhos semicerrados, parecia não ouvir; voltava-se de um lado para outro; passava a mão pelo rosto, arquejava e debatia-se. Um instante pareceu sossegar; ergueu-se sobre o travesseiro e chegou a mão aos olhos, no gesto de quem quer avistar alguma coisa ao longe. A estranheza do gesto assustou a madrinha.

— Horácio!... Horácio!...
— Estou dividido... Não sai sangue...
— Horácio, Horácio, meu filho!
— Faz sol... Que sol!... Queima... Árvores enormes... Elefantes...
— Horácio, que é isso? Olha; é tua madrinha!

— Homens negros... fogueiras... Um se estorce... Chi! Que coisa!... O meu pedaço dança...

— Horácio! Genoveva, traga água de flor... Depressa, um médico... Vá chamar, Genoveva!

— Já não é o mesmo... é outro... lugar, mudou... uma casinha branca... carros de bois... nozes... figos... lenços...

— Acalma-te, meu filho!

— Ué! Chi! Os dois brigam...

Daí em diante a prostração tomou-o inteiramente. As últimas palavras não saíam perfeitamente articuladas. Pareceu sossegar. O médico entrou, tomou a temperatura, examinou-o e disse com a máxima segurança:

— Não se assuste, minha senhora. É delírio febril, simplesmente. Dê-lhe o purgante, depois as cápsulas, que, em breve, estará bom.

UM E OUTRO

A Deodoro Leucht

Não havia motivo para que ela procurasse aquela ligação, não havia razão para que a mantivesse. O Freitas a enfarava um pouco, é verdade. Os seus hábitos quase conjugais; o modo de tratá-la como sua mulher; os rodeios de que se servia para aludir à vida das outras raparigas; as precauções que tomava para enganá-la; a sua linguagem sempre escoimada de termos de calão ou duvidosos; enfim, aquele ar burguês da vida que levava, aquela regularidade, aquele equilíbrio davam-lhe a impressão de estar cumprindo pena.

Isto era bem verdade, mas não a absolvia perante ela mesma de estar enganando o homem que lhe dava tudo, que educava sua filha, que a mantinha como senhora, com o *chauffeur* do automóvel em que passeava duas vezes ou mais por semana. Por que não procurara *outro* mais decente? A sua razão desejava bem isso; mas o seu instinto a tinha levado.

A bem dizer, ela não gostava de homem, mas de homens; as exigências de sua imaginação, mais do que as de sua carne, eram para a poliandria. A vida a fizera assim e não havia de ser agora, ao roçar os cinquenta, que havia de corrigir-se. Ao lembrar-se de sua idade, olhou-se um pouco no espelho e viu que uma ruga teimosa começava a surgir no canto de um dos olhos. Era preciso a massagem... Examinou-se melhor. Estava de corpinho. O colo era ainda opulento, unido; o pescoço repousava bem sobre ele e ambos, colo e pescoço, se ajustavam sem saliências nem depressões.

Teve satisfação de sua carne; teve orgulho mesmo. Há quanto tempo ela resistia aos estragos do tempo e ao desejo dos homens? Não estava moça, mas se sentia ainda apetitosa. Quantos a provaram? Ela não podia sequer avaliar o número aproximado. Passavam por sua lembrança numerosas fisionomias. Muitas ela não fixara bem na memória e surgiam-lhe na recordação como coisas vagas, sombras, pareciam espíritos. Lembrava-se às vezes de um gesto, às vezes de uma frase deste ou daquele sem se lembrar dos seus traços; recordava-se às vezes da roupa sem se recordar da pessoa. Era curioso que, de certos que a conheceram uma única noite e se foram para sempre, ela se lembrasse bem; e de outros que se demoraram, tivesse uma imagem apagada.

Os vestígios da sua primitiva educação religiosa e os moldes da honestidade comum subiram à sua consciência. Seria pecado aquela sua vida? Iria para o inferno? Viu um instante o seu inferno de estampa popular: as labaredas muito rubras, as almas mergulhadas nelas e os diabos, com uns garfos enormes, a obrigar os penitentes a sofrerem o suplício.

Haveria isso mesmo ou a morte seria...? A sombra da morte ofuscou-lhe o pensamento. Já não era tanto o inferno que lhe vinha aos olhos; era a morte só, o aniquilamento do seu corpo, da sua pessoa, o horror horrível da sepultura fria.

Isto lhe pareceu uma injustiça. Que as vagabundas comuns morressem, vá! Ela, porém, ela que tivera tantos amantes ricos; ela que causara rixas, suicídios e assassinatos, morrer, era uma iniquidade sem nome! Não era uma mulher comum, ela, a Lola, a Lola desejada por tantos homens; a Lola, amante do Freitas, que gastava mais de um conto de réis por mês nas coisas triviais da casa, não podia nem devia morrer. Houve então nela um assomo íntimo de revolta contra o destino implacável.

Agarrou a blusa, ia vesti-la, mas reparou que faltava um botão. Lembrou-se de pregá-lo, mas imediatamente lhe veio a invencível repugnância que sempre tivera pelo trabalho manual. Quis chamar a criada: mas seria demorar. Lançou mão de alfinetes.

Acabou de vestir-se, pôs o chapéu e olhou um pouco os móveis. Eram caros, eram bons. Restava-lhe esse consolo: morreria, mas morreria no luxo, tendo nascido em uma cabana. Como eram diferentes os dois momentos! Ao nascer, até aos vinte e tantos anos, mal tinha onde descansar após as labutas domésticas. Quando casada, o marido vinha suado dos trabalhos do campo e, mal lavados, deitavam-se. Como era diferente agora... Qual! Não seria capaz de suportá-lo mais... Como é que pôde?

Seguiu-se a emigração... Como foi que veio até ali, até aquela cumiada de que se orgulhava? Não apanhava bem o encadeamento. Apanhava alguns termos da série; como porém se ligaram, como se ajustaram para fazê-la subir de criada a amante opulenta do Freitas, não compreendia bem. Houve oscilações, houve desvios. Uma vez mesmo quase se viu embrulhada numa questão de furto; mas, após tantos anos, a ascensão parecia-lhe gloriosa e retilínea. Deu os últimos toques no chapéu, consertou o cabelo na nuca, abriu o quarto e foi à sala de jantar.

— Maria, onde está a Mercedes? — perguntou.

Mercedes era a sua filha, filha de sua união legal, que orçava pelos vinte e poucos anos. Nascera no Brasil, dois anos após a sua chegada, um antes de abandonar o marido. A criada correu logo a atender a patroa:

— Está no quintal conversando com a Aída, patroa.

Maria era a sua copeira e Aida, a lavadeira; no trem de sua casa, havia três criadas e ela, a antiga criada, gostava de lembrar-se do número das que tinha agora, para avaliar o progresso que fizera na vida.

Não insistiu mais em perguntar pela filha e recomendou:

— Vou sair. Fecha bem a porta da rua... Toma cuidado com os ladrões.

Abotoou as luvas, consertou a fisionomia e pisou a calçada com um imponente ar de grande dama sob o seu caro chapéu de plumas brancas.

A rua dava-lhe mais força de fisionomia, mais consciência dela. Como se sentia estar no seu reino, na região em que era rainha e imperatriz. O olhar cobiçoso dos homens e o de inveja das mulheres acabavam o sentimento de sua personalidade, exaltavam-no até. Dirigiu-se para a rua do Catete com o seu passo miúdo e sólido. Era manhã e, embora andássemos pelo meado do ano, o sol era forte como se já verão fosse. No caminho trocou cumprimentos com as raparigas pobres de uma casa de cômodos da vizinhança.

— Bom dia, *madama*.
— Bom dia.

E debaixo dos olhares maravilhados das pobres raparigas, ela continuou o seu caminho, arrepanhando a saia, satisfeita que nem uma duquesa atravessando os seus domínios.

O *rendez-vous* era para a uma hora; tinha tempo, portanto, de dar umas voltas à cidade. Precisava mesmo que o Freitas lhe desse uma quantia maior. Já lhe falara a respeito pela manhã, quando ele saiu, e tinha que buscá-la ao escritório dele.

Tencionava comprar um mimo e oferecê-lo ao *chauffeur* do "Seu" Pope, o seu último amor, o ente sobre-humano que ela via coado através da beleza daquele "carro" negro, arrogante, insolente cortando a multidão das ruas, orgulhoso como um deus.

Na imaginação, ambos, *chauffeur* e "carro", não os podia separar um do outro; e a imagem dos dois era uma única de suprema beleza, tendo a seu dispor a força e a velocidade do vento.

Tomou o bonde. Não reparou nos companheiros de viagem; em nenhum ela sentiu uma alma; em nenhum ela sentiu um semelhante. Todo o seu pensamento era para o *chauffeur*, e o "carro". O automóvel, aquela magnífica máquina, que passava pelas ruas que nem um triunfador, era bem a beleza do homem que o guiava; e, quando ela o tinha nos braços, não era bem ele quem a abraçava, era a beleza daquela máquina que punha nela ebriedade, sonho e alegria singular da velocidade. Não havia como aos sábados em que ela, recostada às almofadas amplas, percorria as ruas da cidade, concentrava os olhares e todos invejavam mais o carro que ela, a força que se continha nele e o arrojo que o *chauffeur* moderava. A vida de centenas de miseráveis, de tristes e mendicantes sujeitos que andavam a pé, estava ao dispor de uma simples e imperceptível volta no guidão; e o motorista que ela beijava, que ela acariciava, era como uma divindade que dispusesse de humildes seres deste triste e desgraçado planeta.

Em tal instante, ela se sentia vingada do desdém com que a cobriam, e orgulhosa de sua vida.

Entre ambos, "carro" e *chauffeur*, ela estabelecia um laço necessário, não só entre as imagens respectivas como entre os objetos. O "carro" era como os membros do outro e os dois completavam-se numa representação interna, maravilhosa de elegância, de beleza, de vida, de insolência, de orgulho e força.

O bonde continuava a andar. Vinha jogando pelas ruas em fora, tilintando, parando aqui e ali. Passavam carroças, passavam carros, passavam automóveis. O dele não passaria certamente. Era de "garage" e saía unicamente para certos e determinados fregueses que só passeavam à tarde ou escolhiam-no para a volta dos clubes, alta noite. O bonde chegou à praça da Glória. Aquele trecho da cidade tem um ar de fotografia, como que houve nele uma preocupação de vista, de efeito de perspectiva; e agradava-lhe. O bonde corria agora ao lado do mar. A baía estava calma, os horizontes eram límpidos e os barcos a vapor quebravam a harmonia da paisagem.

A marinha pede sempre o barco a vela; ele como que nasceu do mar, é sua criação; o barco a vapor é um grosseiro engenho demasiado humano, sem relação com ela. A sua brutalidade a violenta.

A Lola, porém, não se demorou em olhar o mar, nem o horizonte; a natureza lhe era completamente indiferente e não fez nenhuma reflexão sobre o trecho que a via passar. Considerou dessa vez os vizinhos. Todos lhe pareciam detestáveis. Tinham um ar de pouco dinheiro e regularidade sexual abominável. Que gente!

O bonde passou pela frente do Passeio Público e o seu pensamento fixou-se um instante no chapéu que tencionava comprar. Ficar-lhe-ia bem? Seria mais belo que o da Lúcia, amante do Adão "Turco"? Saltava de uma probabilidade para outra, quando lhe veio desviar da preocupação a passagem de um automóvel. Pareceu ser ele, o *chauffeur*. Qual! Num "táxi"? Não era possível. Afugentou o pensamento e o bonde continuou. Enfrentou o Teatro Municipal. Olhou-lhe as colunas, os dourados; achou-o bonito, bonito como uma mulher cheia de atavios. Na avenida, ajustou o passo, consertou a fisionomia, arrepanhou a saia com a mão esquerda e partiu ruas em fora com um ar de grande dama sob o enorme chapéu de plumas brancas.

Nas ocasiões em que precisava falar ao Freitas no escritório, ela tinha por hábito ficar num *restaurant* próximo e mandar chamá-lo por um caixeiro. Assim ele lhe recomendava e assim ela fazia, convencida como estava de que as razões com que o Freitas lhe justificara esse procedimento eram sólidas e procedentes. Não ficava bem ao alto comércio de comissões e consignações que as damas fossem procurar os representantes dele nos respectivos escritórios; e, se bem que o Freitas fosse um simples caixa da casa Antunes, Costa & Cia., uma visita como a dela poderia tirar de tão poderosa firma a fama de solidez e abalar-lhe o crédito na clientela.

A espanhola ficou, portanto, próximo e, enquanto esperava o amante, pediu uma limonada e olhou a rua. Naquela hora, a rua Primeiro de Março tinha o seu pesado trânsito habitual de grandes carroções pejados de mercadorias. O movimento quase se cingia a homens; e se, de quando em quando, passava uma mulher, vinha num bando de estrangeiros recentemente desembarcados.

Se passava um destes, Lola tinha um imperceptível sorriso de mofa. Que gente! Que magras! Onde é que foram descobrir aquela magreza de mulher? Tinha como certo que, na Inglaterra, não havia mulheres bonitas nem homens elegantes.

Num dado momento, alguém passou que lhe fez crispar a fisionomia. Era a Rita. Onde ia àquela hora? Não lhe foi dado ver bem o vestuário dela, mas viu o chapéu, cuja *pleureuse* lhe pareceu mais cara que a do seu. Como é que arranjara aquilo? Como é que havia homens que dessem tal luxo a uma mulher daquelas? Uma mulata...

O seu desgosto sossegou com essa verificação e ficou possuída de um contentamento de vitória. A sociedade regular dera-lhe a arma infalível...

Freitas chegou afinal, e como convinha à sua posição e à majestade do alto comércio, veio em colete e sem chapéu. Os dois se encontraram muito casualmente, sem nenhum movimento, palavra, gesto ou olhar de ternura.

— Não trouxeste Mercedes? — perguntou ele.

— Não... Fazia muito sol...

O amante sentou-se e ela o examinou um momento. Não era bonito, muito menos simpático. Desde muito verificara isso; agora, porém, descobrira o máximo defeito da sua fisionomia. Estava no olhar, um olhar sempre o mesmo, fixo, esbugalhado, sem mutações e variações de luz. Ele pediu cerveja, ela perguntou:

— Arranjaste?

Tratava-se de dinheiro e o seu orgulho de homem do comércio, que sempre se julga rico ou às portas da riqueza, ficou um pouco ferido com a pergunta da amante.

— Não havia dificuldade... Era só vir ao escritório... Mais que fosse...

Lola suspeitava que não lhe fosse tão fácil, assim, mas nada disse. Explorava habilmente aquela sua ostentação de dinheiro, farejava "qualquer coisa" e já tomara as suas precauções.

Veio a cerveja e ambos, na mesa do *restaurant*, fizeram um numeroso esforço para conversar. O amante fazia-lhe perguntas: — Vais à modista? Sais hoje à tarde? — ela respondia: — Sim, não.

Passou de novo a Rita. Lola aproveitou o momento e disse:

— Lá vai aquela "negra".

— Quem?

— A Rita.

— A Ritinha!... está agora com o "Louro", *croupier*, do "Emporium".

E em seguida acrescentou:

— Está muito bem.

— Pudera! Há homens muito porcos.

— Pois olha: acho-a bem bonita.

— Não precisava dizer-me. És como os outros... Ainda há quem se sacrifique por vocês.

Era seu hábito sempre procurar na conversa caminho para mostrar-se arrufada e dar a entender ao amante que ela se sacrificava vivendo com ele. Freitas não acreditava muito nesse sacrifício, mas não queria romper com ela, porque a sua ligação causava nas rodas de confeitarias, de pensões *chics* e jogo muito sucesso. Muito célebre e conhecida, com quase vinte anos de "vida ativa", o seu *collage* com a Lola que, se não fora bela, fora sempre tentadora e provocante, punha a sua pessoa em foco e garantia-lhe um certo prestígio sobre as outras mulheres.

Vendo-a arrufada, o amante fingiu-se arrependido do que dissera, e vieram a despedir-se com palavras ternas.

Ela saiu contente com o dinheiro na carteira. Havia dito ao Freitas que o destinava a uma filha que estava na Espanha; mas a verdade era que mais de metade seria empregada na compra de um presente para o seu motorista amado. Subiu a rua do Ouvidor, parando pelas montras das casas de joias. Que havia de ser? Um anel? Já lhe havia dado. Uma corrente? Também já lhe dera uma. Parou numa *vitrine* e viu uma cigarreira. Simpatizou com o objeto. Parecia caro e era ofuscante: ouro e pedrarias — uma coisa de mau gosto evidente. Achou-a maravilhosa, entrou e comprou-a sem discutir.

Encaminhou-se para o bonde cheia de satisfação. Aqueles presentes como que o prendiam mais a ela; como que o ligavam eternamente à sua carne e o faziam entrar no seu sangue.

A sua paixão pelo *chauffeur* durava havia seis meses e encontravam-se pelas bandas da Candelária, em uma casa discreta e limpa, bem frequentada, cheia de precauções para que os frequentadores não se vissem.

Faltava pouco para o encontro e ela aborrecia-se esperando o bonde conveniente. Havia mais impaciência nela que atraso no horário. O veículo chegou em boa hora e Lola tomou-o cheia de ardor e de desejo. Havia uma semana que ela não se encontrava com o motorista. A última vez em que se avistaram, nada mais íntimo lhe pudera dizer. Freitas, ao contrário do costume, passeava com ela; e só lhe fora dado vê-lo soberbo, todo de branco, *casquette*, sentado à almofada, com o busto ereto, a guiar maravilhosamente o carro lustroso, impávido, brilhante, cuja niquelagem areada faiscava como prata nova.

Marcara-lhe aquele *rendez-vous* com muita saudade e vontade de vê-lo e agradecer-lhe a imaterial satisfação que a máquina lhe dava. Dentro daquele bonde vulgar, um instante, ela teve novamente diante dos olhos o automóvel orgulhoso, sentiu a sua trepidação, indício de sua força, e o viu deslizar, silencioso, severo, resoluto e insolente, pelas ruas em fora, dominado pela mão destra do *chauffeur* que ela amava.

Logo ao chegar, perguntou à dona da casa se o José estava. Soube que chegara mais cedo e já fora para o quarto. Não se demorou muito conversando com a patroa e correu ao aposento.

De fato, José lá estava. Fosse calor, fosse vontade de ganhar tempo, o certo é que já havia tirado de cima de si o principal vestuário. Assim que a viu entrar, sem se erguer da cama, disse:

— Pensei que não viesses.

— O bonde custou muito a chegar, meu amor.

Descansou a bolsa, tirou o chapéu com ambas as mãos e foi direto à cama. Sentou-se na borda, cravou o olhar no rosto grosseiro e vulgar do motorista; e, após um instante de contemplação, debruçou-se e beijou-o, com volúpia, demoradamente.

O *chauffeur* não retribuiu a carícia; ele as julgava desnecessárias naquele instante. Nele, o amor não tinha prefácios, nem epílogos; o assunto ataca-se logo. Ela não o concebia assim; resíduos da profissão e o sincero desejo daquele homem faziam-na carinhosa.

Sem beijá-lo, sentada à borda da cama, esteve um momento a olhar enternecida a má e forte catadura do *chauffeur*. José começava a impacientar-se com aquelas filigranas. Não compreendia tais rodeios que lhe pareciam ridículos.

— Despe-te!

Aquela impaciência agradava-lhe e ela quis saboreá-la mais. Levantou-se sem pressa, começou a desabotoar-se devagar, parou e disse com meiguice:

— Trago-te uma coisa.
— Que é? — fez ele logo.
— Adivinha!
— Dize lá de uma vez.

Lola procurou a bolsa, abriu-a devagar e de lá retirou a cigarreira. Foi até o leito e entregou-a ao *chauffeur*. Os olhos do homem incendiaram-se de cupidez; e os da mulher, ao vê-lo satisfeito, ficaram úmidos de contentamento.

Continuou a despir-se e, enquanto isto, ele não deixava de apalpar, de abrir e fechar a cigarreira que recebera. Descalçava os sapatos quando José lhe perguntou com a sua voz dura e imperiosa:

— Tens passeado muito no "Pope"?
— Deves saber que não. Não o tenho mandado buscar, e tu sabes que só saio no "teu!".
— Não estou mais nele.
— Como?
— Saí da casa... Ando agora num "táxi".

Quando o *chauffeur* lhe disse isso, Lola quase desmaiou; a sensação que teve foi de receber uma pancada na cabeça.

Pois então, aquele deus, aquele dominador, aquele supremo indivíduo descera a guiar um "táxi" sujo, chocalhante, mal pintado, desses que parecem feitos de folha de flandres! Então ele? Então... E aquela abundante beleza do automóvel de luxo que tão alta ela via nele, em um instante, em um segundo, de todo se esvaiu. Havia internamente, entre as duas imagens, um nexo que lhe parecia indissolúvel, e o brusco rompimento perturbou-lhe completamente a representação mental e emocional daquele homem.

Não era o mesmo, não era o semideus, ele que estava ali presente; era outro ou era ele degradado, mutilado, horrendamente mutilado. Guiando um "táxi"... Meu Deus!

O seu desejo era ir-se, mas, ao lhe vir esse pensamento, o José perguntou:

— Vens ou não vens?

Quis pretextar qualquer coisa para sair; teve medo, porém, do seu orgulho masculino, do despeito de seu desejo ofendido.

Deitou-se a seu lado com muita repugnância, e pela última vez.

A CARTOMANTE

Não havia dúvida que, naqueles atrasos e atrapalhações de sua vida, alguma influência misteriosa preponderava. Era ele tentar qualquer coisa, logo tudo mudava. Esteve quase para arranjar-se na Saúde Pública; mas, assim que obteve um bom "pistolão", toda a política mudou. Se jogava no bicho, era sempre o grupo seguinte ou o anterior que dava. Tudo parecia mostrar-lhe que ele não devia ir para adiante. Se não fossem as costuras da mulher, não sabia bem como poderia ter vivido até ali. Há cinco anos que não recebia vintém de seu trabalho. Uma nota de dois mil-réis, se alcançava ter na algibeira por vezes, era obtida com auxílio de não sabia quantas humilhações, apelando para a generosidade dos amigos.

Queria fugir, fugir para bem longe, onde a sua miséria atual não tivesse o realce da prosperidade passada; mas, como fugir?

Onde havia de buscar dinheiro que o transportasse, a ele, a mulher e aos filhos? Viver assim era terrível! Preso à sua vergonha como a uma calceta, sem que nenhum código e juiz tivessem condenado, que martírio!

A certeza, porém, de que todas as suas infelicidades vinham de uma influência misteriosa deu-lhe mais alento. Se era "coisa feita", havia de haver por força quem a desfizesse. Acordou mais alegre e se não falou à mulher alegremente era porque ela já havia saído. Pobre de sua mulher! Avelhantada precocemente, trabalhando que nem uma moura, doente, entretanto a sua fragilidade transformava-se em energia para manter o casal.

Ela saía, virava a cidade, trazia costuras, recebia dinheiro, e aquele angustioso lar ia se arrastando, graças aos esforços da esposa.

Bem! As coisas iam mudar! Ele iria a uma cartomante e havia de descobrir o que e quem atrasavam a sua vida.

Saiu, foi à venda e consultou o jornal. Havia muitos videntes, espíritas, teósofos anunciados; mas simpatizou com uma cartomante, cujo anúncio dizia assim: "Madame Dadá, sonâmbula, extralúcida, deita as cartas e desfaz toda a espécie de feitiçaria, principalmente a africana. Rua etc."

Não quis procurar outra; era aquela, pois já adquirira a convicção de que aquela sua vida vinha sendo trabalhada pela mandinga de algum preto-mina, a soldo do seu cunhado Castrioto, que jamais vira com bons olhos o seu casamento com a irmã.

Arranjou com o primeiro conhecido que encontrou o dinheiro necessário, e correu depressa para a casa de Madame Dadá.

O mistério ia desfazer-se e o malefício ser cortado. A abastança voltaria à casa; compraria um terno para o Zezé, umas botinas para Alice, a filha mais moça; e aquela cruciante vida de cinco anos havia de lhe ficar na memória como passageiro pesadelo.

Pelo caminho tudo lhe sorria. Era o sol muito claro e doce, um sol de junho; eram as fisionomias risonhas dos transeuntes; e o mundo, que até ali lhe aparecia mau e turvo, repentinamente lhe surgia claro e doce.

Entrou, esperou um pouco, com o coração a lhe saltar do peito.

O consulente saiu e ele foi afinal à presença da pitonisa. Era sua mulher.

O TAL NEGÓCIO DE "PRESTAÇÕES"

O sr. José de Andrade era contramestre de uma oficina do Estado, situada nos subúrbios.

Era ele o único homem da casa, pois, do seu casamento com dona Conceição, só lhe nasceram filhas, que eram quatro: Vivi, Loló, Ceci e Lili.

Era homem morigerado, sem vícios, exemplar chefe de família, que ele governava com acerto e honestidade. Só tinha um fraco: jogar no bicho; mas, isso mesmo, não era diariamente; fazia-o de longe em longe.

Um belo dia, ganhou na centena. Adquiriu, por quinhentos mil-réis, um terreno, em Inhaúma; comprou algumas peças de uso doméstico e distribuiu cem mil-réis, igualmente, entre a mulher e as quatro filhas. Dona Conceição tinha visto nas mãos do Benjamim, vendedor ambulante, por prestações, uma saia de casimira muito boa. Quis comprá-la, mas não tinha de mão a quantia que devia dar de sinal. Entretanto, agora, com aqueles vinte mil-réis, estava de posse dela.

Nem de propósito! No dia seguinte, Benjamim passa, e ela adquire a saia, dando o sinal e obrigando-se a pagar doze mil-réis, mensalmente.

Vivi também tinha visto nas mãos de Sárak uns borzeguins de cano alto, de pelica, muito bons; mas não tivera o dinheiro na ocasião, para fazer o primeiro adiantamento.

Esperou Sárak e adquiriu dois pares: um preto e outro amarelo.

Estava no dever de pagar doze mil-réis por mês, que ela esperava obter com o produto de suas costuras.

Loló, essa gostava de joias e vivia sonhando com um relogiozinho-pulseira que o Nicolau lhe quisera vender a prestações de quinze mil-réis. Avisou a sua amiga Eurídice que, quando ele lhe fosse cobrar, o mandasse falar com ela, Loló.

Assim foi feito; e, no domingo seguinte, ia ao cinema com o adorno cobiçado que logo se desarranjou.

Pagaria as prestações com o dinheiro que os bordados lhe dariam.

Ceci e Lili não eram lá muito inclinadas para esse negócio de prestações; mas o exemplo das irmãs animou-as.

Ceci tinha uma linda saia de *voile* azul-marinho, que o papai lhe dera no mês passado, quando fizera dezessete anos; mas não gostava da blusa, que era branca. Queria uma creme; e, justamente, o Ivã, um ambulante de prestações, que lhe não deixava a porta, tinha uma em condições, e magnífica. Ficou com ela; e a sua contribuição era modesta: seis mil-réis mensais, quantia ínfima que o pai lhe daria certamente.

Lili, a mais moça, não tendo ainda dezesseis anos, parecia resistir à atração, à fascinação de obter um adorno ou uma peça de vestuário, por meio de quotas mensais.

Guardou, durante uma semana, os vinte mil-réis intactos; mas apareceu-lhe no portão, pela primeira vez, um vendedor ambulante de joias, a prestações; e ela, dando-lhe o dinheiro, que tinha reservado, fez-se dona de umas "africanas" com a promessa de pagar dez mil-réis por mês. Chama-se o ambulante José Síky.

Ela ajudava a mais velha, a Vivi, nas costuras e, por isso, lhe dava esta uma parte do que ganhava.

O mês correu e não bem para os cálculos das moças, pois Vivi adoeceu e não pudera trabalhar na "Singer". A moléstia da mais velha refletiu-se em toda a economia da família, pois houve aumento de despesas com medicamentos, dieta etc. Dona Conceição não pôde fazer economias nas compras, pois tinha que atender ao acréscimo de despesa com o aleitamento de Vivi; à segunda, Loló, tendo que cuidar da irmã, não foi permitido bordar; ao pai, devido aos dispêndios com o tratamento da mais velha, não foi dado oferecer qualquer dinheiro à sua filha de estimação, Ceci; e, finalmente, não tendo Vivi trabalhado, Lili não ganhava a gorjeta que a primogênita lhe dava.

No começo do mês seguinte, um atrás do outro, lá batiam à porta, Benjamim, Sárak, Nicolau, Ivã, José Síky, a cobrar as prestações de dona Conceição, de Vivi, de Loló, de Ceci e de Lili.

Desculparam-se do melhor modo e os homens se foram resignadamente.

No mês que se seguiu, as coisas não correram tão bem como elas esperavam. Fizeram alguma coisa, mas insuficiente para pagar aos russos das prestações.

Não ficaram estes contentes e procuraram indagar quem era o dono da casa. José de Andrade não sabia da história de prestações e ficou espantado quando eles o procuraram, para a cobrança. No começo pensou que era só um; mas quando viu que eram cinco, e que as prestações alcançavam a respeitável soma de cinquenta e nove mil-réis, o pobre homem quase ficou louco.

Ainda quis restituir os objetos; mas as peças de vestuário estavam usadas, o relógio desarranjado e até as "africanas" precisavam de consertos no fecho.

Não houve remédio senão pagar, e, ainda hoje, quando o modesto operário encontra um homem de prestações, diz com os seus botões:

— Não sei como a polícia deixa essa gente andar solta... Só se lembra de perseguir o "bicho" que é coisa inocente.

CLÓ

A Alexandre Valentim Magalhães

Devia ser já a terceira pessoa que lhe sentava à mesa. Não lhe era agradável aquela sociedade com desconhecidos; mas que fazer naquela segunda-feira de Carnaval, quando as confeitarias têm todas as mesas ocupadas e as cerimônias dos outros dias desfazem-se, dissolvem-se?

Se as duas primeiras pessoas eram desajeitados sujeitos sem atrativos, o terceiro conviva resgatava todo o desgosto causado pelos outros. Uma mulher formosa e bem tratada é sempre bom ter-se à vista, embora sendo desconhecida, ou, talvez, por isso mesmo...

Estava ali o velho Maximiliano esquecido, só moendo cismas, bebendo cerveja, obediente ao seu velho hábito. Se fosse um dia comum, estaria cercado de amigos; mas, os homens populares, como ele, nunca o são nas festas populares. São populares a seu jeito, para os frequentadores das ruas célebres, cafés e confeitarias, nos dias comuns; mas nunca para a multidão que desce dos arrabaldes, dos subúrbios, das províncias vizinhas, abafa aqueles e como que os afugenta. Contudo não se sentia deslocado...

A quinta garrafa já se esvaziara e a sala continuava a encher-se e a esvaziar-se, a esvaziar-se e a encher-se. Lá fora, o falsete dos mascarados em trote, as longas cantilenas dos cordões, os risos e as músicas lascivas enchiam a rua de sons e ruídos desencontrados e, dela, vinha à sala uma satisfação de viver, um frêmito de vida e de luxúria que convidava o velho professor a ficar durante mais tempo bebendo, afastando o momento de entrar em casa.

E esse frêmito de vida e luxúria que faz estremecer a cidade nos três dias de sua festa clássica, naquele momento, diminuía-lhe muito as grandes mágoas de sempre e, sobretudo, aquela teimosa e pequenina de hoje. Ela o pusera assim macambúzio e isolado, embora mergulhado no turbilhão de riso, de alegria, de rumor, de embriaguez e luxúria dos outros, em segunda-feira gorda.

O "jacaré" não dera e muito menos a centena. Esse capricho da sorte tirava-lhe a esperança de um conto e pouco — doce esperança que se esvaía amargosamente naquele crepúsculo de galhofa e prazer.

E que trabalho não tivera ele, doutor Maximiliano, para fazê-la brotar no seu peito, logo nas primeiras horas do dia! Que chusmas de interpretações, de palpites, de exames cabalísticos! Ele bem parecia um áugure romano que vem dizer ao cônsul se deve ou não oferecer batalha...

Logo que ela lhe assomou aos olhos, como não lhe pareceu certo aquele navegar precavido dentro do nevoento mar do Mistério, marcando rumo para aquele ponto — o "jacaré" — onde encontraria sossego, abrigo, durante alguns dias!

E agora, passado o nevoeiro, onde estava?... Estava ainda em mar alto, já sem provisões quase, e com débeis energias para levar o barco a salvamento... Como havia de comprar bisnagas, confetes, serpentinas, alugar automóvel? E — o que era mais grave — como havia de pagar o vestido de que a filha andava precisada, para se mostrar sábado próximo, na rua do Ouvidor, em toda a plenitude de sua beleza, feita (e ele não sabia como) da rija carnadura de Itália e de uma forte e exótica exalação sexual... Como havia de dar-lhe o vestido?

Com aquele seu olhar calmo em que não havia mais nem espanto, nem reprovação, nem esperança, o velho professor olhou ainda a sala tão cheia, por aquelas horas, tão povoada e animada de mocidade, de talento e de beleza. Ele viu alguns poetas conhecidos, quis chamá-los, mas, pensando melhor, resolveu continuar só.

O velho doutor Maximiliano não se cansou de observar, um por um, aqueles homens e aquelas mulheres, homens e mulheres cheios de vícios e aleijões morais; e ficou um instante a pensar se a nossa vida total, geral, seria possível sem os vícios que a estimulavam, embora a degradem também.

Por esse tempo, então, notou ele a curiosidade e a inveja com que um grupo, de modestas meninas dos arrabaldes, examinava a *toilette* e os ademanes das mundanas presentes.

Na sua mesa, atraindo-lhes os olhares, lá estava aquela formosa e famosa Eponina, a mais linda mulher pública da cidade, produto combinado das imigrações italiana e espanhola, extraordinariamente estúpida, mas com um olhar de abismo, cheio de atrações, de promessas e de volúpia.

E o velho lente olhava tudo aquilo pausadamente, com a sua indulgência de infeliz, quando lhe veio o pensar na casa, naquele seu lar, onde o luxo era uma agrura, uma dor, amaciada pela música, pelo canto, pelo riso e pelo álcool.

Pensou, então, em sua filha, Clôdia — a Cló, em família — em cujo temperamento e feitio de espírito havia estofo de uma grande hetaira. Lembrou-se com casta admiração de sua carne veludosa e palpitante, do seu amor às danças lúbricas, do seu culto à *toilette* e ao perfume, do seu fraco senso moral, do seu gosto pelos licores fortes; e, de repente e por instantes, ele a viu coroada de hera, cobrindo mal a sua magnífica nudez, com uma pele mosqueada, o ramo de tirso erguido, dançando, religiosamente bêbeda, cheia de fúria sagrada de bacante: "Evoé! Baco!"

E essa visão antiga lhe passou pelos olhos, quando a Eponina ergueu-se da mesa, tilintando as pulseiras e berloques caros, chamando muito a atenção de Mme. Rego da Silva que, em companhia do marido e da sua extremosa amiga Dulce, amante de ambos, no dizer da cidade, tomavam sorvetes, numa mesa ao longe.

O doutor Maximiliano, ao ver aquelas joias e aquele vestido, voltou a lembrar-se de que o "jacaré" não dera; e refletiu, talvez com profundeza, mas certo com muita amargura, sobre a má organização da nossa sociedade. Mas não foi adiante e procurou decifrar o problema da sua multiplicação em Cló, tão maravilhosa e tão rara. Como é que ele tinha posto no mundo um exemplar de mulher assaz vicioso e delicado como era a filha? De que misteriosa célula sua saíra aquela floração exuberante de fêmea humana? Vinha dele ou da mulher? De ambos? Ou de sua mulher só, daquela sua carne apaixonada e sedenta que trepidava quando lhe recebia as lições de piano, na casa dos pais?

Não pôde, porém, resolver o caso. Aproximava-se o doutor André, com o seu rosto de ídolo peruano, duro, sem mobilidade alguma na fisionomia, acobreada, onde o ouro do aro do *pince-nez* reluzia fortemente e iluminava a barba cerdosa.

Era um homem forte, de largos ombros, musculoso, tórax saliente, saltando; e, se bem tivesse as pernas arqueadas, era assim mesmo um belo exemplar da raça humana.

Lamentava-se que ele fosse um bacharel vulgar e um deputado obscuro. A sua falta de agilidade intelectual, de maleabilidade, de ductilidade, a sua fraca capacidade de abstração e débil poder de associar ideias não pediam fosse ele deputado e bacharel. Ele seria rei, estaria no seu quadro natural, não na câmara, mas remando em ubás ou igaras nos nossos grandes rios ou distendendo aqueles fortes arcos de iri que despejam frechas ervadas com curaro.

Era o seu último amigo, entretanto o mais constante comensal de sua mesa luculesca.

Deputado, como já ficou dito, e rico, representava, com muita galhardia e liberalidade, uma feitoria mansa do Norte, as salas burguesas; e, apesar de casado, a filha do antigo professor, a lasciva Cló, esperava casar-se com ele, pela religião do Sol, um novo culto recentemente fundado por um agrimensor ilustrado e sem emprego.

O velho Maximiliano nada de definitivo pensava sobre tais projetos; não os aprovava, nem os reprovava. Limitava-se a pequenas reprimendas sem convicção, para que o casamento não fosse efetuado sem a bênção do sacerdote do Sol ou de outro qualquer.

E se isto fazia, era para não precipitar as coisas; ele gostava dos desdobramentos naturais e encadeados, das passagens suaves, das inflexões doces e detestava os saltos bruscos de um estado para o outro.

— Então, doutor, ainda por aqui? fez o rico parlamentar sentando-se.

— É verdade, respondeu-lhe o velho. Estou fazendo o meu sacrifício, rezando a minha missa... É a quinta... Que toma, doutor?
— Um "madeira"... Que tal o Carnaval?
— Como sempre.
E, depois, voltando-se para o caixeiro:
— Outra cerveja e um "madeira", aqui, para o doutor. Olha: leva a garrafa.
O caixeiro afastou-se, levando a garrafa vazia, e o doutor André perguntou:
— Dona Isabel não veio?
— Não. Minha mulher não gosta das segundas-feiras de Carnaval. Acha-as desenxabidas... Ficaram, ela e a Cló, em casa a se prepararem para o baile à fantasia na casa dos Silvas... Quer ir?
— O senhor vai?
— Não, meu caro senhor; do Carnaval, eu só gosto dessa barulhada da rua, dessa música selvagem e sincopada de reco-recos, de pandeiros, de bombos, desse estrídulo de fanhosos instrumentos de metais... Até do bombo gosto, mais nada! Essa barulhada faz-me bem à alma. Não irei... Agora, se o doutor quer ir... Cló vai de preta-mina.
— Deve-lhe ficar muito bem... Não posso ir; entretanto, irei à sua casa para ver a sua senhora e a sua filha fantasiadas. O senhor devia também ir...
— Fantasiado?
— Que tinha?
— Ora, doutor! eu ando sempre com a máscara no rosto.
E sorriu leve com amargura; o deputado pareceu não compreender e observou:
— Mas a sua fisionomia não é tão decrépita assim...
Maximiliano ia objetar qualquer coisa quando o caixeiro chegou com as bebidas, ao tempo em que Mme. Rego da Silva e o marido levantaram-se com a pequena Dulce, amante de ambos, no dizer da cidade em peso.
O parlamentar olhou-os bastante com o seu seguro ar de quem tudo pode. Ouviu que ao lado diziam — à passagem dos três:

ménage à trois. A sua simplicidade provinciana não compreendeu a maldade e logo dirigiu-se ao velho professor:

— Jantam em casa?

— Jantamos; e o doutor não quer jantar conosco?

— Obrigado. Não me é possível ir hoje... Tenho um compromisso sério... Mas fique certo que, antes de saírem, lá irei tomar um uisquezinho... Se me permite?

— Oh! Doutor! O senhor é nosso melhor amigo. Não imagina como todos lá falam no senhor. Isabel levanta-se a pensar no doutor André; Cló, essa, nem se fala! Até o Caçula, quando o vê, não late; faz-lhe festas, não é?

— Como isso me cumula de...

— Ainda há dias, Isabel me disse: Maximiliano, eu nunca bebi um Chambertin como esse que o doutor André nos mandou... O meu filho, o Fred, sabe até um dos seus discursos de cor; e, de tanto repeti-lo, creio que sei de memória vários trechos dele.

A face rígida do ídolo, com grande esforço, abriu-se um pouco; e ele disse, ao jeito de quem quer o contrário:

— Não vá agora recitá-lo.

— Certo que não. Seria inconveniente; mas não estou impedido de dizer, aqui, que o senhor tem muita imaginação, belas imagens e uma forma magnífica.

— Sou principiante ainda, por isso não me fica mal aceitar o elogio e agradecer a animação.

Fez uma pausa, tomou um pouco de vinho e continuou em tom conveniente:

— O senhor sabe perfeitamente que espécie de força me prende aos seus... Um sentimento acima de mim, uma solicitação, alguma coisa a mais que os senhores puseram na minha vida...

— Pois então, interrompeu cheio de comoção o doutor Maximiliano: à nossa!

Ergueu o copo e ambos tocaram os seus, reatando o parlamentar a conversa desta maneira:

— Deu aula hoje?

— Não. Desci para espairecer e *cavar*. É dura esta vida... *Cavar*! Como é triste dizer-se isto! Mas que se há de fazer? Ganha-se uma miséria... Um professor com oitocentos mil-réis o que é? Tem-se a família, representação... Uma miséria! Ainda agora, com tantas dificuldades, é que Cló deu em tomar banhos de leite...

— Que ideia! Onde aprendeu isso?

— Sei lá! Ela diz que tem não sei que propriedades, certas virtudes... O diabo é que tenho de pagar uma conta estupenda no leiteiro... São banhos de ouro, é que são! Jogo nos bichos... Hoje tinha tanta fé no "jacaré"...

O caixeiro passava e ele recomendou:

— Baldomero, outra cerveja. O doutor não toma mais um "madeira"?

— Vá lá. Ganhou, doutor?

— Qual! E não imagina que falta me fez!

— Se quer?...

— Por quem é, meu caro; deixe-se disso! Então há de ser assim todo o dia?

— Que tem!... Ora!... Nada de cerimônias; é como se recebesse de um filho...

— Nada disso... Nada disso...

Fingindo que não entendia a recusa, o doutor André foi retirando da carteira uma bela nota, cujo valor nas algibeiras do doutor Maximiliano fez-lhe esquecer em muito a sua desdita no "jacaré".

O deputado ainda esteve um pouco; em breve, porém, se despediu, reiterando a promessa de que iria até à casa do professor, para ver as duas senhoras fantasiadas.

O doutor Maximiliano bebeu ainda uma garrafa e, acabada que foi a cerveja, saiu vagarosamente um tanto trôpego.

A noite já tinha caído de há muito. Era já noite fechada. Os cordões e os bandos carnavalescos continuavam a passar, rufando, batendo, gritando desesperadamente. Homens e mulheres de todas as cores — os alicerces do país — vestidos de meia, canitares e enduapes de penas multicores, fingindo índios, dançavam na frente ao som de uma zabumbada africana, tangida com fúria em instrumentos selvagens, roufenhos, uns, estridentes, outros. As danças tinham luxuriosos requebros de quadris, uns caprichosos trocar de pernas, umas quedas imprevistas.

Aqueles fantasiados tinham guardado na memória muscular velhos gestos dos avoengos, mas não mais sabiam coordená-los nem a explicação deles. Eram restos de danças guerreiras ou religiosas dos selvagens de onde a maioria deles provinha, que o tempo e outras influências tinham transformado em palhaçadas carnavalescas...

Certamente, durante os séculos de escravidão, nas cidades, os seus antepassados só se podiam lembrar daquelas cerimônias de suas aringas ou tabas, pelo Carnaval. A tradição passou aos filhos, aos netos, e estes estavam ali a observá-la com as inevitáveis deturpações.

Ele, o doutor Maximiliano, apaixonado amador de música, antigo professor de piano, para poder viver e formar-se, deteve-se um pouco, para ouvir aquelas bizarras e bárbaras cantorias, pensando na pobreza de invenção melódica daquela gente. A frase, mal desenhada, era curta, logo cortada, interrompida, sacudida pelos rufos, pelo ranger, pelos guinchos de instrumentos selvagens e ingênuos. Um instante, ele pensou em continuar uma daquelas cantigas, em completá-la; e a ária veio-lhe inteira, ao ouvido, provocando o antigo professor de música a fazer parar o "Chuveiro de Ouro", a fim de ensinar-lhes, aos cantores, o que a imaginação lhe havia trazido à cabeça naquele momento.

Arrependeu-se que tivesse dito gostar daquela barulhada; porém, o amador de música vencia o homem desgostoso. Ele queria que aquela gente entoasse um hino, uma cantiga, um canto com qualquer nome, mas que tivesse regra e beleza. Mas — logo imaginou — para quê? Corresponderia a música mais ou menos artística aos pensamentos íntimos deles? Seria mesmo a expansão dos seus sonhos, fantasias e dores?

E, devagar, se foi indo pela rua em fora, cobrindo de simpatia toda a puerilidade aparente daqueles esgares e berros, que bem sentia profundos e próprios daquelas criaturas grosseiras e de raças tão várias, mas que encontravam naquele vozeiro bárbaro e ensurdecedor meio de fazer porejar os seus sofrimentos de raça e de indivíduo e exprimir também as suas ânsias de felicidade.

Encaminhou-se direto para a casa. Estava fechada; mas havia luzes na sala principal, onde tocavam e dançavam.

Atravessou o pequeno jardim, ouvindo o piano. Era sua mulher quem tocava; ele o adivinhava pelo seu *velouté*, pela maneira de ferir as notas, muito docemente, sem deixar quase perceber a impulsão que os dedos levavam. Como ela tocava aquele tango! Que paixão punha naquela música inferior!

Lembrou-se então dos "cordões", dos "ranchos", das suas cantilenas ingênuas e bárbaras, daquele ritmo especial a elas que também perturbava sua mulher e abrasava sua filha. Por que caminho lhes tinha chegado ao sangue e à carne aquele gosto, aquele pendor por tais músicas? Como havia correlação entre elas e as almas daquelas duas mulheres?

Não sabia ao certo; mas viu em toda a sociedade complicados movimentos de trocas e influências — trocas de ideias e sentimentos, de influências e paixões, de gostos e inclinações.

Quando entrou, o piano cessava e a filha descansava, no sofá, a fadiga da dança lúbrica que estivera ensaiando com o irmão. O velho ainda ouviu indulgentemente o filho dizer:

— É assim que se dança nos Democráticos.

Cló, logo que o viu, correu a abraçá-lo e, abraçada ao pai, perguntou:

— André não vem?

— Virá.

Mas, logo, em tom severo, acrescentou:

— Que tem você com André?

— Nada, papai; mas ele é tão bom...

Quis Maximiliano ser severo; quis apossar-se da sua respeitável autoridade de pai de família; quis exercer o velho sacerdócio de sacrificador aos deuses Penates; mas era cético demais, duvidava, não acreditava mais nem no seu sacerdócio nem no fundamento de sua autoridade. Ralhou, entretanto, frouxamente:

— Você precisa ter mais compostura, Cló. Veja que o doutor André é casado e isto não fica bem.

A isto, todos entraram em explicações. O respeitável professor foi vencido e convencido de que a afeição da filha pelo deputado era a coisa mais inocente e natural deste mundo. Foram jantar. A refeição foi tomada rapidamente. Fred, contudo, pôde dar algumas informações sobre os préstitos carnavalescos do dia seguinte. Os Fenianos perderiam na certa. Os Democráticos tinham gasto mais de sessenta contos e iriam pôr na rua uma coisa nunca vista. O carro do estandarte, que era um templo japonês, havia de fazer um "bruto sucesso". Demais, as mulheres eram as mais lindas, as mais bonitas... Estariam a Alice, a Charlotte, a Lolita, a Carmen...

— Ainda toma muito cloral? perguntou Cló.

— Ainda, retrucou o irmão; e emendou: vai ser uma lindeza, um triunfo, à noite, com luz elétrica, nas ruas largas...

E Cló, por instantes, mordeu os lábios, suspendeu um pouco o corpo e viu-se ela também, no alto de um daqueles carros, iluminada pelos fogos de bengala, recebida com palmas, pelos meninos, pelos rapazes, pelas moças, pelas burguesas e burgueses da cidade. Era o seu triunfo, a meta de sua vida; era a proliferação imponderável de sua beleza em sonhos, em anseios, em ideias, em violentos desejos naquelas almas pequenas, sujeitas ao império da convenção, da regra e da moral. Tomou a cerveja, todo o copo de um hausto, limpou a espuma dos lábios e o seu ligeiro buço surgiu lindo sobre os breves lábios vermelhos. Em seguida, perguntou ao irmão:

— E essas mulheres ganham?

— Qual! Você não vê que é uma honra? respondeu-lhe o irmão.

E o jantar acabou sério e familiar, embora a cerveja e o vinho não tivessem faltado aos devotos de cada uma das duas bebidas.

Logo que a refeição acabou, talvez uns vinte minutos após, o doutor André se fazia anunciar. Desculpou-se com as senhoras; não pudera vir jantar, questões políticas, uma conferência... Pedia licença para oferecer aquelas pequenas lembranças de Carnaval. Deu uma pequena caixa a dona Isabel e uma maior à Cló. As joias saíram dos escrínios e faiscaram orgulhosamente para todos os presentes deslumbrados. Para a mãe, um anel; para a filha, um bracelete.

— Oh, doutor! fez dona Isabel. O senhor está a sacrificar-se e nós não podemos consentir nisto...

— Qual, dona Isabel! São falsas, nada valem... Sabia que dona Clódia ia de "preta-mina" e lembrei-me trazer-lhe esse enfeite...

Cló agradeceu sorridente a lembrança e a suave boca quis fixar demoradamente o longo sorriso de alegria e agradecimento. E voltaram a tocar. Dona Isabel pôs-se ao piano e, como tocasse depois da sobremesa, hora da melancolia e das discussões transcendentes, como já foi observado, executou alguma coisa triste.

Chegava a ocasião de se prepararem para o baile a fantasia que os Silvas davam. As senhoras retiraram-se e só ficaram, na sala, os homens, bebendo uísque. André, impaciente e desatento; o velho lente, indiferente e compassivo, contando histórias brejeiras, com vagar e cuidado; o filho, sempre a procurar caminho para exibir o seu saber em coisas carnavalescas. A conversa ia caindo, quando o velho disse para o deputado:

— Já ouviu a *Bamboula* de Gottschalk, doutor?

— Não... Não conheço.

— Vou tocá-la.

Sentou-se ao piano, abriu o álbum onde estava a peça e começou a executar aqueles compassos de uma música negra de Nova Orleans que o famoso pianista tinha filtrado e civilizado.

A filha entrou, linda, fresca, veludosa, de pano da Costa ao ombro, trunfa, com o colo inteiramente nu, muito cheio e marmóreo, separado do pescoço modelado, por um colar de falsas turquesas. Os braceletes e as miçangas tilintavam no peito e nos braços, a bem dizer totalmente despidos; e os bicos de crivo da camisa de linho rendavam as raízes dos seios duros que mal suportavam a alvíssima prisão onde estavam retidos.

Ainda pôde requebrar, aos últimos compassos da *Bamboula*, sobre as chinelas que ocupavam a metade dos pés; e toda risonha sentou-se por fim, esperando que aquele Salomão de *pince-nez* de ouro lhe dissesse ao ouvido:

"Os teus lábios são como uma fita de escarlate; e o teu falar é doce. Assim como é o vermelho da romã partida, assim é o nácar das tuas faces; sem falar no que está escondido dentro."

O doutor Maximiliano deixou o tamborete do piano e o deputado, bem perto de Clódia, se não falava como o rei Salomão à rainha de Sabá, dilatava as narinas para sorver toda a exalação acre daquela moça, que mais capitosa se fazia dentro daquele vestuário de escrava desprezada.

A sala encheu-se de outros convidados e a sessão de música veio a cair na canção e na modinha. Fred cantou e Cló, instada pelo doutor André, cantou também. O automóvel não tinha chegado; ela tinha tempo...

Dona Isabel acompanhou; e a moça, pondo tudo o que havia de sedução na sua voz, nos seus olhos pequenos e castanhos, cantou a "Canção da Preta Mina":

Pimenta de cheiro, jiló, quibombô;
Eu vendo barato, mi compra ioiô!

Ao acabar, era com prazer especial, cheia de dengues nos olhos e na voz, com um longo gozo íntimo que ela, sacudindo as ancas e pondo as mãos dobradas pelas costas na cintura, curvava-se para o doutor André e dizia vagamente:

Mi compra ioiô!

E repetia com mais volúpia, ainda uma vez:

Mi compra ioiô!

ADÉLIA

— A nossa filantropia moderna feita de elegância e exibições é das coisas mais inúteis e contraproducentes que se pode imaginar. Entre todas as pessoas do povo aqui, no Rio de Janeiro, há uma condenação geral para as raparigas que se casam, no dia de santa Isabel, e saem da Casa de Expostos. Isto se dá para uma casa semirreligiosa, que só visa, penso eu, não à felicidade terrena, mas ao resgate de almas das garras do demônio. Agora, imagina tu o que de transtorno na vida de tantos entes não vão levar esses "dispensários", essas creches etc. que lhes amparam os primeiros anos de vida e, depois, os abandonam à sua sorte!... Antes a Sala do Banco da Misericórdia que receita remédios de uma cor única e cuja dieta só varia na inversão dos pratos... É sempre a mesma... Essa caridade é espúria e perversa... Antes deixar essa pobre gente entregue à sua sorte...

— És mau... É impossível que ela não aproveite muitos.

— Alguns, talvez; mas muitos, ela estraga e desvia do seu destino, que talvez fosse alto. Nelson legou Lady Hamilton à Inglaterra; e tu sabes quais foram os começos dela. Chegaria até isso se andasse em "creches", dispensários?

— Não sei; mas não nos devemos guiar por exceções.

— É uma frase; mas vou contar-te uma história bem singela que espero não me interromperás. Prometes?

— Prometo.

— Vou contar.

— Conta lá.

O narrador fez uma pausa e encetou vagarosamente:

Quando a portuguesa Gertrudes, que *vivia* com o italiano Giuseppe, um amolador ambulante, apresentou Adélia, sua filha, à sublimada competência do doutor Castrioto, do Dispensário, a criança era só um olhar. As pernas lhe eram uns palitos, os braços descarnados, esqueléticos, moviam-se nas convulsões de choro sinistramente. Com tais membros e o ventre ressequido e a boca umedecida de uma baba viscosa, a criança parecia premida por todas as forças universais, físicas e espirituais. O seu olhar, entretanto, era calmo. Era azul-turquesa, e doce, e vago. No meio da desgraça do seu corpo, a placidez de seu olhar tinha um tom zombeteiro. O doutor melhorou-a muito; mas, assim mesmo, até à puberdade, foi-lhe o corpo um frangalho e o olhar sempre o mesmo, a ver caravelas ao longe que a viessem buscar para países felizes. Depois de adolescente, porém, no fim das grandes concentrações íntimas, o brilho hialino das pupilas turbava-se, estremecia.

Ninguém descobriu-lhe o olhar — quem repara no olhar de uma menina de estalagem? Olham-se-lhe as formas, os quadris e os seios; ela não os tinha opulentos, contudo casou-se. O casamento realizou-se a pé e a garotada assoviou pelo caminho. A noiva com calma estúpida olhou-os. Por quê? Casava-se a pé; era ignóbil. O padrinho não lhe notou modificação sensível. Não chorara, não soluçara, não tremera; unicamente mudou num instante de olhar, que ficou duro e perverso. O primeiro ano de casamento fez-lhe bem. A intensa vida sexual arredondou-lhe as formas, disfarçou as arestas e as anfractuosidades — emprestou-lhe beleza.

Demais, o ócio desse primeiro ano afinou-a, melhorou-a; mas sempre com aquele olhar fora do corpo e das coisas reais e palpáveis. No fim de dois anos de casada, o marido começou a tossir e a escarrar, a escarrar e a tossir. Não trabalhava mais. Adélia rogou, pediu, chorou. Andou por aqui e por ali. Encontrou alguém amável que a convidou:

— Vamos até lá, é perto.

— Ó... Não... "Ele"...

— "Ele"!... Vamos!... "Ele" não sabe; não pode mais. Vamos.

Foi, e foi muitas vezes; mas sempre sem pesar, sem compreender bem o que fazia, à espera das caravelas sonhadas.

Ia e voltava. O marido tossia e tomava remédios.

— Trouxeste?

— Sim; trouxe.
— Quem te deu?
— O doutor.
— Como ele é bom.

Aos poucos, infiltravam-se-lhe gostos novos. Um sapato de abotoar, um chapéu de plumas, uma luva... Morreu o marido. O enterro foi fácil e o luto ficou-lhe bem. O seu olhar vago, fora dos homens e das coisas, atravessava o véu negro como um firmamento com uma única estrela no engaste de um céu de borrasca. Um ano depois corria confeitarias, à tarde; mas o seu olhar não pousava nunca nos espelhos e nas armações. Andava longe dela, longe daqueles lugares.

— Toma vermute?
— Sim.
— É melhor coquetel.
— É.
— Antes cerveja.
— Vá cerveja.

Não custou a embriagar-se um dia. Meteram-lhe num carro. Estava que nem uma pasta mole e desconjuntada.

— Que tem você?
— Nada, não vejo.
— Você por que não abre mais os olhos?
— Não posso, não vejo!
— Lá vão os Fenianos... Você não vê?
— Ouço a música.

Teve carros. Frequentou teatros e bailes duvidosos, mas seu olhar sempre saía deles, procurando coisas longínquas e indefinidas. Recebeu joias. Olhava-as. Tudo lhe interessou e nada disso amou. Parecia em viagem, a bordo. A mobília e a louça do paquete não lhe desagradavam; queria a riqueza, talvez; mas era só. Nada se acorrentava na sua alma. Correu cidades elegantes e as praias.

— Hoje, ao Leme.
— Sim, ao Leme.

A curva suave da praia e a imensa tristeza do oceano prendiam-na. Defronte do mar, animava-se; dizia coisas altas que passavam pelas cabeças das companheiras, cheias de mistério, como o voo longo de patos selvagens, à hora crepuscular.

Veio um ano que se examinou. Estava quase magra, quase esquálida. Foi-se fanando daí por diante. Diminuíram-se-lhe as joias e os vestidos. Morreu aos trinta e poucos anos como a criança que se fora: um frangalho de corpo e um olhar vago e doce, fora dela e das coisas. Que é que adiantou o dispensário?

Calou-se o que narrava, e o outro só soube dizer:
— Vou-me embora... Até amanhã.

LÍVIA

E todos os dias quando ela, de manhã cedo, ia, ainda morrinhenta da cama, preparar o café matinal da família, ia toda envolvida num nevoeiro de sonhos, sonhados durante um demorado dormir de oito horas a fio. Por vezes — lá na cozinha, só, vigiando pacientemente a água que fervia — ao lhe chegarem as reminiscências deles em tumulto, juntas, borbulhava-lhe nos lábios uma interjetiva qualquer, eco desconexo do muito que lhe falavam por dentro.

De quando em quando, sofreando um gesto glorioso de satisfação, dizia — é ele — e isso de leve traduzia a grande carícia que lhe era dado gozar naquele instante, refazendo aquele sonho bom — tão bom e acariciador que bem lhe parecia um inebriamento de capitosos perfumes a se evolar do Mistério vagarosamente, suavemente... Depois, logo que o café se aprontava e, na sala de jantar, todos ao redor da mesa se punham a sorvê-lo, mastigando o pão de cada dia — ela, d'olhos parados, presos a uma linha do assoalho, levando compassadamente a xícara aos lábios, ficava a um canto a pensar, remoendo a cisma, procurando decifrar naqueles traços nebulosos — tão mal guardados pela memória — a figura viva daquele com quem, em sonhos, se vira indo de braço dado ruas em fora.

Esforço a esforço, de evocação em evocação, aparecia-lhe aos poucos a sua figura, o seu ar; e, após esse paciente trabalho de reconstrução, lhe vinha, anunciado por um sorriso reprimido que lhe encrespava radiosamente o semblante, o seu nome sílaba por sílaba... Go-do-fre-do. Então com volúpia, ela lhe pesava os recursos: ganhava 120, no emprego da Central, talvez, em breve, viesse a ter mais. Quarenta para casa e o resto para o vestuário e alimentos.

Era pouco — convinha — mas servia, pois assim ficaria livre da tirania do cunhado, das impertinências do pai; teria sua casa, seus móveis e, certamente, o marido lhe dando algum dinheiro, ela — quem sabe! — que tão bons sonhos tinha, arriscando no "bicho", aumentaria a renda do casal; e, quando assim fosse, havia de comprar um corte de fazenda boa, um chapéu, de jeito que, sempre, pelo Carnaval, iria melhorzinha à rua do Ouvidor, assistir passarem as sociedades.

O café já se havia acabado; e ela ficara ainda distraída e sentada, quando soou de lá da sala de visitas a voz vigorosa do cunhado:

— Lívia! Traz o meu guarda-sol que ficou atrás da porta do quarto. Depressa!... Anda que faltam só oito minutos para o trem!

E como se demorasse um pouco, o Marques, redobrando de vigor no timbre, gritou:

— Oh! Cos diabos! Você ainda não achou! Safa! Que gente mole!

Humildemente, Lívia lá foi aos pulos, como uma corça domesticada, entregar o objeto pedido, para lhe ser arrancado bruscamente das mãos...

Envolvida ainda naquele sonho que lhe soubera tão bem a manhã, ela, através das frinchas da veneziana, viu o cunhado atravessar a rua e se perder por entre o dédalo de casas.

Certificada disso, abriu a janela. O subúrbio todo despertava languidamente.

As montanhas, verde-negras, quase desnudas de vegetação, confusamente surgiam do seio da cerração tênue e esgarçada. As casas listravam de branco e ocre o pardacento geral, enquanto bocados de neblina, finos, adelgaçados, flutuavam sobre elas como sombras erradias.

As ruas descalças e enlameadas eram atravessadas por alguns transeuntes cabisbaixos, malvestidos, andando céleres em busca do embarcadouro.

Corria, de resto, como sempre, morosamente o viver diário; e a Lívia, sacudida pelo silvo agudo de uma locomotiva, levantou de repente os olhos, até ali fitos na estação que emergia do ambiente pardo a clarear-se, para pregá-los numa nesga do céu que o sol abria, por entre a névoa, furiosamente, vitoriosamente.

A súbitas, sua alma voou, asas abertas, voo rasgado, para outras bandas, outras regiões. Voou para a cidade de luxo e elegância que, ao fim daquelas fitas de aço, refulgia e brilhava.

Representaram-se-lhe os teatros de luxo, os bailes do tom, a rua da moda onde triunfavam as belezas. Ao considerar isso, viu-se ali também, ela, sim! ela, que não era feia, tendo o seu porte flexível e longo, envolvido de rendas, a desprender custosas essências e aqueles seus dedos de unhas de nácar, ornados de ouro e pérolas, escolhendo, na mais chique loja, *cassas*, *baptistes*, *voiles*...

Numa galopada de sonhos, supôs maiores coisas e — lembrando-se do que lhe contara a madrinha (oh! como era rica!) — imaginou a Europa, aquelas terras soberbas, por onde a "dindinha" passeava a sua velhice e o seu egoísmo.

Doidamente revolvia a alma e as cismas... Calculou-se lá também, na alameda de um soberbo jardim, de landau, com ricas vestes ao corpo unidas, ressaltando delas o esplendor de suas formas e o esguio patrício de seu corpo. Imaginou que, através de um caro chapéu de palhinha branca, se coasse a luz macia do sol da Europa, polvilhando-lhe a tez de ouro, em cujo fundo brilhassem muito os seus olhos vivos, negros e redondos.

— Oh! que bom! Quem me dera! — quase exclamou por esse tempo.

De reviravolta, Lívia adivinhou outra coisa no sonho. Não pensara bem; era outro que não o Godofredo, o rapaz que imaginara.

Aquele nariz grosso, aquela testa alta, o bigode ralo, não eram dele; eram antes do Siqueira, estudante de farmácia, filho do Agente. Esse poderia lhe dar aquilo — a Europa, o luxo — pois que formado ganharia muito.

Dessa forma — resolvera — "amarraria a lata" no Godofredo e "pegaria" com o Siqueira. E era muito melhor! O Siqueira, afinal, ia formar-se, seria um marido formado, ao braço do qual, se não fosse à Europa, viria a gozar de maior consideração...

Demais a Europa era desnecessária — para quê? Era querer muito. Quem muito quer nada tem; e ela para ter alguma coisa devia querer pouco. Bastava pois que lhe tirassem dali, fosse esse, fosse aquele; mas... se em todo o caso pudesse ser um mais assim... seria muito melhor.

E desde quando vinha ela querendo aquilo? Havia muitos anos; havia dez talvez. Desde os 12 que namorava, que "grelava" só para aquele fim; entretanto, apesar de haver tido mais de 15 namorados, ainda ali estava, ainda ali ficava, sob o mando do cunhado.

Quinze namorados!

Quinze! De que lhe serviram?

Um levara-lhe beijos, outro abraços, outro uma e outra coisa; e sempre, esperando casar-se, isto é, libertar-se, ela ia languidamente, passivamente deixando. Passavam um, dois meses, e os namorados iam-se sem causa. Era feio, diziam; mas que fazer? como casar-se? Por consequência, como viver? A sua própria mãe não lhe aconselhava? Não lhe dizia: "Filha, anda com isso; preciso ver esta letra vencida"?

De resto, o amor lhe desculparia, pois não é o amor o máximo tirano? Não é a própria essência da vida, das coisas mudas, dos seres, enfim?

Porventura ela os amara? Teria ela amado aquela legião de namorados? Amara um, sequer? Não sabia...

— O que é amar? interrogava fremente. Não é escrever cartas doces? Não é corresponder a olhares? Não é dar aos namorados as ameaças da sua carne e da sua volúpia?

Se era isso, ela amara a todos, um a um; se não era, a nenhum amara...

E o que era amar? Que era então?

Ao lhe chegar essa interrogação metafísica, para o seu entendimento, ela se perdeu no próprio pensamento; as ideias se baralharam, turbaram-se; e, depois, fatigada, foi passando vagarosamente a mão esquerda pela testa, correu-a pacientemente pela cabeça toda até à nuca.

Por fim, como se fosse um suspiro, concluiu:

— Qual amor! Qual nada! A questão é casar e para casar, namorar aqui, ali, embora por um se seja furtada em beijos, por outro em abraços, por outro...

— Ó Lívia! Você hoje não pretende varrer a casa, rapariga? Que fazes há tanto tempo na janela?!

Obedecendo ao chamado de sua mãe, Lívia foi mais uma vez retomar a dura tarefa, da qual, ao seu julgar, só um casamento havia de livrá-la para sempre, eternamente...

CLARA DOS ANJOS

A Andrade Murici

O carteiro Joaquim dos Anjos não era homem de serestas e serenatas, mas gostava de violão e de modinhas. Ele mesmo tocava flauta, instrumento que já foi muito estimado, não o sendo tanto atualmente como outrora. Acreditava-se até músico, pois compunha valsas, tangos e acompanhamentos para modinhas.

Aprendera a "artinha" musical na terra de seu nascimento, nos arredores de Diamantina, e a sabia de cor e salteado; mas não saíra daí.

Pouco ambicioso em música, ele o era também nas demais manifestações de sua vida. Empregado de um advogado famoso, sempre quisera obter um modesto emprego público que lhe desse direito à aposentadoria e ao montepio, para a mulher e a filha. Conseguira aquele de carteiro, havia quinze para vinte anos, com o qual estava muito contente, apesar de ser trabalhoso e o ordenado ser exíguo.

Logo que foi nomeado, tratou de vender as terras que tinha no local de seu nascimento e adquirir aquela casita de subúrbio, por preço módico, mas, mesmo assim, o dinheiro não chegara e o resto pagou ele em prestações. Agora, e mesmo há vários anos, estava de plena posse dela. Era simples a casa. Tinha dois quartos, um que dava para a sala de visitas e outro, para a de jantar. Correspondendo a um terço da largura total da casa, havia, nos fundos, um puxadito que era a cozinha. Fora do corpo da casa, um barracão para banheiro, tanque etc.; e o quintal era de superfície razoável, onde cresciam goiabeiras maltratadas e um grande tamarineiro copado.

A rua desenvolvia-se no plano e, quando chovia, encharcava que nem um pântano; entretanto, era povoada e dela se descortinava um lindo panorama de montanhas que pareciam cercá-la de todos os lados, embora a grande distância. Tinha boas casas a rua. Havia até uma grande chácara de outros tempos com aquela casa característica de velhas chácaras de longa fachada, de teto acaçapado, forrada de azulejos até à metade do pé-direito, um tanto feia, é fato, sem garridice, mas casando-se perfeitamente com as anosas mangueiras, com as robustas jaqueiras e com todas aquelas grandes e velhas árvores que, talvez, os que as plantaram, não tivessem visto frutificar.

Por aqueles tempos, nessa chácara, se haviam estabelecido as "bíblias". Os seus cânticos, aos sábados, quase de hora em hora, enchiam a redondeza. O povo não os via com hostilidade, mesmo alguns humildes homens e pobres raparigas simpatizavam com eles, porque, justificavam, não eram como os padres que, para tudo, querem dinheiro.

Chefiava os protestantes um americano, Mr. Sharp, homem tenaz e cheio de uma eloquência bíblica que devia ser magnífica em inglês; mas que, no seu duvidoso português, se fazia simplesmente pitoresca. Era Sharp daquela raça curiosa de *yankees* que, de quando em quando, à luz da interpretação de um ou mais versículos da Bíblia, fundam seitas cristãs, propagam-nas, encontram adeptos logo, os quais não sabem bem por que foram para a nova e qual a diferença que há entre esta e a de que vieram.

Fazia prosélitos e, quando se tratava de iniciar uma turma, os noviços dormiam em barracas de campanha, erguidas no eirado da chácara ou entre as suas velhas árvores maltratadas e desprezadas. As cerimônias preparatórias duravam uma semana, cheia de cânticos divinos; e a velha propriedade, com as suas barracas e salmodias, adquiria um aspecto esquisito de convento ao ar livre de mistura com um certo ar de acampamento militar.

Da redondeza, poucos eram os adeptos ortodoxos; entretanto, muitos lá iam por mera curiosidade ou para deliciar-se com a oratória de Mr. Sharp.

Iam sem nenhuma repugnância, pois é próprio do nosso pequeno povo fazer um extravagante amálgama de religiões e crenças de toda sorte, e socorrer-se desta ou daquela, conforme os transes de sua existência. Se se trata de afastar atrasos de vida, apela para a feitiçaria; se se trata de curar uma moléstia tenaz e resistente, procura o espírita; mas não falem à nossa gente humilde em deixar de batizar o filho pelo sacerdote católico, porque não há quem não se zangue: Meu filho ficar pagão! Deus me defenda!

Joaquim não fazia exceção desta regra e sua mulher, a Engrácia, ainda menos.

Eram casados há quase vinte anos, mas só tinham uma filha, a Clara. O carteiro era pardo-claro, mas com cabelo ruim, como se diz; a mulher, porém, apesar de mais escura, tinha o cabelo liso.

Na tez, a filha puxava o pai; e no cabelo, à mãe. Na estatura, ficara entre os dois. Joaquim era alto, bem alto, acima da média, ombros quadrados; a mãe, não sendo muito baixa, não alcançava a média, possuindo uma fisionomia miúda, mas regular, o que não acontecia com o marido, que tinha o nariz grosso, quase chato. A filha, a Clara, tinha ficado em tudo entre os dois; média deles, era bem a filha de ambos. Habituada às musicatas do pai, crescera cheia de vapores das modinhas e enfumaçara a sua pequena alma de rapariga pobre com os dengues e a melancolia dos descantes e cantarolas.

Com dezessete anos, tanto o pai como a mãe tinham por ela grandes desvelos e cuidados. Mais depressa ia Engrácia à venda de "seu" Nascimento, buscar isto, ou aquilo, do que ela [sic]. Não que a venda de "seu" Nascimento fosse lugar de badernas; ao contrário: as pessoas que lá faziam "ponto" eram de todo o respeito.

O Alípio, uma delas, era um tipo curioso de rapaz, que, conquanto pobre, não deixava de ser respeitador e bem-comportado. Tinha um aspecto de galo de briga; entretanto, estava longe de possuir a ferocidade repugnante desses galos malaios de apostas, não possuindo — é preciso saber — nenhuma.

Um outro que aparecia sempre lá era um inglês, Mr. Persons, desenhista de uma grande oficina mecânica das imediações. Quando saía do trabalho, passava na venda, lá se sentava naqueles característicos tamboretes de abrir e fechar, e deixava-se ficar até ao anoitecer bebericando ou lendo os jornais do senhor Nascimento. Silencioso, quase taciturno, pouco conversava e implicava muito com quem o tratava por Seu Mister.

Havia lá também o filósofo Meneses, um velho hidrópico, que se tinha na conta de sábio, mas que não passava de um simples dentista clandestino, e dizia tolices sobre todas as coisas. Era um velho branco, simpático, com um todo de imperador romano, barbas alvas e abundantes.

Aparecia, às vezes, o J. Amarante, um poeta, verdadeiramente poeta, que tivera o seu momento de celebridade em todo o Brasil, se ainda não a tem; mas que, naquela época, devido ao álcool e a desgostos íntimos, era uma triste ruína de homem, apesar dos seus dez volumes de versos, dez sucessos, com os quais todos ganharam dinheiro menos ele. Amnésico, semi-imbecilizado, não seguia uma conversa com tino e falava desconexamente. O subúrbio não sabia bem quem ele era; chamava-o muito simplesmente — o poeta.

Um outro frequentador da venda era o velho Valentim, um português dos seus sessenta anos e pouco, que tinha o corpo curvado para diante, devido ao hábito contraído no seu ofício de chacareiro que já devia exercer há mais de quarenta. Contava "casos" e anedotas de sua terra, pontilhando tudo de rifões portugueses do mais saboroso pitoresco.

Apesar de ser assim decente, Clara não ia à venda; mas o pai, em alguns domingos, permitia que fosse com as amigas ao cinema do Méier ou Engenho de Dentro, enquanto ele e alguns amigos ficavam em casa tocando violão, cantando modinhas e bebericando parati.

Pela manhã, logo nas primeiras horas, os companheiros apareciam, tomavam café, iam em seguida para o quintal, para debaixo do tamarineiro, jogar a bisca, com o litro de cachaça ao lado; e aí, sem dar uma vista d'olhos sobre as montanhas circundantes, nuas e empedrouçadas, deixavam-se ficar até à hora do "ajantarado" que a mulher e a filha preparavam.

Só depois deste é que as cantorias começavam.

Certo dia, um dos companheiros dominicais do Joaquim pediu-lhe licença para trazer, no dia do aniversário dele, que estava próximo, um rapaz de sua amizade, o Júlio Costa, que era um exímio cantor de modinhas. Acedeu. Veio o dia da festa e o famoso trovador apareceu. Branco, sardento, insignificante, de rosto e de corpo, não tinha as tais melenas denunciadoras, nem outro qualquer traço de capadócio. Vestia-se seriamente com um apuro muito suburbano, sob a tesoura de alfaiate de quarta ordem. A única pelintragem adequada ao seu mister que apresentava consistia em trazer o cabelo repartido no alto da cabeça, dividido muito exatamente pelo meio. Acompanhava-o o violão. A sua entrada foi um sucesso.

Todas as moças das mais diferentes cores que, aí, a pobreza harmonizava e esbatia, logo o admiraram. Nem César Bórgia, entrando mascarado, num baile à fantasia dado por seu pai, no Vaticano, causaria tanta emoção.

Afirmavam umas para as outras:

— É ele! É ele, sim!

Os rapazes, porém, não ficaram muito contentes com isto; e, entre eles, puseram-se a contar histórias escabrosas da vida galante do cantor de modinhas.

Apresentado aos donos da casa e à filha, ninguém notou o olhar guloso que deitou para os seios empinados de Clara.

O baile começou com a música de um "terno" de flauta, cavaquinho e violão. A polca era a dança preferida e quase todos a dançavam com requebros próprios de samba.

Num intervalo Joaquim convidou:

— Por que não canta, "seu" Júlio?

— Estou sem voz, respondeu ele.

Até ali, ele tinha tomado parte no "terno"; e, repinicando as cordas, não deixava de devorar com os olhos os bamboleios de quadris de Clarinha, quando dançava. Vendo que seu pai convidara o rapaz, animou-se a fazê-lo também:

— Por que não canta, "seu" Júlio? Dizem que o senhor canta tão bem...

Esse — "tão bem" — foi alongado maciamente. O cantador acudiu logo:

— Qual, minha senhora! São bondades dos camaradas...

Consertou a "pastinha" com as duas mãos, enquanto Clara dizia:

— Cante! Vá!

— Já que a senhora manda, disse ele, vou cantar.

Com todo o dengue, agarrou o violão, fez estalar as cordas e anunciou:

— Amor e sonho.

E começou com uma voz muito alta, quase berrando, a modinha, para depois arrastá-la num tom mais baixo, cheio de mágoa e langor, sibilando os "ss", carregando os "rr" das metáforas horrendas de que estava cheia a cantoria. A coisa era, porém, sincera; e mesmo as comparações estrambóticas levantavam nos singelos cérebros das ouvintes largas perspectivas de sonhos, erguiam desejos, despertavam anseios e visões douradas. Acabou. Os aplausos foram entusiásticos e só Clarinha não aplaudiu, porque, tendo sonhado durante toda a modinha, ficara ainda embevecida quando ela acabou...

Dias depois, vindo a janela por acaso — era de tarde — sem grande surpresa, como se já o esperasse, Clara recebeu o cumprimento do cantor magoado. Não pôs malícia na coisa, tanto assim que disse candidamente à mãe:

— Mamãe, sabe quem passou aí?

— Quem?

— "Seu" Júlio.

— Que Júlio?

— Aquele que cantou nos "anos" de papai.

A vida da casa, após a festança de aniversário do Joaquim, continuou a ser a mesma. Nos domingos, aquelas partidas de bisca com o Eleutério, servente da biblioteca, e com o Augusto, guarda municipal, acompanhadas de copitos de cachaça, e o violão, à tarde. Não tardou que se viesse agregar um novo comensal: era o Júlio Costa, o famoso modinheiro suburbano, amigo íntimo do Augusto e seu professor de trovas.

Júlio quase nunca jantava, pois tinha sempre convites em todos os quatro pontos cardeais daquelas paragens. Tomava parte nas partidas de bisca, de parceirada, e pouco bebia. Apesar de não se demorar pela tarde adentro, pôde ir cercando a rapariga, a Clara, cujos seios empinados, volumosos e redondos fascinavam-lhe extraordinariamente e excitavam a sua gula carnal insaciável. Em começo foram só olhares que a moça, com os seus úmidos olhos negros, grandes, quase cobrindo toda a esclerótica, correspondia a furto e com medo; depois, foram pequenas frases, galanteios, trocados às escondidas, para, afinal, vir a fatídica carta.

Ela a recebeu, meteu-a no seio e, ao deitar-se, leu-a, sob a luz da vela, medrosa e palpitante. A carta era a coisa mais fantástica, no que diz respeito à ortografia e à sintaxe, que se pode imaginar; tinha, porém, uma virtude: não era copiada do "Secretário dos Amantes", era original. Contudo a missiva fez estremecer toda a natureza virgem de Clara, que, com a sua leitura, sentiu haver nela surgido alguma coisa de novo, de estranho, até ali nunca sentida. Dormiu mal. Não sabia bem o que fazer: se responder, se devolver. Viu o olhar severo do pai; as recriminações da mãe. Ela, porém, precisava casar-se. Não havia de ser toda a vida assim como um cão sem dono... Os pais viriam a morrer e ela não podia ficar pelo mundo desamparada... Uma dúvida lhe veio: ele era branco; ela, mulata... Mas que tinha isso? Tinham-se visto tantos casos... Lembrou-se de alguns... Por que não havia de ser? Ele falava com tanta paixão... Ofegava, suspirava, chorava; e os seus seios duros estouravam de virgindade e de ansiedade de amar... Responderia; e assim fez, no dia seguinte. As visitas de Costa tornaram-se mais demoradas e as cartas mais constantes. A mãe desconfiou e perguntou à filha:

— Você está namorando "seu" Júlio, Clarinha?

— Eu, mamãe! Nem penso nisso...
— Está, sim! Então não vejo?

A menina pôs-se a chorar; a mãe não falou mais nisso; e Clara, logo que pôde, mandou pelo Aristides um molecote da vizinhança, uma carta ao modinheiro, relatando o fato.

Júlio morava na estação próxima e a situação de sua família era bem superior à sua namorada. O seu pai tinha um emprego regular na prefeitura e era, em tudo, diferente do filho. Sisudo, grave, sério, ia até a imponência grotesca do bom funcionário; e não seria capaz de admitir que a namorada do filho dançasse na sua sala. Sua mulher não tinha o ar solene do marido, era, porém, relaxada de modos e hábitos. Comia com a mão, andava descalça, catava intrigas e "novidades" da vizinhança; mas tinha, apesar disso, uma pretensão íntima de ser grande coisa, de uma grande família.

Além do Júlio, tinha três filhas, uma das quais já era adjunta municipal; e, das outras duas, uma estava na Escola Normal e a mais moça cursava o Instituto de Música.

Tiravam muito ao pai, no gênio sobranceiro, no orgulho fofo da família; e tinham ambição de casamentos doutorais. Mercedes, Adelaide e Maria Eugênia, eram esses os seus nomes, não suportariam de nenhuma forma Clara como cunhada, embora desprezassem soberanamente o irmão pelos seus maus costumes, pelo seu violão, pelos seus plebeus galos de briga e pela sua ignorância crassa.

Pequeno-burguesas, sem nenhuma fortuna, mas, devido à situação do pai e a terem frequentado escolas de certa importância, elas não admitiriam, para Clara, senão um destino: o de criada de servir.

Entretanto, Clara era doce e meiga; inocente e boa, podia-se dizer que era muito superior ao irmão delas pelo sentimento, ficando talvez acima dele pela instrução, conquanto fosse rudimentar, como não podia deixar de ser, dada a sua condição de rapariga pobríssima. Júlio era quase analfabeto e não tinha poder de atenção suficiente para ler o entrecho de uma fita de cinematógrafo.

Muito estúpido, a sua vida mental se cifrava na composição de modinhas delambidas, recheadas das mais estranhas imagens que a sua imaginação erótica, sufocada pelas conveniências, criava, tendo sempre perante seus olhos o ato sexual.

Mais de uma vez, ele se vira a braços com a polícia por causa de defloramentos e seduções de menores.

O pai, desde a segunda, recusara intervir; mas a mãe, dona Inês, a custo de rogos, de choro, de apelo — para a pureza de sangue da família —, conseguira que o marido, o capitão Bandeira, procurasse influenciar, a fim de evitar que o filho casasse com uma negrinha de dezesseis anos, a quem o Júlio "tinha feito mal".

Apesar de não ser totalmente má, os seus preconceitos junto à estreiteza da sua inteligência não permitiram ao seu coração que agasalhasse ou protegesse o seu infeliz neto. Sem nenhum remorso, deixou-o por aí, à toa, pelo mundo...

O pai, desgostoso com o filho, largara-o de mão; e quase não se viam. Júlio vivia no porão da casa ou nos fundos da chácara onde tinha gaiolas de galos de briga, o bicho mais hediondo, mais repugnantemente feroz que é dado a olhos humanos ver. Era a sua indústria e o seu comércio, esse negócio de galos e as suas brigas em rinhadeiros. Barganhava-os, vendia-os, chocava as galinhas, apostava nas rinhas; e com o resultado disso e com alguns cobres que a mãe lhe dava, vivia e obtinha dinheiro para vestir-se. Era o tipo completo do vagabundo doméstico, como há milhares nos subúrbios e em outros bairros do Rio de Janeiro.

A mãe, sempre temendo que se repetissem os seus ajustes de contas com a polícia, esforçava-se sempre por estar ao corrente dos seus amores. Veio a saber do seu último com a Clara e repreendeu-o nos termos mais desabridos. Ouviu-a o filho respeitosamente, sem dizer uma palavra; mas julgou da boa política relatar, a seu modo, por carta, tudo à namorada. Assim escreveu:

Queridinha, confesso-te que ontem quando recebi a tua carta minha mãe viu e fiquei tão louco que confessei tudo a mamãe que lhe amava muito e fazia por você as maiores violências, ficaram todos contra mim é a razão porque previno-te que não ligues ao que lhe disserem, por isso peço-te que preze bem o meu sofrimento.

Pense bem e veja se estás resolvida a fazer o que lhe pedi na última cartinha.

Saudades e mais saudades deste infeliz que tanto lhe adora e não é correspondido. O teu Júlio.

Clara já estava habituada com a redação e ortografia do seu namorado, mas, apesar de escrever muito melhor, a sua instrução era insuficiente para desprezar um galanteador tão analfabeto. Ainda por cima, a sua fascinação pelo modinheiro e a sua obsessão pelo casamento lhe tiravam toda a capacidade crítica que pudesse ter. A carta produziu o efeito esperado por Júlio. Choro, palpitações, anseios vagos, esperanças nevoentas, vislumbres de céus desconhecidos e encantados — tudo isso aquela carta lhe trouxe, além do halo de dedicação e amor por ela com que Clara fez resplandecer, na imaginação, as pastinhas do violeiro. Daí a dias, fez o prometido, isto é, deixou a janela do quarto aberta para que ele entrasse no aposento. Repetiu a façanha quase todas as noites seguintes, sem que ele se demorasse muito no quarto.

Nos domingos, aparecia, cantava e semelhava que entre ambos não havia nada. Um belo dia, Clara sentiu alguma coisa de estranho no ventre. Comunicou ao namorado. Qual! Não era nada, disse ele. Era, sim; era o filho. Ela chorou, ele acalmou-a, prometendo casamento. O ventre crescia, crescia...

O cantador de modinhas foi fugindo, deixou de aparecer a miúdo; e Clara chorava. Ainda não lhe tinham percebido a gravidez. A mãe, porém, com auxílio de certas intimidades próprias de mãe para filha, desconfiou e pô-la em confissão. Clara não pôde esconder, disse tudo; e aquelas duas humildes mulheres choraram abraçadas diante do irremediável... A filha teve uma ideia:

— Mamãe, antes da senhora dizer a papai, deixa-me ir até à casa dele, para falar com a sua mãe?

A velha meditou e aceitou o alvitre:

— Vai!

Clara vestiu-se rapidamente e foi. Recebida com altaneria por uma das filhas, disse que queria falar à mãe de Júlio. Recebeu-a esta rispidamente; mas a rapariga, com toda a coragem e com sangue-frio difícil de crer, confessou-lhe tudo, o seu erro e a sua desdita.

— Mas o que é que você quer que eu faça?

— Que ele se case comigo, fez Clara num só hausto.

— Ora, esta! Você não se enxerga! Você não vê mesmo que meu filho não é para se casar com gente da laia de você! Ele não amarrou você, ele não amordaçou você... Vá-se embora, rapariga! Ora já se viu! Vá!

Clara saiu sem dizer nada, reprimindo as lágrimas, para que na rua não lhe descobrissem a vergonha. Então, ela? Então ela não se podia casar com aquele calaceiro, sem nenhum título, sem nenhuma qualidade superior? Por quê?

Viu bem a sua condição na sociedade, o seu estado de inferioridade permanente, sem poder aspirar à coisa mais simples a que todas as moças aspiram. Para que seriam aqueles cuidados todos de seus pais? Foram inúteis e contraproducentes, pois evitaram que ela conhecesse bem justamente a sua condição e os limites das suas aspirações sentimentais... Voltou para casa depressa. Chegou; o pai ainda não viera.

Foi ao encontro da mãe. Não lhe disse nada; abraçou-a chorando. A mãe também chorou e, quando Clara parou de falar, entre soluços, disse:

— Mamãe, eu não sou nada nesta vida.

UMA VAGABUNDA

É um caso bem curioso o que te vou contar e que me parece digno de registro. Para muitos parecerá fantástico; mas, como tu sabes, já houve quem dissesse que a realidade é mais fantástica do que imaginamos.

— Dostoiévski?

— Sim; creio que foi ele, embora não afiance que fosse com essas palavras. Sabes bem como são as palavras dele?

— Não; mas estou certo que não lhe trais o pensamento... Enfim! Isso não vem ao caso. Conta lá a história.

— Conto-a a ti com todos os detalhes, para que possas tirar dela todo o profundo sentido que tem. Se se tratasse de outro, havia de abreviá-la, transformá-la-ia em anedota; mas, tratando-se de ti, não há nada que seja prolixo para a compreensão de semelhante fato.

Eles estavam no Campo de Sant'Ana e aquelas cutias sempre ariscas e aquelas saracuras de galinheiro, apesar de tudo, não deixavam de dar um toque selvagem naquele jardim educado.

O narrador continuou:

— Foi isto há alguns anos passados. Bebia eu muito nesse tempo, muito mesmo porque tinha por divisa ou tudo ou nada. Além disso adotara uma frase não sei de que autor, como complemento da divisa.

— Qual é? perguntou o outro.

— "O burguês bebe champanha; o herói bebe aguardente."

— Essas duas sentenças cobiçadas deviam dar resultados surpreendentes.

— Deram como tu sabes, mas eu te quero contar uma que tu não sabes.

— Duvido.

— Pois vais ver.

— Não acredito, pois sei todas as tuas proezas desse tempo.

— Essa proeza, porém, não é minha; é de outro ou de outra.

— Que outra?

— Conheceste a Alzira?

— Sim! Aquela vagabunda que ia à casa do "Guaco", na rua do Carmo.

— É isso mesmo: aquela vagabunda que ia à casa do "Guaco", na rua do Carmo. É isso.

— Homem! Pelo modo por que falas, parece que tiveste paixão por ela...

— Não tive paixão, mas sou-lhe grato.

— Por quê?

— Lembras-te bem que ela bebia conosco calistos de "Guaco".

— Lembro-me bem.

— E que ela tivera um passado de lustre, de opulência, no alto mundanismo?

— Perfeitamente. Contudo, Frederico, eu penso que ela exagerava um pouco.

— É verdade. Aquele caso que ela nos contou de ter perdido uma noite, não sei em que jogo, em São Paulo, oitenta contos, não me parece verossímil; entretanto...

— Não é só isso. Todas as sumidades da República haviam sido seus amantes. Ora, isso não é possível, porquanto muitas delas, quando começaram, eram pobretões que não podiam aspirar a semelhante "objeto de luxo".

— Tens razão; mas...

— Uma coisa: quando me recordo da Alzira, só me vem à mente o seu famoso chapéu de chuva de alpaca, com que, às vezes, quando embriagada, desancava um qualquer e ia parar no xadrez.

— Eu, quando me vem ela à lembrança, com a sua fisionomia triste, fanada, é com o seu orgulho de ter tido muito dinheiro, por meios tão baixos...

— A observação é boa. Ela não parecia ter dor em recordar os belos dias passados; parecia antes ter prazer... Afinal, que tem ela com a tua história?

— Estavas fora, lá, para Alagoas. Continuei a frequentar o "Guaco", onde ia todas as tardes encontrar os companheiros. Ocasionalmente topava com Alzira e pagava-lhe um cálice. As nossas relações eram as mais amistosas possíveis. Ela me contava as histórias de aventuras passadas, quer as de jogo, quer as de amor; e eu as ouvia para aprender a vida com aquela mulher batida pela sorte, pelo infortúnio e pela maldade dos homens. Gostava até da emoção que ela sentia, narrando o seu triunfo, quando, trepada no alto dos carros de Carnaval, era aclamada pelas famílias, nas ruas apinhadas por onde passava. Pelo modo que ela me contava esses episódios, julguei que Alzira nesses dias se supunha resgatada. Talvez tivesse razão...

— Coitada! fez o outro.

— Bem. Como te contava, ia sempre ao "Guaco" e, em certo dia do pagamento, lá fui. Tinha os vencimentos quase intactos na algibeira. Encontrei-a, sentei-me e pedi cerveja. Ela não quis, ficou no seu cálice habitual. Em dado momento, ao passar o proprietário, o Martins — tu te lembras dele?

— Pois não.

— Disse-lhe: Martins, vê quanto te devo. Ele respondeu e, logo que ele se afastou, Alzira perguntou-me: "Frederico, tens dinheiro?" Disse-lhe que sim; e ela me pediu: "Podes-me 'passar' cinco mil-réis?". Não me fiz esperar e dei-lhe uma nota de cinco mil-réis que tinha na algibeira do colete. Ela guardou e continuou a conversar.

Veio a hora de sair e de pagar a despesa atual e as passadas. Martins fez a soma e tirei da algibeira da calça o grosso do dinheiro, dando-lhe uma nota que satisfizesse a conta. Logo que o Martins se dirigiu ao balcão, ela me disse ao ouvido: "Tu não me podes dar mais cinco mil-réis?". Disse-lhe peremptoriamente: não! Não teve um momento de hesitação: levantou-se e atirou-me a nota na cara. Foi saindo e descompondo-me baixamente.

— Era muito malcriada.

— Pensei isso e o Martins aconselhou-me a evitá-la, por isso. Um acontecimento posterior, porém, fez-me julgá-la melhor.

— É daí que...

— Vais ouvir: passaram-se meses e, para publicar um livro, meti-me em transações. Se o livro deu dinheiro eu não sei, porque só perdi com ele; entretanto, fez um sucessozinho; mas, caí de roupas [sic] etc. etc. Uma noite estava sentado entre desanimados, como eu, num banco do Largo da Carioca, considerando aqueles automóveis vazios, que lhe levam algum encanto. Apesar disso, não pude deixar de comparar aquele rodar de automóveis, rodar em torno da praça, como que para dar ilusão de movimento, aos figurantes de teatro que entram por um lado e saem pelo outro, para fingir multidão; e como que me pareceu que aquilo era um truque do Rio de Janeiro, para se dar ares de grande capital movimentada... Estava assim, quando me bateram ao ombro: "Oh! Frederiquinho!".

— Quem era?

— Era a Alzira.

— Queria ela alguma coisa?

— Queria dar-me. Nada mais.

— O quê?

— A passagem do bonde.

— Tu não a tinhas?

— Tinha. Disse-lhe isso até; mas o meu aspecto era da mais completa miséria. Minha roupa estava sebosa, meu chapéu de palha muito sujo, cabeludo, barba velha; e, além de tudo, sobreviera-me uma fraqueza de pálpebras, que me obrigava a usar uns sinistros óculos escuros de mendigo semicego. Apesar da minha recusa, ela insistiu de tal modo, de forma tão cheia de piedade e ternura, que me pareceu uma cruel desfeita não lhe aceitar o cruzado.

— Aceitaste?

— Aceitei.

— Curioso!

— Está aí a vagabunda do "Guaco", meu caro Chaves.

Levantaram-se, saíram do jardim e o advento da noite, misteriosa e profunda, era anunciado pelo acender dos lampiões de gás e o piscar dos globos de luz elétrica, naquele magnífico fim de crepúsculo.

NA JANELA

— Você sabe: o Alfredo não me trouxe o broche.
— Que desculpa ele deu?
— Que o sete não tinha dado a noite toda...
— Vai ver, Mercedes, que ele foi gastar com a Candinha... Ah! os homens! São uns malandros!
— Não sei, mas... enfim todos eles são iguais.
— No começo é aquilo, parece que a gente é pouca ou que eles são muito mais. Vivem atrás de nós, descobrem, adivinham os nossos pensamentos; depois... não sei o que dá neles... esfriam, esfriam...
— Meu marido foi assim. No tempo de noivo, nem sabia falar quando estava perto de mim; olhava-me só e o seu olhar parecia que me vestia, que me beijava, que me ameigava... Meses depois de casada, deixou-me só, sem dinheiro, sem parentes, nesta cidade tão grande... Bem fez você que não se casou!
— Mas namorei...
— Muitos?
— Sem conta!
— Você não amou nenhum?
— Não sei... Creio que todos me agradavam o bastante para casar.
— É difícil compreender.
— Ora, é fácil... Eu fui sempre engraçada. Aos treze anos, quando saía com meu pai, todos na rua me olhavam. Um dia, até, no bonde, uma senhora de aparência rica, muito grande, muito alta, perguntou a meu pai: é sua filha? Sim, respondeu ele. A senhora olhou-nos muito, a mim e a ele, virou a cara e sorriu duvidosa. Aos quatorze, tive o primeiro namorado. Era o caixeiro da venda... Um portuguesinho louro, que dizia "binho", "benda", mas com uns olhos azuis cor do céu pelas bonitas manhãs. E daí não parei mais. Tive um segundo, um terceiro... quando cheguei

ao quinto já escrevia cartas. Minha mãe pegou uma e deu-me uma surra; mas não me emendei — continuei. Não sabia resistir... Eles choravam, juravam... e eu namorava quase ao mesmo tempo. Era como se — em grande riqueza inesgotável — não negasse esmolas. Você sabe: quando se tem muito vai se dando. Parece que não acaba; mas acaba e então chora-se pitanga. Fui assim: pediram-me beijos, abraços, cabelos; e eu dava por pena, unicamente. Se eu tivesse sido mais sovina, não estava "nesta vida"... É a sorte, que se há de fazer?

— Mas, e o "tal"?

— É verdade! Um dia fui a um baile, como sempre, tinha lá uma chusma de adoradores; mas apareceu um novo. Não sabia quem era, muito diferente de todos. Educado, parecia doutor ou estudante de verdade, de estudos difíceis. Olhou-me e eu olhei, e namorei-o. Não troquei palavra. Dancei com ele e o ouvi falar a um outro. Que voz! Antes da meia-noite saiu. No outro ano, em dia de festa na mesma casa, já não pude ir lá mais; tinha vindo a tal encrenca... corpo de delito... Você sabe... Não deu em nada; ou antes: deu "nisto".

— Nunca mais você viu "ele"?

— O "tal"? Há dois anos que sempre o vejo na rua do Ouvidor, nos teatros...

— Ele não fala com você?

— Não. Olha-me um instante e baixa a cabeça.

— Engraçado! Outro qualquer...

— É verdade! Perguntei quem era, disseram é um doutor fulano de tal e é solteiro.

— Mas nunca você procurou falar com ele?

— Só uma vez. Cheguei-me e sem mais aquela sentei-me à mesa em que estava. Perguntei-lhe se não me conhecia. De vista, respondeu. Se não tinha ido a um baile assim, assim. Nunca!, afirmou. Contei-lhe então a história e indaguei-lhe se, de fato, fosse ele não se daria a conhecer. Hesitou e, por fim, respondeu-me umas coisas embrulhadas que, afinal, me pareceu quererem dizer que eu, a menina do baile, era outra coisa que não sou eu mesma atualmente; e quem me tinha visto no baile não me via ali, num jardim de teatro.

— Era um tolo; um...

— Não. Eu o vi, mas tarde, muito alegre, com uma outra no automóvel...

Nos elétricos que passavam, os passageiros que olhavam aquelas duas mulheres com olhares cheios de desejos não seriam capazes de adivinhar a inocência de sua conversa, na janela de uma casa suspeita.

FONTES DOS CONTOS

Machado de Assis

O anjo das donzelas (Conto fantástico) (1864, com pseudônimo Max, em *Jornal das Famílias*)
Cinco mulheres (1865, com pseudônimo Job, em *Jornal das Famílias*)
Onda (1867, com pseudônimo Máximo, em *Jornal das Famílias*)
Confissões de uma viúva moça (de *Contos fluminenses*, 1870)
D. Benedita (Um retrato) (de *Papéis avulsos*, 1882)
A senhora do Galvão (de *Histórias sem data*, 1884)
D. Jucunda (1889, em *Gazeta de Notícias*)
Pobre Finoca! (1891, com as iniciais M. de A., em *A Estação: Jornal Ilustrado para a Família*)
A cartomante (de *Várias histórias*, 1896)
Uns braços (de *Várias histórias*, 1896)

Lima Barreto

O filho de Gabriela (apêndice da 1ª edição de *Triste fim de Policarpo Quaresma*, 1915)
Um e outro (apêndice da 1ª edição de *Triste fim de Policarpo Quaresma*, 1915)
A cartomante (1919, em *Jornal das Moças: Revista Quinzenal Ilustrada*)
O tal negócio de "prestações" (1920, em *O Malho*)
Cló (de *Histórias e sonhos*, 1921)
Adélia (de *Histórias e sonhos*, 1921)
Lívia (de *Histórias e sonhos*, 1921)
Clara dos Anjos (de *Histórias e sonhos*, 1921)
Uma vagabunda (de *Histórias e sonhos*, 1921)
Na janela (sem data, incluído na 2ª edição de *Histórias e sonhos*)

Direção editorial
Daniele Cajueiro

Editor responsável
André Seffrin

Produção editorial
Adriana Torres
Júlia Ribeiro

Revisão
Alessandra Volkert
Mariana Gonçalves

Diagramação
Filigrana

Este livro foi impresso em 2021
para a Nova Fronteira.